の女剣士
[author] はーみっと
TOブックス

目次

プロローグ 004

第一章 平穏が終わる時 009

第一幕 酒場の騒乱 010

第二幕 呪印とアルフィリースの過去 058

第三幕 最高教主の依頼 070

第四幕 桃色の髪の少女 109

第五幕 魔王への道のり 138

第六幕 魔王遭遇 164

The swordwoman with curse

[イラスト] 又市マタロー
[デザイン] AFTERGLOW

第七幕　アノルンの告白　204
第八幕　忍び寄る影　228
第九幕　リサの事情　252
第十幕　祝勝会と新たな仲間　300
第十一幕　幼き約束と誓い　321
第十二幕　シーカーの里へ　334
アルフィリースとミランダの前日譚
～運命との出会い～　355
あとがき　376
キャラクター設定集　379

プロローグ

「急げ、エフェラルセ。審議会に遅れるぞ！」

「待ってくださいよ、ツェーゲ先輩。そんなに急がなくても！　ああ、資料が落ちる！」

丸眼鏡のエフェラルセ司書が長いスカートの裾に躓（つまず）き、手に持った大量の資料を落としそうになるのを、中年太りしているとは思えないほど素早い動きで、ツェーゲが絶妙に支えていた。

「急ぐ必要があるのだ。今日から待ちに待った大論争が始まる。世界中が注目し、先の大戦の間接的な引き金となった、かの魔王アルフィリースに関する定義と、資料の編纂（へんさん）がなされるのだ。この論争に参加する権利を勝ち取っただけでも、我が人生に価値ありよ！　貴様も大学を卒業したてでこの事業に関われる幸運を精霊に感謝しろよ？」

「私は机の上で勉強していたら、ただ一番で卒業したってだけで、誰も来ない図書館で司書をしてのんびり過ごすつもりだったのですが」

「その割には、随分と斬新な卒業論文だったじゃないか。たしか、『魔術構成論理と交友関係から読み解く、只人（ただびと）たる英雄の視点』だったか？　今までにない視点で魔王アルフィリースを語っていて、斬新だったな。儂（わし）も読ませてもらったよ」

「はぁ、恐縮です。先輩はたしか、『魔王派』なんですよね？」

エフェラルセの丸眼鏡がきらりと光るが、ツェーゲは意に介さずに足早のまま進んでいく。

「だとしたらなんだ？」

「いいえ、確認しておきたかっただけです。私は先輩と違って、アルフィリースは普通の人間だと思っているので」

「ふん、普通の人間が何百年にもわたり、何百万もの人間を戦争に追いやり続けるかよ！　ヘスペリデスの丘の墓標を見たか？　人間、エルフ、シーカー、蛮族、竜種、獣人などの亜人種（デミヒューマン）の墓標の数だけで、国ができるほどの広さを占有している！　あんな戦争を巻き起こした女を魔王と呼ばずして、なんと呼ぶ？」

「『攻略戦』のことをおっしゃっているのでしたら、望んで参加した人の方が多いでしょうし、彼女の死後のことまで彼女の責任にするのはどうかと思いますよ。たしかにアルフィリースの出現前後で世界はがらりと様相を変えましたが――そのあたりを話し合うのが今回の審議会ってことなのでしょうね」

「そのとおりだ」

改めて鼻息荒く応えるツェーゲ。階段を一段飛ばしで下りながら早足で歩くのに、エフェラルセは慌ててついていく。論戦には諸侯や貴族、さらには軍属などからも数多く来賓（らいひん）があり、また一般聴衆も参加可能であるため、警備は厳重になっている。一定の間隔で立つ警備兵が、順々にツェーゲとエフェラルセに敬礼をする。

「我々は栄えある役目、『基盤（イエソド）の図書館』の代表でもある。私はこの役目に就くため、司書になってから一心不乱に十数年努力してきた。本来なら貴様のような若造を同席させるのは歯痒いのだが、貴様の視点が独特で論争に一石を投じるだろうとの上の判断だ。私のことは気にせず、存分に発言するがいい」

「寛大な心遣い、痛み入ります。しかし我々の意見の統一はしなくてもよろしいので？」

「構わん。吟遊詩人ギルドや学者連合、そしてどんなデミヒューマンや王国の代表よりもアルフィリースに関して我々の情報量に勝るところはありえんさ。我々の発言が会議の顛末を決めると言っても過言ではない。我々の役目は独特の視点を提供すること。意見の統一ではない」

「なるほど……先輩、今更ながら緊張してきちゃいました」

「ふん、当たり前だ。世界中の諸侯が集結しているのだ。貴様、そんな寝起きのような恰好で大丈夫なのか？　もう少し身なりに気を使ったらどうだ。眼鏡もずれているし、三つ編みもほどけそうだぞ？」

「直前まで調べ物をしていましたからね……まぁ私は会議で目立つのが仕事ではありませんし」

「なんだ、着飾ったらすごいなどとぬかすのではないだろうな？」

「先輩をころっと惚れさせる自信はあります」

エフェラルセの眼鏡が妖しく光ったので、ツェーゲは思わず笑ってしまった。

「それだけの冗談が会議前に言えるようなら、問題なかろう」

「いやー、割と自信あるんですけどねぇ？」

「では楽しみにしておいてやる。まずは目の前の会議だ、開門！」

首を傾げるエフェラルセを横目に、ツェーゲが手を上げると、議会の重々しい扉が開く。そこに居並ぶ世界中から集まった諸侯、学者、聴衆が、ある一人の人生についてこれから語り合うのだ。

とある伝記では冷酷な烈女と称され、吟遊詩人は情け深く慈愛に満ちつつも勇猛な英雄と謳い、さる地方では偉大な王あるいは魔王と呼ばれ、各種専門書では賢者と讃えられる人物。語り伝える者たちによって多様な側面を見せる、魔術を操る少女。そして死後千年以上経った今も、世界に影響を与え続ける女剣士。

そう、「世界を破滅させた」と言われる、呪印の女剣士アルフィリースの人生について。

第一章　平穏が終わる時

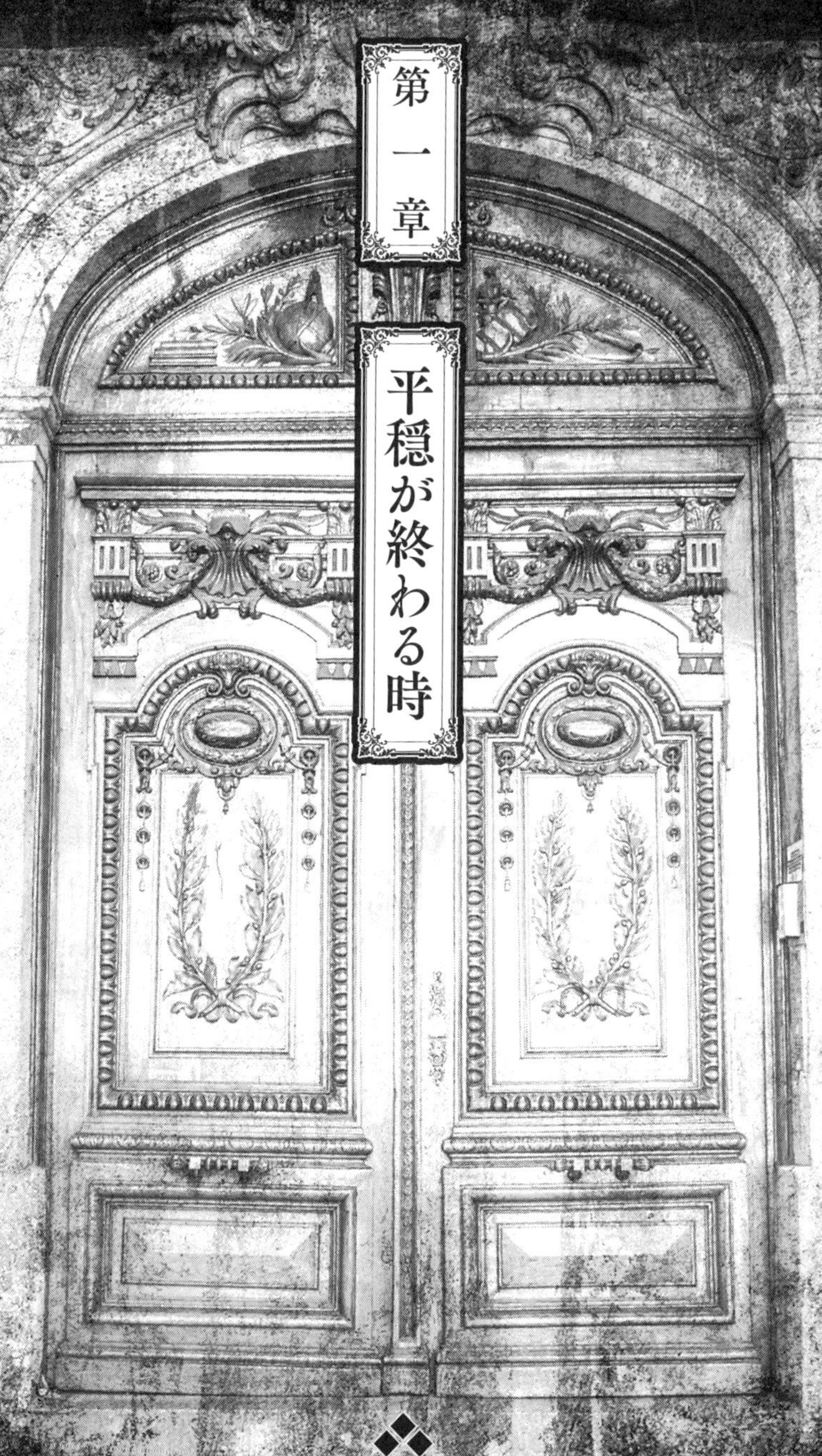

第一幕　酒場の騒乱

「まだ追ってくる！　しつっこい！」

まさか、旅の始まりからこれほど苦労することになるとは思わなかった。庵から一定の距離を離れないようにと、師匠は何度も忠告してくれた。一定といってもゆうに一日は一方向に歩けたし、万一それより外に出ようとしても結界に阻まれる。外の世界が危険だと言われていてもどのようなものかは実感していなかったが、不自由は感じなかったし、日々師匠から与えられる課題や、結界内の世界を探索するだけで満足した人生を送っていた。

師匠が死に、結界の外に出ようと決めた時、知己の竜が送ってくれると言ったのを断った。半ば強引に乗せようとしてくれたが、それをまいて外に出たのだ。だが外の世界はまさに危険、の一言で済ませるには生ぬるいほど、苛烈な環境だった。

頭が前後についている胴の長い獣、触手を生やした巨大な目玉、地面に擬態する食人植物、鮮やかな姿で人を魅了して水に引き摺り込もうとする水妖。それら全てがあの手この手で襲いかかってきた。加えて、人跡未踏の峻険な大地が行く先を阻む。既に食料は底を尽き、長旅に役立つと思われた物品は使い果たした。三日ほどろくな食べ物も口にしないまま、命からがら逃げ続けている。中でも厄介なのが、羊。書物とは違う可愛い見た目に騙されて餌をやったのが運の尽き。最初こそ腰の高さだった羊は、追加の餌がもらえないとなると正体を現した。体躯を三倍ほどに増大させ、二足歩行を開始した羊の姿が『追跡者』なる魔物だと気付いた時には手遅れだった。

一度狙った獲物が死ぬまで決して追跡を諦めない魔物に、もう七日も追い回されている。限界を悟り、崖に追い詰められるふりをして相手の油断を誘った。崖に落ちるふりをして岩棚に潜み、崖の上から覗き込んだストーカーに最大の出力で雷撃の魔術を叩きこむ。

「く、た、ばれぇええええ！」

目論見は成功、頭を吹き飛ばされたストーカーは絶命したが、強すぎる魔術のせいで身を隠した岩棚は崩れ、真っ逆さまに崖下の急流に叩き落とされた。

命があったのは奇跡。旅に出てから七日、既に十回目の奇跡を数えた。流木につかまって流れに身を任せて川を下り、とりあえず最初に見つけた人里の入り口で町人に声をかけ、案内された宿屋で食事にありついた。油断していたわけではなかったろうが、空腹は我慢できず、体力も尽きていたから警戒心が緩んでいたことは否定できない。

味のおかしい食事に気付かず、食事に睡眠薬が混ざっていると気付いた時にはもう遅かった。眠りにつく前に周りにいた男たちが一斉にこちらを見ている。全員グルだ、これはまずい。このまま気を失うと何をされるか――だがそのまま意識は暗転した。

そして目が覚めた時に目の前にあったのは、予想外の光景。見たこともないほど美しいシスターに助けられ、その後一年の間に何度も顔を付き合わせ、時に旅路も共にしながら現在に至る。酒場に行けば高確率で出会い、その時は食事を共にする。心許せる旅仲間に出会わず孤独な一人旅を続ける中で、ただひとり信頼でき、腐れ縁とも言えるほどの仲になってきたが、顔を合わせるたびにシスターの印象が変わっていく。

美しく知的で可憐な乙女から、いつも絡んでくる、がさつな酔いどれシスターへと変貌を遂げていく彼女。その名前を呼ぼうとして――はたとアルフィリースは目を覚ました。

「ん、う～ん。あー、よく寝たわ……野営の割には熟睡できたわね。なんだか色々と懐かしい夢を見たようだけど、寝覚めは悪くないわ」

アルフィリースが大あくびと共に目を覚ますと、木々の間から気持ちの良い木漏れ日が差し、爽やかな風が薫る。春の到来を告げるモーイ鳥が見られるようになってから、一ヶ月も経っただろうか。中原のやや南にあるここファルテの森は、非常に心地よい陽気に包まれている。まあそうでなければさすがに些事にこだわらない彼女といえど、もう少し眠る場所に気を使ったかもしれない。

「下手な安宿より快適だったわね。これもあなたのおかげかしら？」

下でやや眠そうな黒い瞳をこちらに向けているのは、この森に棲む森オオカミである。

「魔獣を枕に一晩を明かしたなんて言ったら、シスター・アノルンに爆笑されかねないわね……」

シスター・アノルンとは、宿場町で何度も出会ううちに、友達とまではいかないまでも、すっかり知り合いになってしまった聖職者だ。どうやら向かう方向が同じらしいのだが、東に向かいながら、途中の町で祈りを捧げつつ慈善活動を行うシスターと、興味の向くまま依頼を受けたり寄り道したりしているアルフィリースは、ちょうど進行速度が同じくらいになるらしい。

三日前にもティドの町を出る時、一度やってみたかった転がした枝に行き先を任せるという手段をとった。だがその枝が街道とはまったく違う方向を指し、「やめたほうがいいわよ～？　アンタ、方向音痴なんだから！」とアノルンに言われながらも、アルフィリースはニヤニヤする彼女を尻目に半分意地になって森の中に突っ込み、案の定迷ってしまった。このあたりは街道も整備されており、魔物討伐も行き届いているため、よほど深く森に分け入らないとそうそう人命に関わるような危険な魔物は出ないものの、やはり森の中は人の生活圏からは外れている土地であり――

「やっぱり川の傍に洞穴とか、いかにも魔物の巣よね……」と思いつつも、そこは歳若い女子である。水浴びの誘惑には勝てず、一応洞穴には何もいないことを確かめてから三日ぶりの水浴びをし、そのまま携帯食を少し腹に入れると、洞穴で寝こけてしまったのだった。その後獣の唸り声でアルフィリースが目を覚ますと、馬の倍くらいの大きさの森オオカミが目の前にいた、と。

「まったくオオカミが単体でよかったわ。複数いるとさすがにまずかったし、師匠に魔物との交渉術を教わってなかったら、新しい寝床を探して今頃森の中をまた彷徨っているわね……まったく、師匠サマサマね」

　結局激闘の末に森オオカミを打ち倒し、傷の手当てをしてやる代わりに一晩の寝床を要求することに成功した。森林に棲むような魔物、特に獣に似た魔獣と呼ばれる魔物は自分より強いものには従順で、しかも恩を忘れないような個体までいる。また、森オオカミは魔獣にしては温厚で、縄張りを極端に荒らさない限りは人間に襲いかからない。まあそのオオカミを怒らせたのは、アルフィリースの不用心さゆえである。

　この森オオカミは治療したあと、こっちをいかにも人懐こそうな目でじっと見るものだから、ついついふかふかの毛並みの誘惑に負けて、事もあろうに魔獣を枕に寝てしまったのだ。

「寝心地はよかったんだけど、ね。どうも魔物に好かれるのかしら、私。それともこの子が人慣れしてるだけかな。人間の男はロクなのが寄ってこないのに」

ふと以前山賊に攫われかけたことや、軽薄な傭兵仲間が頭に浮かんで思わずため息が出る。それを怪訝そうに見つめる森オオカミを見て、

「人間よりあなたの方がよっぽどマシかも。今まで出会った人たちって、良い人もいるけど悪党も多かったから。安心して話せるのが魔獣だなんて、私ってやっぱり世の中に疎すぎるのかなぁ？　ねぇ、これからまともな友達とか恋人とか、私にできると思う？　やっぱり『黒髪』じゃあ難しいのかな？　なーんて、あなたに聞いてもしょうがないか」

などと人生相談をもちかける。当然魔獣にまともな返事ができるはずもなく、首を傾げる。再度ため息をつきながら、アルフィリースは身支度を整えて、

「じゃあそろそろ行くわ。一晩騒がせてごめんなさいね」

と言いつつ、オオカミの喉を撫でてやる。その時彼女が見せた優しげな表情を人間の男に見せれば話は簡単かもしれないのに、その表情を意図的に作れないのがシスター・アノルンに残念がられる一因でもある。

「さてと、一番近いのはイズの町だったかな？　そろそろ真面目に町を目指さないと。最近道草が多かったから、路銀も少々心もとないかしら。食料や水は森でも調達できるとして、武器もそろそろ手入れをしたいところね」

と呟き、歩み始めたアルフィリースの顔は、既に冒険者そのものの険しさを備えていた。

そう、彼女は女性の身でありながら剣を携え、旅をする冒険者である。魔物が跋扈するこの世の中において、剣で活計を立てる女性は少なかった。女性の職業といえば多くは商店への奉公人、裕福な家での下働き、農家がほとんどの時代。職人、学者などは少なく、女性の半分以上が識字すらままならなかった。その中で女性が豊かな生活を手に入れるとしたら、貴族の愛人か、大都市での高級娼婦、あるいは冒険者のどれかを選ぶ。

また剣を振う女性の多くは騎士団に所属する騎士か、傭兵であった。彼女の恰好は一見では騎士に近い軽鎧と丸盾だが、騎士ではない。宿場で用心棒のようなことをしたり、ギルドの依頼で隊商警護や魔物討伐をこなし、傭兵として金を稼ぎながら旅を続けている。

この時世において女傭兵といえば基本的に野卑な職業と考えられ、金や仕事がなければ娼婦まがいのことをしている者も多かったが、アルフィリースは決して自分を貶めるような真似はしなかった。なぜならアルフィリースの師が彼女に堅く約束させたことでもあり、そうでなくとも本人の誇りが許さなかった。また彼女の騎士風の恰好や、女性としては高めの身長、知的で端整な顔立ち、意志の強そうな瞳、そして何より魔術士の証である『黒髪』を見れば、男の側からしてもおいそれと下世話な誘いをかけづらかったのである。

魔術士は、その操る性質により髪色に変化が現れることがある。たとえば炎であれば赤、といった具合だ。もちろん全員がそうなるわけではなく、力の強い者にのみそういった変化が起こる。なお平民には栗毛が多く、貴族階級は金髪が多い。

魔術士として髪色の変化が起きることは名誉なことだが、通常魔術は一人一系統であり、戦闘を行う時には自分の能力をさらけ出すのと同様なので、髪色を染めてわからないようにする。そして染料は一般に黒が手に入りやすく普及していた。そのため黒髪は高位の魔術士、ないしは闇の魔術に親和性を示す者の証明である。ゆえに、普通の人間は黒髪の人物との関わりを避ける。機嫌を損ねれば魔術で何かされるかもしれないと考えるからだ。実際には魔術はそう易々（やすやす）と使えるものではなく、魔術士には非常に厳しい制約があるのだが、一般人はそんなことを知りはしない。

もっとも中にはそんなことすら無視して誘いをかける者もいたが、アルフィリースがまったく相手にしなかったし（最初は世間知らずすぎてなんの誘いかもわかっていなかったが）、しつこく声をかける者には一年間馬の体を拭き続けた雑巾の方がマシではないか、というくらいぼろぼろにされる悲惨な結末が待っていた。アルフィリースを真正面から実力でどうこうできる男など、ざらにはいなかったのである。

そんなこんなでアルフィリースが既に旅を始めてから一年半近く経つが、いまだに目的地には達していない。彼女は師の助言通り、東にあるベグラードという都市に向かっているのだが――

「師匠は『普通に旅すれば半年くらいだ』とか言ってたのに……嘘つき！　そりゃあ寄り道はしているけど、全然着かないよ！」

などとひとりごちているが、自分が地図もまともに読まず（当時の地図は非常に作りがいい加減であり、範囲の狭い地図しかなかったせいもあるが）、道草癖があり、好奇心からさまざまな面倒ごとに首を突っ込んできたのはすっかり棚にあげている。なにせ「東は太陽が昇る方向だ」くらいの感覚で目的地を目指してきたのだ。しかも師の述べた『普通半年』という所要時間は、馬を使ってのこと。まさかアルフィリースが大陸中央西部から東の端まで歩いてゆこうとするとは師も想像していなかったであろう。

一方でそれもしょうのないこととも言えるかもしれない。彼女は師に十歳で拾われてからおよそ七年、山の中で世間と隔離されて暮らしていた。旅の途中でたまたま親切な人たちの助けがなかったら、旅立って一週間と経たずターラムあたりの娼婦街に売り飛ばされていてもおかしくないくらいの世間知らずなのだ。そんな彼女の上にそういった不幸が訪れていないのは、彼女の人徳ゆえか、はたまたおせっかいな酔いどれシスターのおかげか。

「まあ間違いなくアルフィってば、ここイズに来るわね。今回は何回迷ったあげく魔物と戦ったかしら？　散々からかい倒してあげなきゃ」

などと考えながら、酒場で火酒を片手にくだを巻いている酔いどれシスター・アノルンにアルフィリースが一晩中からかわれるのは、もう一度迷って魔物に追い回され、町に着く頃には口論する気力もなくした五日後のことだった。

＊＊＊

「ふ～ん。じゃあ森オオカミと別れた後、河水馬（ケルピー）に攫われそうになって、寝床に木のうろを選んだら、その木が今度は木人（トレント）だった、と。アンタ、どんだけ間抜けなのよ？　それとも不幸の星の下に生まれた？」

「うるさいな〜。私だって好きでやってるわけじゃないのよ？」

「この調子じゃあ、いつベグラードとやらに着くのかしら？」

「いいのよ別に。期限が決まっているわけじゃなし、道草して見識を増やすのも経験の内なんだから」

「単に迷っているだけじゃなくて？」

「うぐっ……痛いところを突くわね」

アルフィリースがシスター・アノルンにからかい倒されているここは、イズの町の酒場。イズの町はティドとミーシアといった大きな町の中間にあり、ティドからミーシア間は馬で駆ければ半日程度で到着する距離である。そのためイズは宿場としてはあまり用をなさないが、ここから南に少し下れば炭鉱や鉱石採取の場があり、採掘業に従事している者の拠点となっていた。

とはいえイズにおける採掘事業が全盛期を誇ったのは既に三十年以上も前であり、稀少鉱石（レアメタル）や一攫（いっかく）千金を狙うような者は既にこの土地から離れている。残っているのは土着の人間や、この町から出る気概の無い者が主である。そういった者ばかりが集まれば自然と土地柄は悪くなり、ややはずれているとはいえ東西を結ぶ主要な街道の一つにあるのに、ここは珍しく治安が良くない宿場町だ。

そろそろ日が沈んでから一刻も経っただろうか。小さな町とはいえそれだけに娯楽も少なく、逆に盛り場であるこの酒場にはそれなりに人が集まってきている。そんな中に妙齢の女性が二人いれば酔っ払いに声をかけられそうなものだが、皆彼女たちをちらちらと見るばかりで声をかけてこない。

しかもなぜか彼らの目に、怯えの色が見えることにもアルフィリースは気付いていた。

（誰か絡んできそうなものだけど、誰も来ないわ。何かやらかしたのね、このシスター）

このシスター・アノルンは普段はフードで顔を隠しているが、相当な美人と言って差し支えない。青い瞳に透けるような金髪であり、大都市の貴族階級に多い上品な風貌なのである。このようなシスターかつ美人ともなればさまざまな危険を伴うため、巡礼するシスターには大陸最強との呼び声高い神殿騎士などの護衛がついているのが常だが、アノルンはおおよそ単独行動だった。

いかに世間知らずなアルフィリースでも、さすがにこれは危険ではないかと考えていたが、アノルンはアルフィリースよりも頭一つ小さいくせして、剣を振う彼女と同程度の腕力がある。当然、腕力に見合った実力も。以前アノルンが深酒していた時に絡んできた男の顛末など、哀れすぎて語る気にもならない。加減がきかない武芸者に手を出すとどうなるか、高い授業料となったはずだ。

ともあれ、アルフィリースがまともな休息も取れない中、ほうほうの体で魔物から逃れて辿り着いたこの町で、なかば彼女の予想通りアノルンが待ち構えていた。アルフィリースが辿り着いたその日に散々からかわれ、さらに倍増した疲れから目を覚ましたのが翌昼過ぎ。それから町を出るのも面倒な気がしたため、彼女はこの町にもう一泊して休息をとることにした。幸いにも、路銀はもう少々残っているが、装備の手入れも考慮すればそろそろギルドで依頼でもこなして一稼ぎしたいところである。

本当はギルドもないような柄の悪い土地での連泊など避けたかったが、体調が悪い状態で旅をするよりは幾分かましだと判断したのだ。そのせいでアルフィリースは連日アノルンにからかわれているわけだが――

「それにしてもアンタと知り合って一年近くか。結構長い付き合いになってきたわね」

「シスターがいつまでも放浪しているからじゃない」

「あんたこそ、いつまで放浪しているのさ。東のベグラードに行くとかいう話はどうなったのさ？」

「別にいつまでに行くって決まっているわけじゃないしねぇ。師匠の知己がいるから、困ったら頼れってことなんだけど、今のところ生活に困ってないし。大陸の西側は治安が悪すぎて危ないから、師匠が東に目的地を決めたのはそのせいなのかなって」

「まぁなんにも決めていないと、どこに行っちゃうかわからないと思われたかもね」

「そんな手綱の切れた馬みたいに言わないでよ～」

しくしくと泣き真似をするアルフィリースを、冷めた目で眺めるアノルン。

「まぁ見聞を広めるために彷徨うのも結構だけど、ちゃんと腰を据えた生活をしないと、不審者とみなされるわよ？　仲間も連れずに、ギルドの依頼すら無視して森に分け入っていくなんて、狂人か脱獄囚くらいなんだから」

「そうでなきゃあ、間諜（かんちょう）かしらね」

「間諜は道に迷わないわよ」

「方向音痴な間諜だっているかもしれないじゃない！」

「アタシが上司なら、クビだね」

アノルンが笑って酒を追加する。たしかに街道を外れて旅をしていると、親切なギルドが心配して探しに来てくれたこともある。まさか迷い人として傭兵ギルドで依頼の対象者になるとはなんとも恥ずかしい出来事だが、傭兵ギルドに登録するきっかけとなり、信頼がおけることもわかった。

書物で得た知識と実際の生活は色々な点で違うものだ。アルフィリースは旅に出てから多くのことを学んだが、目の前のアルネリア教のシスターは何者だろうかと時々不思議に思う。通常のシスターは定められた教区内で活動をするのだが、アノルンは活動範囲が広すぎる気がする。ひょっとすると立場のある偉いシスターなのかと思うのだが、目の前で酒を旨そうに煽(あお)るシスターを見ていると、とてもそうは思えなかった。

（まさかねぇ……）

最初こそ助けてもらったが、会えば挨拶(あいさつ)する程度の仲から、ギルドの依頼で補助要員としてシスターが随行した依頼をきっかけによく話すようになり、今では落ち合って飲む仲間にまでなったシスターの顔をしげしげと眺めていると、ふとアノルンの目が真剣になる。

「そういえば、ケルピーなんて、通常もっと大きな河にしか出没しないのよね。しかも氾濫(はんらん)後とか、小さな川なら人里離れた場所に限るわ。トレントだって、出没地域は一般的にもっと南の大森林寄りだし。これは大きな街に着いたら、騎士団か教会に調査を依頼したほうがいいかもしれないわね」

「どういうこと？」

新しく給仕が持ってきた酒を受け取りながら、アノルンが答える。

「いい？　通常魔物の知能は低いし、生息範囲を自ら広げに来ることはまずないわ。元の生息範囲を取り戻しに来ることはあってもね。縄張を意図的に崩すような真似をするのは、人間くらいのものよ。魔物が縄張りを広げるような行動をとるとすれば、森オオカミやゴブリンの群れとか、そういった単一種族が増えすぎた時よ。今回みたいに複数の魔物の生息範囲が変わる時は、強力な指導者が存在している可能性が高いわ」

「強力な指導者？」

「一般に魔王と呼ばれるような強力な魔物が出現した可能性がある、ということよ」

「魔王って言うと、昔世界を滅ぼしかけたとかいうアレ？」

アルフィリースが半信半疑な様子で問いかける。彼女は、魔王などという存在は伝説の中だけのことであり、既に魔王は人間が駆逐したとばかり思っていたが、そういえばギルドに貼り出している依頼に「魔王討伐！」と書かれた紙を見たことがある。

だが、アノルンはアルフィリースの意見を否定した。

「世界は滅びないけど、人間は滅びかけてたかもね。そもそも大陸は昔、魔物たちが占拠していたんだし。人間の勢力が大きくなってからも実際にいくつかの国を滅ぼした魔王はいるけど、現在そこまでの魔王は存在しないわ。アンタが言っているのは、魔王の中でも史実に残るような伝説級の個体よ。現在の魔王ってのは、種族を超えて魔物たちを統括できる存在のこと。だから魔王といってもその強さはピンキリ。ちなみにアタシが最近ギルドの依頼で見ただけでも、最低四体は現存しているはず」

「そんなにいるんだ」

「実際はもっといるでしょ。賢い奴ほど隠れ棲むしね。人間の社会で噂になるのはたいしたことがない奴か、よっぽどの大物よ」

「ふぅん、じゃあその四体なら私にもなんとかなるかしら？　結構な報酬額だったから、討伐すればしばらく路銀は困らなさそう」

「いやいや、アンタじゃ無理だから」

「なんでよ～」

アルフィリースが不満を垂れるが、アノルンは表情を変えない。

「歴史上の分析から、魔王討伐を確実に行うなら最低一個師団、ざっと三千人が必要だわ。魔王はある程度以上統率された軍勢を持つから、普通は軍隊で相手をする。実際にはそれほどの軍勢を用意できない小国も多いから、国や領主がギルドで腕自慢の傭兵を雇うことが多いかしらね。魔術士なんかを大勢抱える国ならもっと楽に狩ることができるかもしれないわ。ギルドのみに依頼が出る場合は出現したての小規模勢力の魔王が多いから、数十名程度で討伐隊を組むことがほとんどよ。ギルドには魔王討伐の為の手引書（マニュアル）があるしね。さらに、世の中には数名の仲間のみで魔王討伐をするような勇者様もいるけど、世界に何人もいないほどの実力者よ。彼らでさえ単独で魔王を狩ることはほとんどない。それをアンタがどうにかしようってのは、調子に乗りすぎよ」

「そうなんだ……」

「ちなみにアンタ、傭兵ギルドでの階級章とかもらってないの？」

「そういえば、こんなのをもらってるわ」

アルフィリースは腰の携帯袋から階級章を出して、アノルンに見せた。紋章には小剣の絵が刻んである。

「ん～、それはE級、一番下の階級章ね。まだまだ駆け出しじゃない、説明を聞いてなかったの？

ギルドで魔王討伐の依頼を受けるなら、最低C級からよ。まずはせっせと傭兵として仕事をこなして、階級を上げて信頼を得ることね」

「それはそうだけど、師匠の言いつけもあるしね。腰を据えて傭兵をするならその東の都市がいいのかしら？」

「今の行程速度だと、永久に行きつかない気がするのはアタシだけ？」

「失礼ね！」

さすがに子ども扱いされた気がしたのでアルフィリースはぐっと火酒を煽ったが、案の定むせてしまった。そんな彼女の様子を見て、またしてもアノルンがニヤニヤしている。

「ほらほら、成人したとはいってもまだ世の中の厳しさも十分知らないお子様なんだから、一気飲みはやめなさい。旅をするなら酒は情報収集の時にも必要だけど、飲んでも飲まれるなってね」

「シスター、酒臭いうえに説教くさいわ」

「そりゃシスターですもの。アタシたちは説教してナンボよ。泥酔してたってそこは間違えないわ」

そう言って快活に笑うアノルン。

「まったく、酒臭い人にだけは説教してほしくないわね。にしてもシスター、若く見えるのに物知りよね。いったいいつからこの仕事をやってるのよ？」

「以前世話になった僧院を出てからだから、十年は経ってるかしらね〜」

「え、じゃあそろそろさんじゅう……」

「何か言った⁉」

酒をアルフィリースの盃にどくどく注ぎながら、アノルンの目がまったく笑っていない。これ以上の追及は生命の危険にかかわりかねないと、アルフィリースの直感が告げている。アルフィリースは慌てて話題を逸らそうとした。

「と、ところでシスターは、次はどこに向かうのかしら？」

「特に目的なしよ。アタシの仕事って、定期的な報告さえ本部に上げていればどこをふらふらしていてもいいから。ただ魔物の件もあるから、ミーシアには最低行くわ。あれほどの大都市の教会なら人手も十分でしょうし、上手くいけば騎士団の一つや二つ、逗留しているかもね」

「私もミーシアには行く予定だし……じゃそこまでは最低一緒ね」

「そうね。アタシはかよわいシスターだから、傭兵さんにしっかり守ってもらわないとね」

ウィンクするアノルンに対し、アルフィリースは「どこがかよわいんだ」と言いかけてぐっと我慢する。その突っ込みを入れると、一晩中酒の相手をさせられるだろう。そうなると、二日酔いでまたイズから出られなくなるから、それは避けたかった。

「でも、一介のシスターが魔王出現なんて報告をしても、騎士たちは聞いてくれるの？」

「あら。アタシってこんな儚げな風貌だけど、教会本部でもアタシより立場が上な人って数人しかいないのよ？　そのくらい地位があると、アタシたちの宗派の国の騎士団をいくらかは独断で動かすことも可能なのよ。教会の外部騎士団も、国によっては駐屯地を設置しているからそっちを動かしてもいいし」

「ほ、本当に？　やっぱり偉い人だったのか……」

信じがたいという目を向けるアルフィリースだが、アノルンがなんの自慢にもならないといった表情で応える。

「まあ気付けばこんな立場だったってのが正直なところね。地位には興味がなかったんだけど、一人でこうやって巡礼してるのが本部ではとても評価されているみたい。『まさに聖女のごとき苦行だ！』ってね。聖女が苦行するもんでもないでしょうに。本部のお偉いさんも変わった人が多いから」

「シスターが偉い人なんて、なんだか世の中が間違ってる気がしてきたわ……」

「なんでさ！　まあアタシとしては地位があっても、本部にいるとやれ弟子を取れとか五月蠅いのが嫌でこんなことをしているんだけどね。希望者は山のようにいたんだけど、めんどくさいから本部で一回演説したら皆辞退したわ」

「……念のため聞いておくけど、何について話したの？」

おそるおそる尋ねるアルフィリースを見て、アノルンがニヤリとする。

「旅先における、酒と男のあしらい方について」

「……信じられない」

「もう大司教の青ざめっぷりが傑作でね！　まさか演説を無理矢理止めるわけにもいかず、シスターたちはアタシの演説の素晴らしさに次々気絶するし、中々素敵な時間だったわ」

「私、頭が痛くなってきたよ」

こんなことを精霊か聖女のような美しい風貌で快活に話すのである。誰が見た目でこのシスターの本質を見抜けようか。

「ところでアタシのことばっかりじゃない。たまにはアンタのことも話しなさいよ」

「私のことなんかつまらないわよ?」

「そうでもないわ。七年間も山籠りなんて普通じゃないし、アンタ最初に出会った時は夏でも長い肌着を着てたわよね? あのクソ暑い日にそんな恰好だったから、アタシの目を引いたのよ? まあ男並みの長身で、美人で、しかも黒髪ってのもあるけどね」

「シスターが『クソ』とか言うもんじゃないわよ」

「話を逸らさないでよね。まあ冒険者が着込むのは、色々下に隠すためでもあるから不思議じゃないけど、それでもローブやマントでよくない? アンタ人に肌を絶対に見せようとしないし。病気があるなら良い施療院を紹介するし、悪いことして懺悔するならシスターの前がいいわよ? 今なら格安で聞いてあげるわ」

　そこまで言って、シスター・アノルンが木製のジョッキに入った酒をグビリと飲み干す。酔っ払った状態で懺悔を聞くつもりなのだろうか。

「お金とるの? まあ懺悔するようなことは何も……してないってわけじゃないわね」

「人に言えることなら言ったほうが楽よ。一応アタシもシスターですからね、懺悔の内容について他人に漏らすことはないわ」

「うん——ありがと。でもこれも師匠の言いつけでね、あんまり人に話すようなことじゃないんだ。でも万一それでシスターに関係がでてくるようなら、きっちり話すから」

「そう、ならアタシも深く追及しないわ。でも暑い時期になると、その恰好は否応なしに目立つわよ。多少は事情が知れれば、知恵だけでも貸せるとは思うわ」

「それは……」

このシスターにならら少しだけ話してもいいかもしれないと、アルフィリースが思った矢先——

「オヤジ、酒だ！　さっさとしろ！」

突然の粗い声と共に、いかにも柄の悪そうな連中が入ってきた。ここの酒場にたむろしている者もお世辞にも上品とは言えないが、今入ってきた連中は段違いの人相の悪さである。みかけで人を判断するのは良くないが、日頃の行いは外見に現われる。旅をして長くはないアルフィリースだが、何度も危険な目に遭ったせいで、それなりに人物を見る目と危険察知については身についた。今入ってきた連中の人相は、まさに恐喝や暴行を楽しめる種類のあくどさである。

他の客にはそそくさと酒場を離れる者や、明らかに目を合わせまいとする仕草が見てとれたことからも、かなり危険な連中として知られているのかもしれない。

「面倒くさいことにならなきゃいいけど」

さっきまで大量に酒を飲んで、やや目がとろんとしていたアノルンの目に鋭さが戻っている。やっぱりこのシスターは侮れないと、アルフィリースは感じた。

「部屋に戻ったほうがいいかしら」

「あいつらが座った席の隣を通って？　逆にここは端だし、目立たなければ気付かれないわよ」

「いや、シスターの恰好が目立つわよ」

「それもそうね……おい、そこの！」

アノルンが目の前の男たちを呼びつける。

「へぇ。なんでしょう、アネゴ」

「シスターと呼びな。ガタイがでかいのを何人か集めて、あの柄の悪そうな間抜け面どもをアタシたちから見えないようにするんだよ。酒がまずくなってしょうがない」

「わ、わかりやした」

大の男どもがすごすごと言うことを聞いて動く。

(私が到着する前に本当に何をやらかしたのか、このシスターは)

などとアルフィリースが考えるのも無理はない。

「アネゴって何よ?」

「そこは流しといてよ。ともかくこれでいいでしょ。あの手合いは関わらないのが一番よ」

「シスターに関わったら、向こうの方が運の尽きかもしれないけどね」

「人聞きの悪い」

「事実じゃない?」

そのようなやりとりを二人が続けるうち、そのタチの悪い連中が他の連中と揉め始めるまで、そう時間はかからなかった。

「おいおいそこの若造、今なんつった、あぁ⁉」

「何も言ってねぇよ」

「こっちをジロジロ見てやがったろうが?」

「絡むんじゃねぇよ、穀潰しども」

「誰が穀潰しだと⁉」

さきほど無視を決め込んだばかりのアルフィリースとアノルンが、どちらともなく目を合わせる。周囲の男たちがひそひそと囁き合うのを聞く限り、さきほど酒場に入ってきたのは二人の見立て通り、どうやらタチが悪いので有名な連中らしい。その男たちに若い男性が絡まれているのだ。

絡まれても相手にしなければ連中も引いたかもしれないが、正面から言い返してしまっている。その様子はアルフィリースとアノルンからは一部しか見えないが、どうにも不穏な空気が漂っているのは二人にもわかった。

アノルンがそっと呟く。

「あの男、まずいわね。難癖をつけにきた奴らを正面から相手してる」

「相手の危険性を測れない奴は、戦場でもそうじゃなくても早死にするわ。多勢に無勢なのだから、相手にしなければいいものを」

「そんな身も蓋もないことを。若い子は血気盛んなぐらいが普通でしょうよ。アタシの席からじゃよく見えないんだが、あいつらは何人いるのさ？」

「入ってきた時は六人。露骨に得物をぶら下げてるのが二人。今絡んでるネズミみたいな顔の男と、ウマのできそこないみたいな顔の奴は、懐に短刀を隠し持ってるわ。後の二人はブーツにナイフかな。そんなのに難癖つけられるような真似をする方も問題よ。戦う力がないなら、戦いを避ける方法を身につけないと。自業自得ね」

いったいいつ確認したのか、アルフィリースがさらりと答える。アルフィリースの様子をアノルンはずっと見ていたが、奴らに視線を向けたのは入店してきた時、せいぜい一呼吸程度だった。あの一瞬でそこまで確認できるものなのかと、アノルンは訝しむも、

（今までの付き合いでわかってたことだけど、Ｅ級の判断力じゃないわね。いつもはドジ踏んだ話ばっかりだけど、アタシはこの子を過小評価しすぎかな？）

と、彼女は自分の考えを改めた。さきほどは笑い話で済ませたが、よく考えれば森オオカミの話だって――

「かといって見過ごすのも寝覚めが悪いか……ちょっと助けてくる」

「ふぇ？」

アノルンが物思いに耽ろうとした瞬間、アルフィリースが立ちあがりつかつかと揉め事の中心に歩いていった。突然のことにアノルンは随分間の抜けた返事をしてしまったが、そういう間にも既にアルフィリースは大股で荒くれ者どもの方に歩いていく。剣を置いていったあたり、揉めるつもりはなさそうだが。

「ちょっと！　もう、仕方ないわね」

いざとなったら援護くらいはしてやるかと考え、アノルンは後をついていった。もっとも後をついていったほうが面白そうだ、というのが本音だった。

「あなたたち、そろそろやめときなさいよ」

「なんだてめぇは？」

「誰でもいいでしょ、他の客に迷惑だわ」

「何よりアタシに迷惑だ」

またシスターが余計な合いの手を入れる、とアルフィリースは思いつつもネズミ顔の男から目は離さない。だがすぐに割って入って正解だったようだ。この男は懐の小刀をまさに抜く寸前だった。絡まれていた若い男は、まったくそんなことに気が付いていないのだろう。抜かれていたら簡単には収まらない事態になっていたに違いない。

ウマ顔の男がアノルンとアルフィリースに対して凄(すご)む。

「こいつぁよ、俺たちのことを『穀潰し』って言いやがったんだ。その分の落とし前をつけさせるだけだ。関係ねえ野郎はすっ込んでな。おっと、野郎じゃなくてあばずれか」

へへへ、と男の仲間たちから下品な声が聞こえてくる。アルフィリースを挑発しようとしているのだろうが、こんなことで我を忘れるほど彼女は愚(おろ)かではない。

「酒の席での出来事でしょ。どっちも酔っているのだから売り言葉に買い言葉で喧嘩なんて、大の男がみっともないわ。それより私が両方に奢(おご)ってあげるから、ここはどっちも引いて楽しく飲みましょう」

「なんだ話のわかる姉ちゃんだな。それなら別にいいぜ~？　ただしアンタが酌(しゃく)してくれるんならよ。ケケ」

「私みたいな大女の酌じゃ酒もおいしくないでしょ。ちょっと良い酒を出すように店主に言うから、それで満足なさい」

たしかにアルフィリースは背が高く、並の男くらいはある。いわゆる大女でも美人は美人なのだが、彼女は自分が美人だという自覚がないうえ、ある出来事がきっかけで身長が高いことに対して完全に劣等感を抱いてしまったのだ。

ウマ顔の男はネズミ顔の男と目を合わせると、にたりと嫌な笑みを浮かべた。

「じゃあ代わりにそこのシスターに酌をさせるさ。おいシスター、こっちにきな！」

「いや、そのシスターはやめたほうがいいと思う。本当に、真剣に、お願いだからやめて」

「あれもダメ、これもダメってよう、さっきからお前は何様だ？　こんな機嫌の悪さが、てめえみてえなデカ女の手酌なんかで直るもんかよ！」

アルフィリースは青筋を額に浮かべながら知ったことかと考えるが、酔っ払いにはまともな理屈は通用しない。それにしても事態がどんどん悪化していくようだ。

（むしろ、なんでシスターがついてきたの？　余計に事態が悪化してるし！）

などと考えても、既に状況はアルフィリースの描いた青写真とは違う方向に動いている。このタチの悪い連中が酌だけで済ますはずもないが、それ以上にこのシスターが大人しく酌なんてするはずがない。そう考えた矢先、どこからともなく猫撫で声が聞こえてきた。

「あ～ら、少しお待ちくださいましね。そういうことならお酒をお持ちしますから」

「シスターは話がわかるじゃねぇか」

今までアルフィリースが聞いたことのないようなシスターの愛想よい声、いや、作りすぎとも言える声だった。こんな場面でなければ間違いなく吹き出していただろう。シスターの様子を見ると満面の笑顔でニコニコしているが、目がまったく笑っていなかった。

さきほど絡まれていた男もシスターの表情からなんとなく次の展開が読めたらしく、じりじりと後ずさっている。この推測の良さ、まさか自分が来る前も同じような事態があったのだろうかとアルフィリースが推察する。そして、ネズミ顔のこの男は何も気付かないのかと表情を窺うも、どうやらこのシスターにどのような卑猥な行為をするかの妄想で忙しいのか、表情が垂れ下がっていた。

（これだから酔っ払いは……どうなっても知らないわよ？）

そんなアルフィリースの心配もよそに、いかにも看板娘が常連客の相手をするかのように愛想を振りまくシスター・アノルン。

「あ、お酒が出てまいりましたわ。私の奢りということでよろしいですか？」

「いやいや、むしろ俺が奢ってやるからよ、そのかわり俺に酒をついでくれや」

このシスターの思わぬ美しさに、男はもうすっかり機嫌を良くしているのだろう。棚からぼた餅ぐらいの気持ちなのかもしれないが、とんだ爆弾が落ちてきたことに気付いていない。

「それでは注いで差し上げるので、こちらにいらしてくださいな」

「よしよし、わかったわかった」

「ジョッキをお忘れになってはだめですよ？」

「おっとっと、そりゃそうだ」

「で、少し頭を低くしていただけるとやりやすいです」

「頭を低くな……ところでシスターは足もきれいだなぁ。で、なんで頭を低くするんだ？」

「そりゃあ、こうするからに決まってんだろが！」

ゴシャッ！

成り行きを心配そうに見守っていた周囲が思わず目を覆い息を呑む。もちろん、アルフィリースも一緒に息を呑んだ。このシスター、事もあろうに酒瓶で男の頭を割ったのだ。完全に不意打ちをくらい、ネズミ顔の男が床でビクビクと痙攣(けいれん)をしている。おそらく、割れた木製のジョッキで顔面は酷いことになっているであろう。当然、男たちの酔いは一気に醒(さ)め、怒りに染まった表情でがたがたと席を立った。

「てめぇ！　なにしやがる!!」

「あーん？　酒瓶で頭をカチ割ったんだよ、見てわかんねぇか??」

「そ、そういうことじゃねぇ。シスターがそんなことしていいのかって話だよ！」

「てめえらみたいな下衆どもに、アタシのありがたーい説法なんざもったいない。こうやって頭カチ割ってやりゃ、どんなクズにも『精霊は来ませり』ってな。てめぇらみたいな下衆どもにも、等しく天上への道を示してやろうっていうアタシのせめてもの慈悲なんだが、わかんねぇかなぁ？」

はは ん、とシスターが鼻で笑う。男たちはアノルンの言い草に、怒るよりも青ざめ始めていた。

「こ、こいつ。とんでもねぇシスターだ！」

「何言ってやがる！　てめえらみたいな粗末な×××つけた××野郎にこのアタシの相手がつとまるかっての！　そこいらの羽虫の方が、まだアタシが気にするってもんさ。さっさと帰って仲間同士でカマ掘りあって寝やがれ、この×××ども!!」

とてもシスターとは思えない暴言を吐きながら、アノルンは相手に向かって中指を突き出している。もはやアノルンの方が荒くれ者の様相を呈してきた。このシスターは完全に喧嘩慣れしているし、荒くれ者としても明らかに格上である。

「い、い、言いやがったな。人が気にしていることを!!」

そっちも気にしているのか⁉　などとアルフィリースが考えていると、連中の一人が掴みかかろうと襲いかかってきた。なんとか収まる感じだったのに、絶対このシスターにあとで文句を言ってやるんだ、とアルフィリースはぶつぶつと口の中で唱えながらも、既に体は男への対応を始めていた。

掴みかかってくる相手に足払いをかけ、バランスを崩した男の首へ組んだ拳を叩き下ろす。そして振り返るよりも速く相手に向かって机を後ろ脚に蹴り上げると、机をかわした一人がブーツからナイフを抜こうとするところだった。その男がブーツのナイフを抜きながら目線をアルフィリースに上げようとする瞬間、男から悲鳴がほとばしった。

「ぐ、ぎゃあぁぁ～!」

男が目線を上げる直前、アルフィリースが体重をかけてナイフの柄を上から踏んづけたのだ。ナイフはそのまま男の足を貫き、地面に固定してしまった。

「こ、この女⁉」

かなりできるとふんだのか、男たちはそれぞれ距離をとって得物を抜いた。周囲の人間もあたふた逃げ惑い、さすがにアノルンもアルフィリースに心配そうな視線を投げるが、当の彼女は落ち着き払っていた。

「やめたほうがいいわ、三人程度じゃ相手にならない。今の内に怪我人を連れて帰ることね」

「こっちは武器を抜いてんだぞ、そっちは丸腰だろうが⁉」

「あら。その丸腰の女相手に大の男が武器を持って三人がかりなんて、かなり恥ずかしい状況よ？

恥かく前にやめたら？」

「うるせぇ。こんだけやられて今さらひけるか！」

ふー、と大きくため息をややわざとらしくつき、アルフィリースは言い放つ。

「なら、試してみなさい！」

瞬間、うおっ、という掛け声とともに一人目が斬りかかってきた。一歩で後ろに飛びのいて剣をかわしざま、その辺にあった酒瓶を掴んで横面に叩きつける。顔を押さえて転がる男を飛び越えるようにナイフを持った男が襲ってくるが、近くにあったテーブルを足で蹴飛ばし、へりをどてっぱらに命中させてやった。悶（もだ）える男に目もくれず、今度は剣を持った男が上段から斬りおろしてきた。

今度はこちらも体勢を崩しているが、体をひねってよけると、上から下ろす腕に逆に手を添えるようにして加速をつけてやる。すると剣は止まらず、逆に男の内腿（もも）を切り上げた。

「ぐひっ？」

情けない声を上げる男にさらに追いうちをかけるように鳩尾（みぞおち）を蹴り上げると、男は悶絶して食べた物を吐き出しながらへたりこんでしまった。一瞬で流れるように三人を倒す早業。アルフィリースは手をぱんぱんと払いながら、今度は剣の柄に手をかける仕草をした。

「これでわかったかしら、さっさと帰ることをお勧めするわ。これ以上は手加減する自信がないわよ？」

「く、くそっ」

「ああ、怪我人はちゃんと連れて帰ってね？」

傍（はた）から見てもあまりにも鮮やかだったので、実は加勢の機会を狙っていた者も何もできず、ただただ呆気にとられていた。シスター・アノルンも酒瓶を振り上げて（さっきより明らかに大きい）いるものの、振りおろす場所を失い、決まりが悪そうである。援護するつもりだったのだろうか。

「おい、しっかりしろ」

「出直してくるぜ、てめえら」

「これより酷い目にあいたければどうぞ？」

男たちは仲間同士で支えながら、ほうほうの体ですたこらと逃げだしていった。既に周囲は笑いを堪（こら）えきれない様子で、くくく、という忍び笑いが聞こえてくる。

「おい、忘れもんだぁ！」

「ぎゃっ！」

と、声が聞こえて何が起こったのかとアルフィリースが思っていたら、シスターがやり場をなくした酒瓶を店から出ていく荒くれどもに投げつけていた。しかもまたしても頭に直撃。男たちがわめきながら、より足早に逃げていく。

「や、やりすぎよシスター！」

「むしろアタシはアンタが甘いと思ったけどね。ここには傭兵ギルドもないし、全員再起不能でもよかったよ。あの手の連中は逆恨み甚だしいし、何よりしつこいわよ？」

「私は無駄な殺生、暴力は嫌いよ。だいたいあんなことになったのは誰のせいだと――」

という言葉を言い終わらないうちに、わっと駆けよってきた酒場の男たちに囲まれる。

「姉ちゃんすげえぜ」

「久しぶりにスカッとしたよ！」

「俺のせいでごめんな」

「俺の酒を受けちゃくれねぇか？」

「ワシもスカッとしたからな。酒代も宿代もタダでいいよ！」

よほど普段から迷惑だったのか、客たちの感謝や賛辞が雨のように降ってきた。てんやわんやに騒ぎ立てられ、もみくちゃにされるアルフィリース。

「ち、ちょっと皆、落ち着いてよ。シスター！　シスター！　なんとかして!?」

「アタシしーらない」

無関係を決め込んだ薄情なシスターはすたすたと二階に上がって宿部屋に戻る。一階の酒場ではアルフィリースが大勢の男に囲まれ、乾杯攻めに困っていた。

「逆恨みを考えると、明日の朝一番でこの町を離れるべきね……まぁ少し経ったら助けに行きますか。それにしても」

アノルンがアルフィリースと知り合って一年近くになるが、彼女が戦っている姿は初めて見た。出会った時から強いだろうとは思っていたが、一瞬であの人数をあしらうほどとは。しかも剣を抜くことすらせず、素手で武器を持った男たちをまとめて叩きのめしてしまった。

「でも話を聞く限り当然かもね。あの子、自分がどのくらい強いのかわかっているのかな？　傭兵として、E級なんかじゃありえないわね、実力だけなら少なくともB級、素材だけならA級のはず」

そう、アルフィリースはなんの気なしに馬の倍はある森オオカミを倒したと言ったが、森オオカミは通常、大きめの個体でも成人男性程度である。群れのボスだとしてもせいぜい一回り大きい程度で、馬を超えるような大型の森オオカミはいない。おそらくはその一帯の主か亜種だったのだろうが、長じれば魔王となりうる個体だろう。それを殺さずほぼ無傷で叩き伏せ、しかも交渉して枕代わりにしたとまで彼女は言った。

「魔物は交渉するにも、自分と釣り合う何かを持っている相手にしか応じない。ギルドに申請していれば間違いなくB級以上の成果ね、もったいない。それに加えて黒髪、か。魔術も使えるってことなのよね、きっと」

アルフィリースは以前、特定のパートナーはおろか固定の旅仲間ができないとアノルンにぼやいたことがあるが、黒髪の人間は傭兵ギルドですら避けられる傾向にあった。都心部から離れるほどその傾向は強いため、アルフィリースはかなりの疎外感を抱いて生きてきたのかもしれない。

「あの剣技に加え、魔術が使えるとすれば要注意人物ね。闇魔術士ではないと思うけども、師匠とかいう人の名前は念のため聞きだしておいたほうがいいかしら。それにしても、黒髪ってだけで避けられるのに、加えて実力も伴うんじゃね。多くの傭兵は気おくれするだろうし、あの子、これからも苦労するわ。寄ってくるのは訳アリか、あるいは彼女と対等以上の力量を持つ者……かつてのアタシと同じね」

ちらりとアルフィリースの様子を二階から窺いながら、思索と憧憬に浸るアノルンであった。彼女を世間知らずで妹のように愛らしいと思う一方で、自分の『本当の仕事』の性質上、どうしてもアルフィリースの事情を詳しく聞きだしておかねばならないと考え始めていた。

「まったく嫌な女になったわ、アタシ。アタシだって沢山隠し事をしてるのにね」

今のアノルンを見たらアルフィリースは驚いただろう。この口の悪い暴力シスターとは思えないような悲しそうな表情を浮かべて、アルフィリースを見つめているのだから。

＊＊＊

「アルフィ、起きなさい！」

「ま、まだ太陽が出てないわよ……」

「昨日、早く町を出たほうがいいって話をしたでしょ？　さっさと起きる！」

「う～、飲みすぎたぁ……」

昨日、例の荒くれどもを撃退したせいで、すっかりイズの人気者になってしまったアルフィリースは、酒場の男どもに取り囲まれ、しこたま飲まされてしまった。最初は断ろうと必死だったが、世間知らずのアルフィリースに、酔っ払った上でご機嫌な男たちを大量にあしらうような術は身についていない。

アノルンが半刻程後に一階に様子を見に行った時には、へべれけ状態で「もっにょ酒をもっへこ

〜い！」などと言うアルフィリースを見つけてしまった。さすがのアノルンもこれはまずいと思い、なんとかアルフィリースを助け出して無理矢理二階の自分の部屋まで連れていきベッドに寝かせたのだが、既に酔いざましを飲ませることができる状態ですらなかった。

「もう風呂はないから、体を拭く用の水だけ汲んどいたわよ？　酔い覚ましと強壮剤の薬も用意しといたから、先に飲んどきなさい。あと食料と馬も手配しといたから、アタシがとってくる。アンタは準備でき次第、東側の門に行っておきなさい、いいわね？」

「なんだか保護者みたいだわ」

「何か言った？」

「わかったわよ〜」

まだアルフィリースは自分でも寝ぼけているのがわかるが、シスターの言うとおり早くこの町を離れたほうがいいだろう、というくらいの判断をする気力は戻ってきていた。それになんだかんだでアノルンのこの手際の良さや親切心は、彼女がシスターなんだなぁとしみじみアルフィリースに思わせるには十分だった。

「回復魔術は使えないのに、シスターらしくするわよね」

「聞　こ　え　て　る　わ　よ　!?」

「きゃああ!?」

アルフィリースは今まさに服を着替えようとするところだったので、慌てて体を隠す。

「女同士で減るもんでもないでしょうに」

「ちょっと、馬を借りに行ったんじゃなかったの？　気配がなかったわよ？」

「気配くらい消せるわよ」

「シスターのくせに、どこでそんな技術を覚えたのよ！」

「四分の一刻で準備できなかったら、おいていくからね！」

今度は本当に馬を借りに行ったようだ。ずかずかと荒っぽい足音が遠ざかっていく。

「見られてないわよね？　この刻印……」

アルフィリースが師匠に刻印を体に施された時、決して人には見せるなと言われた。その理由が最初はわからなかったが、自分の身のことである。学ぶにつれ、決して他人に見せてはいけないものだとよく理解した。もし迂闊（うかつ）にもこの紋様を他人に見られてしまえば、自分は抹殺対象になるかもしれないとも。

「なんでこんなことになっちゃったのかしらね……」

思わず自分の不幸を恨んでしまうアルフィリースだが、それでも彼女は師匠に巡り会えただけ運がいいと思っている。今こうして生きて通常の生活を送れているのが、もはや奇跡に近いこともわかっている。普通なら、十歳で師匠に出会った段階で処分されていてもおかしくなかったのだ。自分の生命の安全だけを考えれば、あのまま山籠りを続けているのが正解であることも。

それでも、世の中のことをもっと知りたいと思う気持ちは抑えきれなかった。可能であるなら友人を得たり、人並みに恋愛なるものも経験してみたい。決して恵まれたとは言い難い人生だが、せっかく拾った命を最大限に活かしたい。そのためなら多少の危険を冒しながらでも旅を続けたいと考えて、いつも前向きに生きてきた。

なお、アルフィリースは旅の中で齢十八になった。十八という年齢は多くの国で成人とみなされ、アルフィリースが生まれた故郷であれば既に結婚、出産をしている年齢だが、アルフィリースは子どもの頃から成人と同時に結婚相手を考慮される田舎の風習に釈然としていなかった。自由を求めるアルフィリースの魂は瑞々（みずみず）しく活力に溢れていたが、この時代においてただそれだけで敵も味方も多くの注目を集めてしまうことを、アルフィリースはまだ気付いていなかった。

＊＊＊

一方、アノルンは準備をしながら考え事をしていた。

「ちゃんと薬飲んだかな、あの子」

戦いとは違ってずぼらなところのあるアルフィリースをアノルンは思いやりながら、馬屋に向かう。彼女はシスターでありながら回復魔術が使えない。その代わり薬草の知識にかけては教会内でも当代随一だったし、それが彼女の誇りでもあった。

また修行により、対魔・対死霊などの魔術はかなり図抜けている。腕っぷしにはそもそも自信があるし、冒険者としての能力はかなり高いと自負しているので、回復魔術を使えないことを後悔したことはない。ただ一度を除いては。

「まあ、元々アタシはシスターじゃないしね。はいはいお馬さん、いい子いい子」

アノルンが二人分の馬を引きながら馬屋を出ていくと、背後からドスのきいた声をかけられた。

「動くんじゃねぇよ、このクソッタレシスター」

＊＊＊

その頃、素早く準備を終えたアルフィリースは、既に門の付近でシスターを待っていた。夜も白んできており、もうじき町の門も開くだろう。にしても、やはりシスターの薬は効き目が抜群である。すっかり体調がまともに戻ってきているのを、アルフィリースは感じとっていた。

その彼女が手持無沙汰にしていたからか、ひょっこりやってきた門衛が話しかけてくる。

「おう、お嬢さん。昨日は痛快だったね」

「門衛さん、私のこと知ってるの？」

「ワシも昨晩遅くに酒場に行ったんだがね。現場は見ちゃいないが、何せあの盛り上がりだろう？何があったのか聞いたら、旅の美人剣士があの穀潰しどもをノしちまったと言うじゃないかね。奴らはこの町の出身なんだけどよ、ガキの頃から素行が悪くてね。まともに働きもせずに夜盗まがいのことまでするし、噂じゃ人殺しもしてるんじゃないかと聞いてね。この町の出身じゃ領主に頼んで捕えてもらうにも下手すると連座制だし、どうにかならないものかと思ってたんだよ」

「この街に自警団みたいなのはないの？」

「あるにゃあるが、奴らの方が頭数が多いんだよ。ざっと……」

「二十人ってとこかしら？」

「そんぐらいかのう。て、なんでそれを……あ、わわ」

門衛の老人は思わずあとずさり、いち早く逃げ出した。その話に出てきた噂の連中が門の付近に集まってきていたのだ。しかも今度は全員しっかりと武装している。

「昨日はこいつらが世話になったらしいな」

ひときわ大柄な男が声を発する。先頭に立つあたり、彼らの親玉と考えられた。

「あら、そんな何人も男を世話するほど甲斐甲斐しくはないわ、私」

「余裕じゃねえか。十人を超える男に囲まれてまったく怯（ひる）まねぇとはな」

「で、なんの用かしら？　私、そろそろ町を出ようと思っていたんだけど」

「まあまあ、そう言うな。こいつらが昨日の礼をしたいんだってよ」

「つまらないお礼なら突き返すわよ？」

「心配すんな、しっかり楽しませてやるよ。俺の腰の上でな、ひひひ」

そう言う間にもじりじりと男たちが詰め寄ってくる。見える範囲だけで十四人はいるか。おそらくはシスターの方にも何人か割いているだろうし昨日の面子も見えないから、総勢で二十名程度と予測する。シスターを心配するのは無用かと考えつつも、結局はこういう展開なのかと、アルフィリースはため息をつかざるをえなかった。

＊＊＊

「動くなっつってんだろう！」

男の声も虚しく、アノルンは馬を引きながらまったく足を止める気配がない。

「無視すんじゃねぇよ、このアマ！」

男はその辺にあった木切れを掴んで投げてきたが、アノルンは後ろを見もせずにひょいとよけてしまう。

「危ないわね。アタシの大切なお馬ちゃんに当たったらどうしてくれるつもり？」

「馬より自分の心配をしやがれ！」

「昨日アタシに一発でノされた男を前に、何を心配しろっての？」

「昨日は油断したからだ！　今日は仲間もいるし、昨日みたいにはいかねぇぞ」

アノルンがよく見ると、どうやら昨日のネズミ顔の男である。彼女はこの男にまったく興味がなかったので、既にその顔を忘れかけていたが、そもそも割れたジョッキのせいで顔面が傷だらけで判別に困るほどだった。よくもやられた次の日に仕返しに来られるものだとアノルンは執念深さに感心したが、五人の仲間が武装していることが理由なら、滑稽（こっけい）なものである。

「いや、既に昨日以下じゃない？」

「どういうことだ？」

「だって、こんなか弱いシスターを大の男が六人がかりで、しかも武器を持って取り囲んでるのよ？　もう既に男のやることじゃないわよ。××野郎ね。あ、男じゃないから××オカマか。なんかもう、オカマにも失礼だけど」

「く、くそ、このクソアマ！」

「あら、このクソ尼ですって。上手いこと言うじゃない。でも残念だけど、シスターだけど出家はしてないの、アタシ」

「黙りやがれ!!」

ネズミ顔の男が顔を真っ赤にしながら斬りかかってきた。アノルンの方はいかにも涼しい顔で右手を腰にあてたまま、突っ込んでくる男を見ている。男が振り下ろす剣がアノルンに当たるかと思われたその時、キン！　というひときわ高い金属音と共に男の剣が止まった。男はシスターの左腕を斬り落としたつもりで剣を振り下ろしたのに、そうはならなかった。

「な……」

男が何かを言いかけた瞬間、バキリという何かが折れるような鈍い音と共に、ネズミ顔の男の体は宙に舞うどころか、吹っ飛んでいった。そのまま馬小屋の壁を一部突き破り、つきあたりの壁まで吹っ飛んだ男の体は、もはやピクリとも動かない。

「あちゃー、やりすぎた？　せっかく見れる顔になったと思ったのに、また殴っちゃった。さすがにもう駄目かも」

「な、な、な……」

残った男どもは顔面蒼白（そうはく）となった。大の男の体が、お世辞にも大柄とは言えないシスターの一撃で馬何頭分もの距離を吹っ飛んだ。とても現実の光景とは思えない。男どもがアノルンに目線を戻すと、いつのまにか両手には棍棒のようなメイスが握られていた。

「アタシね、今でこそ身分はシスターだけど、以前は違ったのよ。事情があって、名前も職業も変えちゃったのね。でもシスターって思ったより便利だわ。服がひらひらしてるから武器を隠すにはもってこいだし、相手も油断するしね。なにより、清楚さ三割増しってやつ？　男に困ったことはないけど、前よりモテるようになったのよね」

などとウィンクしながら軽口を叩いているが、男どもにアノルンの色気を感じる余裕はなかった。このシスターは、男どもにとってはもはや恐怖の対象でしかない。

アノルンはとびきりの笑顔を彼らに向けながら、語りかけた。

「一応シスターだし、殺しはしないわよ。魔物以外の殺生は厳禁だし、やりすぎちゃうとマスターの折檻が怖いしね。でも××××潰れちゃって、男として不能になっちゃったらごめんなさいね？」

「ひぃっ！」

最高の笑顔でメイスをくるくると回しながら楽しそうに男たちを追い詰めるシスター・アノルンと、完全に武装しているにもかかわらず剣を持つ手が小刻みに震える男たち五人。もはや狩る側と狩られる側が、完全に逆転していることは明白だった。

＊＊＊

そして門周辺では——

「ぎゃあっ！」

先にアルフィリースに掴みかかろうとした二人の男の、剣を持っていた手首から上が吹き飛んでいた。全員が呆気にとられる中、ヒュン！　と音がしてアルフィリースが右手の鞭を構えなおす。普段は腰紐に偽装させている鞭である。

「て、てめぇ！　正々堂々剣で勝負しやがれ！　腰の剣は飾りかよ⁉」

「お断りするわ。多対一で剣なんか使っても、あっという間に刃こぼれで使えなくなるもの。得意なのは剣だけど、状況に応じて武器を使い分けるなんて当たり前でしょ？」

と言いながら鞭を構えるアルフィリースの構えには無駄がない。鞭が熟練の腕前であることは素人目にも明らかである。だが男たちもこれだけで引き下がるわけがない。

「てめえら囲め！　鞭も多方向には同時に振れねぇ。囲んで同時に襲いかかれ！」

男たちがバラバラとアルフィリースの周りを囲む。

（なるほど、あの親玉は場慣れしてるわね。戦場帰りかしら？）

油断なく周囲を警戒しながらアルフィリースは相手を観察する。囲まれればたしかに不利だが、まとめて倒す時には便利であった。

「行けっ！」

掛け声とともに周囲を囲んだ連中が一斉に襲いかかってきた。普通ならそれだけで腰が引ける場面だが、アルフィリースは冷静に鞭を振い、鞭の腹で正面の四人の顔面を打ちすえる。鞭の威力は先端に集中しているが、鞭の腹でも顔面に命中させられればとても無視できた痛みではない。案の定、顔面を打ちすえられた連中はその場に全員うずくまってしまった。

鞭をかいくぐって迫る背後の連中の顔めがけて、腰の携帯袋から取り出した袋を投げつける。後ろから飛びかかろうとしていた男たちはまともにこの中身を受け、悲鳴と共にその場にうずくまってしまった。特定の植物から採れる、眼潰し用の花粉をアルフィリースは仕込んでいたのである。

そこに残る二人の剣がアルフィリースに向けて振り下ろされたが、彼女はなんなく左手の手甲でこの剣を受け止める。手甲一つで受け止められたことに男たちが驚く暇もなく、手甲から隠し刃が出現し二人の男の顔面を切り裂いた。噴き出す血と共に男たちがもんどりうち、アルフィリースは返り血をいくらか浴びながらも瞬き一つすらなく前進する。

「な、なんだと？」

残った連中は驚きの色を隠せない。ものの数合で、大の男八人が女一人にしてやられたのだ。首領格の男は驚きを隠せなかった。

（こんな使い手、戦場でも見たことねぇ……何者だ？　なんでこんな田舎にこんな腕っこきがいやがる？　やっぱり黒髪の人間に関わるとろくでもない目に遭うってのは嘘じゃなかったのかよ、ちきしょう。あのクソ部下ども、絡んだ女が黒髪だなんて一言も言わなかったじゃねぇかよ！）

「こ、こりゃダメだ……」

首領らしき男以外が背後を向けて逃げ出そうとした瞬間、ヒュッ、と風を切る音がした。

「あ、あ……」

小さくうめき声を上げて倒れる男たち。見ると背中に短刀（ダガー）が刺さっていた。アルフィリースは背負っている盾の裏に仕込んでいたダガーを取り出し、素早く投げたのである。軌道は単純なものだったが、男たちは背を向けて逃げていたので防ぎようもなかったのだ。

「心配しないで、痺（しび）れ薬よ。丸一日は動けないでしょうけど誰も死んでいないわ。まあ無事とも言い難いけど、そのくらいは自業自得よね？」

「てめぇ、何者だ⁉」

「別にしがない旅人よ。取り立てて何者ってほどのこともないわ」

「嘘つけ！　テメェみたいな使い手、戦場でも見たことねぇぞ？　こんな田舎に何しに来やがった！」

本格的な戦場をアルフィリースは知らないが、道草していたらここに辿り着きました、とは今更言えなかった。

「褒め言葉として受け取っておこうかしら。それでどうするの、まだやる？　それとも大人しく自警団か領主の軍隊に捕まる？」

「女相手に引けるかよっ。剣で勝負しやがれ！」

大男は大仰に構え直して斬りかかってくる。

「仕方ないわね」

奇襲は通じないと考えたか、アルフィリースも剣を抜き放った。男が放つ横切りを後ろに跳んでよける。さらに突っ込みながら放たれる上段切りを半身でよけながら、剣の柄でしこたま男の顔面を打ちすえてやった。

「ぐっ⁉」

男の後退に合わせ、今度はアルフィリースが自分から斬りかかる。

（上かっ？）

男がアルフィリースの上段切りを剣で防ごうと差し出した瞬間、アルフィリースの剣が防ごうとした剣をよけるように軌道変化し、袈裟（けさ）がけに男を斬り下ろした。男が悲鳴とともに肩を押さえてうずくまる。

「なんで……剣筋が途中で変わりやがった」

「握る手を片方緩めるのがコツね。殺すつもりの勢いで振る剣でこんな器用なことはできないけど。それに戦場ならともかく、一対一なら剣を合わせる真似は自分の剣を潰すことになるからまずやらないわ。剣をいつも直せるとは限らないし、修理もタダじゃないのよ。ま、これができるほどの力量差でよかったわ」

「ク、クソッタレ」

「語彙の少ない男たちね。昨日からそればかりだわ」

男が落とした剣をアルフィリースが蹴飛ばすと、自警団らしき人影が駆け足でやってきた。先頭はさきほどの門衛である。

「大丈夫かね、お嬢さん⁉」

「あら、門衛さん。助けを呼びに行ってくれてたの？　てっきり逃げたとばかり」

「困っている者を助けるのは当然じゃないかね？」

「でも黒髪なのよ？　嫌じゃない？」

「鉄火場じゃ気にする者もいるがね、ワシは長く生きていて黒髪の者に嫌な目に遭わされたことなんか一度もないさね。それより恩知らずになる方がよっぽど怖いじゃろうて。それにこの老体じゃ加勢は無理だからな。間に合ってよかった」

「いい人ね、おじいさん。でもせっかくだけど全部終わったわ。一応全員生きてるはずだから、しっかり連行してね。手首がない人は急いで止血しないと危ないと思うけど」

「なんとまぁ」

事態が呑み込みきれない町の住人を尻目に、アルフィリースは自分が使った武器の回収をしながら何事もなかったように元通り座って呟いた。

「シスター遅いなぁ、まさか苦戦しているのかな？　様子を見に行ったほうがいいのかしら？」

＊＊＊

「完全に出るタイミングを逃したわね……」

その件のシスターは、たしかにアルフィリースが心配するまでもなく自分の敵をとっとと片づけ、事の成り行きを見守っていた。アルフィリースの実力を少しでも見極めるためである。ちなみに彼女に襲いかかった連中は、顔の原型がわからないほどボコボコにされ、身ぐるみ剥がされて全員馬屋の肥溜めに放り込まれている。

「目には目を、歯には歯を、クソッタレにはクソッタレってか」

そんな教義は、アノルンが属する教会にはもちろんない。

「にしても、あそこまでの使い手なのね。アタシたちの神殿騎士団の中隊長くらいには強いんじゃないかしら。それに……」

投げたダガーの不自然な飛距離と威力。弓矢で狙う距離をあんなふうには飛ぶはずがないから、

おそらくは魔術の補助を得ている。ならば風の系統か——などとアノルンが考えていると、

「あ、シスターいた！」

「わ！」

不意にアルフィリースに声をかけられ、驚くアノルン。

「シスター、そっちはどうだった？　男たちに襲われなかった？」

「お、襲われたけど問題なく返り討っといたわ！」

「じゃあ皆に色々聞かれる前にもう行かない？　またおだてられるのは面倒だよ」

「そ、そうね。じゃあ行きましょう」

やや面喰らいつつも、アノルンは馬を連れてくる。そしてさっそく馬に乗り、そそくさと町を後にしようとする二人。だがその時、門衛の老人に声をかけられた。

「お前さんたち」

「何？　門衛さん」

「何か急がれるみたいじゃからもう引きとめんがの。この先ミーシアには寄るんじゃろう？　あそこではワシの息子が宿屋をやっておる。もし泊まるんならこのジジィの手紙を見せるとええ。タダで泊めるように一言書いてあるからの。ミーシアのような大きな街じゃ、宿を探すだけでも一苦労じゃて。何、ワシの息子も黒髪であることなど気にせんでな。ミーシアほど大きくなると、黒髪じゃのなんじゃのを気にしていては商売などできんさ」

「本当？　ありがとう、おじいさん！」

「なんのなんの、これでこの町もしばらく平和じゃろうからな。そのお礼にしては安すぎるくらいじゃ」

ほほほ、と笑う老体の親切がアルフィリースの身に沁みる。

「じゃああありがたく使わせてもらうわね。え～と、おじいさんの名前は？」

「ビスじゃよ」

「ありがとうビスさん、私はアルフィリースよ。じゃあまた縁があったら会いましょう！」

「おうよ」

門衛のビスは、笑顔で手を振って送り出してくれている。アルフィリースはさきほどまでの男たちのことも忘れて、すっかりご機嫌となっていた。

第二幕　呪印とアルフィリースの過去

その後、イズの町を後にしてしばらく進んでいたが、アノルンの口数がいやに少なくなっていた。アルフィリースが話しかけても、生返事がほとんどである。アルフィリースはアノルンを訝しみ、やや心配そうに彼女の方を見る。

「どうしたの、シスター？」

「ん、いやなんでもない」

「なんでもなくはないでしょう、体調が悪いんじゃないの？　休憩しましょうか？」

「いいよ——いや、やっぱり休憩しよう」

意を決したようにアノルンがアルフィリースの方を向いた。いつになく真面目な表情に、何事かとアルフィリースも構えなおす。

「そこの岩のとこに行こう」

街道沿いは草原である。大陸の中ほどに位置するため昔から開けており、人の行き交いも盛んだ。前にも後ろにも隊商がいるし、馬のいななきも多い。このような状況で道端に腰を下ろすわけにもいかず、二人は少し街道をはずれ、街道から見えにくい人気のない岩の上に腰かけた。

アノルンが渋そうに話を切り出す。

「アルフィ、アンタには答えにくい話題かもしれないけどさ。質問してもいいかな？」

「私に答えられる範囲で良ければ」

アルフィリースも話題の重要性を感じとったのだろう。真剣な表情で応える。

「今日朝ね、悪いとは思ったけどアンタの体の刻印を一部だけど見たのよ」

「やっぱりそうなのね。それで？」

「アンタの刻印は普通の刻印じゃない。民族の儀式や、あるいは罪人の証で刻印を入れることはある。ほかにも、魔術とか、家柄でね。王族だって、そういう刻印を王の証とする国家もある」

「……で？」

「私も専門家じゃないから詳しくはわからないけど、アンタのは呪印だった気がする。呪印と一口にいっても強化、隷属なんて色々あるけど、アンタのは魔力を封印する、封呪の類いに見えた」

　アノルンの言葉にアルフィリースは何も答えない。その態度を肯定と受け取り、アノルンは厳しい口調で続けた。

「封呪の印ってのは、体に施す刻印としてはもっとも強い種類だ。体を流れる魔力の循環を無理矢理阻害するから本人にもかなりの負担を強いるが、その分効果は高い。通常なら犯罪を犯した魔術士なんかに刑罰で使って、魔術を封じ込める時に使う。あるいは魔力が大きすぎて制御できない魔術士に使う場合もあるが、それでもせいぜい数文字、大きくて掌程度のはず。それをアンタ、両腕のほぼ全面に掘ってるね？　それがただの封呪じゃなく、呪いを施した呪印なら、正気の沙汰じゃない。本当に呪印なのかい？」

「……正真正銘の呪印よ。背中と胸の一部にもあるわ」

「それだけアンタの魔力が強大ってことだね。呪印なら通常腕を一列で一周する程度でも、並の魔術士なら半永久的に魔術が使えなくなる。そんなものをそれだけ広範囲に施しながら、アンタはなおかつ魔術を用いた」

「なんでそう思うの？」

「逃げる荒くれどもに投げつけたダガーの飛距離。投げ方に対して、あんなに飛ぶはずがない。風の魔術か何かを使ったはずだ」

　そこまでわかる以上、やはり普通のシスターではないのかとアルフィリースはため息をつく。旅先で何度も出会ったのは偶然ではない。おそらくは『そういう類』の案件を扱う、特殊な役目のシスターなのだ。目立たぬようにやっていたつもりだが、目をつけられていたということだろう。

「そこまでわかるんだ。で、どうする？　私をアルネリア教会に連行する？　それとも魔術協会に通報する？」

「まずは話を聞くけど、最終的にはアンタ次第だ。嘘偽りなく、正直に答えてほしい」

アノルンの目線が一層鋭くなる。

「アンタ、本当は何をしたい？　それほどの力があればだいたいなんでもできるだろ？　国に仕官するもよし、魔術協会に属するもよし。ギルドだって本気でやれば等級を上げて、相当な待遇を受けることもできる。それだけの魔力があれば、どうやっても引く手数多になるさ。なんだったら力で人を従えて、魔王みたいな君臨の仕方もあるだろう。ベグラードに行って、何をするつもりだ？　そもそもベグラードに行くってのが嘘なのかい？」

「……私はね」

アルフィリースがふと遠い目をする。

「自分が本当の意味で何をしたいのか、何をすべきなのか……まだよくわかっていないの。書物で知識としては世間のことを知っているけど、実感が伴わないことばかりだわ。本来なら結婚している年齢だとか言われても、恋人の一人すら作ったことすらないのに……。世間を見るにしてもあてどなく放浪するわけにもいかないから、師匠の遺言に従って東のイーディオドの首都、ベグラードを目的地としているだけよ。やることが見つからなかったり、生活に困ればハウゼンって男に会うように言われたけど、とりあえずそこまで困っていないし、いつでもいいかなって思っているの。

それより沢山世界を見てみたいし、色んな人に会ってみたいわ」

「故郷は？」

「故郷には帰れないわ。私は追放されたから」

アルフィリースはポツリポツリと話し始めた。

「私の生まれは普通の農家よ。貧しくはなかったけど、その日の食事に困らない程度のごくごく普通の家で育ったの。でも私には生まれつき普通じゃない力があった。他の人には使えないみたいだったから親にも内緒にしていたけど、小さい頃は、その力を自分のために使うことが悪いとも思わなかったわ。暇な時に語りかけてくる声があったり、不思議なものが見えたり、今ではそれが魔術の原型だとわかるけど、当時はなんだか不思議な力だとしか思っていなかった」

アノルンは真剣な面持ちで、アルフィリースという人物を測るかのようにじっと見つめる。

「困った時にちょっと使うくらいの力だと思ってた。草刈りをしたり、火をつけたりする時に便利だなって思ってたの。でも、私たちの村に落ちのびてきた戦争の敗残兵が村人に乱暴しようとしたところを見逃せなくて……私は初めて誰かを攻撃するために力を使用したわ。その時、強すぎる力を制御できないことに気付いたの。でも遅かった。相手は死んでしまったわ。私は魔術士の規律なんて知らなかった。魔術協会に属さぬ者が魔術で人を死に至らしめた場合、いかなる理由をもってしても拘束、あるいは処分されることを。やがて村にやってきた多数の魔術士に、私は囲まれた。今でも覚えてるわ、周囲の、そして両親の私を見る怯えた目。私は既に村の人たちにとって、仲間ではなかったの」

アルフィリースの生きる世界ではそれが当然だった。かつて魔術士は魔物や魔王に対抗する力として重宝されたが、過去に国を操り、世界中に戦争を仕掛けようとした魔術士がいた。その魔術士は征伐されたが、多大な犠牲を出したその事件以降、人々は魔術の危険性を認識し、魔術士は一般の人々から不当な扱いを受けることが多くなってしまった。

遂には弾圧、迫害にまで発展するほど一般人と魔術士の対立の溝は深まったが、魔術士たちは自分たちの管理を徹底することにより、人々の信頼を取り戻そうとした。そのために作られたのが魔術協会であり、強い魔力を持つ者はより厳しく自分を律し、かつ管理されなければならないというのが現在の常識だ。

そのため魔術の力を悪用しようとする者には、魔術協会が例外なく自分たちで制裁を行う。魔術協会には魔術士狩りを専門に行う部署まであるのだ。

だが一方で、力の大小はあるとはいえ、本来魔術の力は誰しも持っている。普通は専門の知識を学び、然るべき修行や力の授受をすることでしか発現しないが、たまに生まれつき魔術を使用できるような素質に恵まれる者もいる。それほどの才能ある者は、大抵は占星術や予知を駆使して存在を察知され、生後間もなく然るべき場所に引きとられていく。

先天的に人を死に追いやるほどの力の持ち主が放置されるなど通常はありえないのだが、そういった意味ではアルフィリースは例外だった。異端、と言い換えてもいいだろう。田舎ゆえに気付かれなかった可能性もあるが、才能に恵まれることが常に幸せとは限らない。

そうやってアノルンが考える間にも、アルフィリースは淡々と話し続ける。

「魔術士十人くらいだったかしら。それでも私の魔力の方が断然強くって、あっという間に倒してしまったの。ああ、殺してはいないわよ？　そんな必要が無いほど、私の方が強かった。そこに通りがかったのが私の師匠」

「ちなみに師匠の名前は？」

「アルドリュース」

「アルドリュース……まさか、アルドリュース＝セルク＝レゼルワーク⁉」

「そうよ」

世界に名だたる魔術士は沢山いるが、アルドリュースという魔術士はその中でもさらに特殊であった。彼は若くして凄まじい才能を発現させ、次期魔術協会会長とまで呼ばれたが、若干二十歳にして魔術の修行と研究を全て放棄。魔術協会を脱退した後、そのままとある国の騎士団へと入隊し、今度は武術で将軍職の一歩手前である千人長にまで上り詰めた。

さらに文官としても力を発揮し、特に内政の分野における治水工事・都市計画などにおいて、いまだに彼の提唱した案が世界中で参考にされている。宮廷にも民衆にも人気があり、国王にも評価され伯爵号まで与えられ王女との恋仲までも取りざたされたが、なぜか三十代なかばにて全ての地位を返上して出奔。そのまま野に姿を消したところまでが、公式の記録である。

何を考えていたかわからないということで変人、奇人とも言われたが、それよりも偉人として知られている。諸国の政治に関係のないアノルンの耳に入るほどの人物にアルフィリースが育てられているとは、彼女の想像をはるかに超えていた。いや、むしろそれほどの人物が、アルフィリースを育てる必要があったのかもしれない。これを運命と呼ばずして、なんと呼ぶのか。

「私、師匠にはあっさりやられちゃってね。魔術士のくせに武術まで超一流なんだもん、反則みたいな強さだったわ。で、それから何をどうしたのか師匠預かりになって、人里離れて暮らすってことを条件に処分は免れたわ。他にも色々事情はあったみたいだけど、師匠は話してくれなかった。その時に、この封呪を師匠から施されたの」

そう言ってアルフィリースは両腕の小手を外し、ぐいっと袖をまくってみせた。

「右と左で文様の形式が違うのがわかる？　左は師匠の施した呪印。右は、私が自分で施したものよ。左だけじゃ完璧じゃなくてね。魔術を学んでから新たに自分で施したわ」

「自分で？　そんなことができるの⁉　それ以上に、正気の沙汰じゃないわよ！」

呪印は施す者にも受ける者にも大きな代償を課す。正式な準備や触媒なく施せばなんらかの機能廃絶、たとえば味覚の消失や寿命の短縮などである。そして受ける側には消えることのない多大な苦痛を与える。ゆえに呪印は魔王や強大な魔物の封印や、罪人への最高の刑罰として用いられるのが通例だ。それを、自分で自分にかけるなんて、正気の沙汰ではない。

アルフィリースの表情は、その重大さを微塵も感じさせないほど明るい。逆にそのことがアノルンにとっては痛々しかった。アルフィリースはアノルンの内心を悟ったか、まくしたてるように話す。

「機能廃絶はなかったけどね。その代わり、呪印で封じられた分の魔力を使おうとするたびに呪印の侵蝕が強まるようになったわ」

「それは」

「そう、本来の魔力を使おうとするたびに苦痛が強くなるということ」

あっさり言えるような内容ではない。アルフィリースの抱える苦痛はいかほどかと想像し、アノルンは身を震わせた。

「そんな心配そうな顔しないで、今は大した苦痛じゃないから大丈夫。小さい魔術なら問題ないし、魔力を解放しても長いこと魔術を使わなければ痛みは段々なくなっていくし、ここしばらくは使ってないから痛みはまったくないわ。ときたま思い出したようにズキズキするくらいよ」

アルフィリースはかすかに微笑んでアノルンに説明した。

「でも私に呪印を施したせいで、師匠の寿命は短くなったわ。突発的な遭遇だったみたいで、触媒を準備する余裕がなかったみたいなの。師匠は私のことを本気で気にかけてくれた初めての人。でも私が殺したも同然よ」

「……」

「その師匠の遺言よ。『自分の心の趣くままに生きなさい』だって。恨みごとの一つでも言ってくれればよかったと、何度も思ったわ。でも師匠は私を本当の娘みたいに扱ってくれて――私にとっては実の親以上だった。あとで知ったのだけど、私のことを魔術協会に密告したのは実の親だったみたいだしね。だから自分で施した呪印は、師匠に対する誓いも兼ねているの。決してあの人が私にしてくれたことを忘れないように、と。そうでなければ、実の親を恨んでしまいそうだから。それに、今更どんな顔して故郷に帰ればいいかなんてわからないわ」

「アルフィ、アンタ――」

アノルンが悲しそうな瞳をアルフィリースに向けるが、アルフィリースは気が付かないふりをした。

「だから私は師匠がしてくれたように、この力は誰かのためにだけ使おうって決めたの。この力があれば誰か救える人がいるかもしれない。まだ自分が何をしたいのかはこれから探してみようと思っているけど、その過程で誰かの助けになれるようなら積極的に関わっていきたいわ。だけど、自分のためだけに——出世とか傭兵の等級上げとかだけじゃなくて、身を守る時ですらできる限り使うつもりはないの。あ、本当に命の危険があるとわからないけど、そもそも戦うような状況にならないように努力するし、その辺の暴漢が相手ならそうそう引けはとらない程度には鍛えたしね。他には——そうね、シスターが相手でも使わないかしらね」

アルフィリースの指摘にアノルンはどきりとする。

「な、なんでアタシが直接アルフィと戦わないといけないのさ？　アタシはシスターだから最低限の戦闘能力しかないし、あくまで異常があれば報告する役目であって——」

「違うよね？　私がどれだけ鈍くても、さすがに気付くよ。いくら安全な街道だからって、シスターの一人旅なんてありえないよ。シスターの本業って、荒事でしょう？　本気になったら、私より強いんじゃないの？　イズの町でだって、シスターの方にも何人かあの荒くれどもが行ったはずよ？　一人で片付けたでしょ？」

アルフィリースはアノルンをまっすぐに見つめた。アノルンは返す言葉もなく、ただ黙ってしまう。

「シスターって物腰が完全に戦士のそれだもの。そういうのって、見る人が見たらわかると思うわ。シスターは私を初めて見た時とても気になったって言ったけど、私もそれは同じだったのよ？　だって一目見てなぜか勝てる気がしない人が、屈強な戦士ではなく、シスターの格好をしていたのだから。旅をしていて初めてだったわ、私が全力を出しても勝てそうにない人って。世間知らずでも、戦士としての直感はそれなりのつもりよ？」

「そうなの――やっぱりアンタは只者じゃなかったわね。でもそれは買い被りよ、アタシはそんなに強くないわ」

「そうかなぁ、私の勘って結構当たるんだけどなぁ」

「それより、やっぱり髪も染めているのね？」

「髪は想像のとおり、黒に染めてるわ」

「ちなみに元の色は何色なの？」

アノルンの純粋な興味本位の問いかけに、アルフィリースは少し困ってしまう。

「それは……答えてもいいけど、シスターのこともちょっとは話してよ？」

「アタシ？　いいけど、答えられないことも多いわよ、仕事の都合上」

「じゃあ最初の質問。本当にシスターなの？」

「それは本当よ。れっきとした身分証もあるわ、ホラ」

アノルンは懐から身分証（タグ）を取り出してアルフィリースに見せた。

「本当だ。しかも司教？　司教の上って……」

「大司教補佐、大司教、最高教主（マスタービショップ）だけよ」

目を丸くするアルフィリースに、少しアノルンは自慢気に胸を張ってみせる。

「本当に偉い人なんだ」

「敬ってへつらいなさい」

「い　や　よ　！」

アルフィリースはアノルンに向かって、おもいっきり「イー」をした。年齢に比して幼い仕草にアノルンはちょっと面喰らった。一番遊びたい盛りの年頃を山に籠って同世代の友達もなく暮らしたのだから、こういった掛け合いをまったく経験していないのだろう。

正直アノルンはアルフィリースと戦うつもりはあまりなかったが、必要ならばやむなし、と考えていた。必要とあればいくらでも冷徹になれる、また冷徹にならなければいけないことも彼女は充分に承知している。それはアノルンが、長らく戦う者として得た経験でもあった。

実際、アノルンは巡礼の仕事として魔物討伐や犯罪組織の調査を請け負うこともあり、増援が間に合わない時は単独で討伐任務を行う時もあった。だがこういった自分に打ち解けたアルフィの仕草を見ていると、仮に自分がアルフィリースを殺そうとしても、彼女は本当に呪印を使うことはしないだろうと確信でき、アノルンはますます戦う気力を無くしていた。いっそ憎らしい相手か、こちらを恨んでくれれば楽なのだが――

アノルンは一年近くの付き合いの中で、この随分と年下の、少女と言っても差し支えないほど幼い部分を残す女剣士を友人とみなすようになっていたのだ。

第三幕　最高教主の依頼

「で、どうするの。やる？　やらない？」

「え、そうね……」

　逆にアルフィリースから戦うかどうかと話を持ちかけられ、アノルンは困ってしまった。

「アタシがやるって言ったら、アルフィはどうする？」

「うーん。私も死にたくはないから抵抗するけど、シスターを斬るなんて考えたくもないわ。まず逃げさせていただくわね」

「逃げても迷子になりそうだけどね。でもアタシも同じよ。アンタを殺すなんて考えたくもない」

「なんで？　それが仕事じゃないの？」

「失礼ね。アタシの仕事はたしかに通常のシスターとは違うわ。普通のシスターは決められた教区ごとに派遣されて、一つの修道院や僧院、教会で祈りを捧げたり、孤児院や施療院で奉仕活動を行うことが仕事だけど、アタシの場合は、もっと危険な仕事を請け負うだけよ」

「たとえば？」

　アルフィリースの問いかけにアノルンは顎に手をやり、少し悩む仕草を見せる。

「たとえば、まだ教会の影響下にない地域に赴いて布教や奉仕の可能性を検討したり、荒れ果てた土地に行っての原因調査、戦地での医療活動もあるわね。必要があれば都市や国との折衝も行うわ。それに、教会の影響下にある地域で、正しく我々の活動が行われているかどうかを調査するわ。残念ながら私たちのような組織ですら、私利私欲に走る連中がいるのよ。アタシの場合、さらに魔物の動向調査や犯罪組織の摘発なんてものまでやるわ。まあ言ってしまえば、監査官ってところかしらね」

「で、それを何年くらいやってるのかしら？」

「それはそろそろ十数年――」

「それならもう三十どころじゃ――」

「な　に　か　言　っ　た　？」

「な、なんでもない。私ちょっと用を足してくるね！」

アノルンの額に青筋が走るのを見て、アルフィリースはすたこらと森の方に逃げるように走っていった。

「あんまり遠くに行っちゃだめよー？　ってアタシは保護者か」

はぁ、とため息をつくアノルン。なんだかアルフィリースに上手く話を逸らされたような気もしたのだが、まぁこれはこれで良しとしておくことにした。ちなみに、逃げられたとは微塵も考えていない自分に気付き、アノルンは不思議な気分になっていた。

正直なところ個人的にはかなりアルフィリースを気に入っているため、もう少し報告を上げずに様子を見たいと考えていたのだ。

「危険はないと個人的には思うけどねー、上はそう判断しないかしら。本当はああいう人物がいるって報告だけでもするべきだろうけど、存在が知られるだけでもあの子の行動にかなり制限かかりそうね。大司教三人とか、ハゲのくせに頭は堅いし」

「ハゲと頭の固さは関係ないじゃろうが。ま、頭が固いことは否定せんが」

「そういやそうか……って、誰？」

きょろきょろと辺りを見回すが、誰もいない。だが、いつの間にかアノルンの隣に小鳥が止まっている。今羽を片方だけ上げたのは挨拶のつもりだろうか。

「おぬし、自分の主の声を忘れたか？」

「ってだから誰よ？　ってかどこよ⁇」

「おぬしの目の前におろうが」

小鳥が逃げるわけでもなくじっとアノルンを見ていた。小鳥のくせに、嫌に目線が鋭い。小鳥なのに、妙に貫禄がある。その目つきにもどこか見覚えがあるような――

「ま、まさか……」

「そう、そのまさかじゃ」

「アタシおかしくなったのー⁉」

「いや、おぬしはもともとちょっとおかしい……って違ーう！」

ついに小鳥がアノルンに飛びかかり、彼女をくちばしでつつき始めた。

「何よこの鳥！　頭から食っちゃうぞ⁉」

「おぬし、せめて火を通せ！　いや、そうではないな。折檻せねばわからぬか⁇」

「その物言いは……ま、まさかマスター？」

「やっと気付きおったか、このたわけめ！」

アノルンが気付いたことで自信を得たのか、小鳥がふんぞり返っていた。ちょっと可愛いかもしれないと思うアノルンだったが、小鳥の中身は嗜虐(しぎゃく)を絵に描いたような最高教主だということを忘れてもいない。

アノルンが急に畏(かしこ)まって問いかける。

「で、いつから監視していたのですか？」

「一ヶ月前くらいかの。この使い魔である鳥を介してな」

「暇人ですか⁇」

「暇じゃないわ！　というか、半年ほどおぬしからの報告がまったくないからじゃろが。二ヶ月おきには報告せよと申しつけておったはずじゃがなぁ。どうなっとるんじゃ⁉」

「そ、それは〜。てへ」

「てへ、とか言うとる場合か！　言うとくが、ごまかしはきかんぞ？　ワシはかな〜り頭にきておる。おぬし、自分の任務の重要性を忘れたわけではあるまいな？」

鳥の目つきが鋭くなる。手のひらサイズの小鳥に威圧感を感じてたじろぐアノルン。

「ちなみにワシは今、ミーシアまで来ておる」

「げっ、すぐそこじゃないですか」

「日が沈むまでには街に到着せい。おぬしから報告も受けねばならぬが、次に申しつける案件もある。事はそれなりに急ぐかもしれぬでな」

「報告すべきことでしたら、早急な件が」

瞬間、アノルンが真面目な表情に切り変わった。

「わかっておる。魔王出没の可能性についてであろう？　ワシの案件もそれに関与したことよ」

「！　既に御存じでしたか」

「ワシを誰じゃと思っておる、その辺中に目や口があるわい。なんなら昨日の夜、おぬしが酒場でタンカ切った××の内容をここで再生してやろうか？」

その言葉にアノルンの目が泳ぐ。

「そ、そんなことできるわけ」

「できるわい。なんなら、今日のおぬしが履いておる下着の色形まで当てれるぞい？」

「セクハラですか!?」

「なーにがセクハラじゃ、シスターの分際であんな破廉恥（はれんち）なもん履きよってからに。おぬしの携行物の内容を見たら、うちの教会の信用がた落ちじゃわい」

「やーめーてー!!」

昔からアノルンは最高教主をどうも苦手としていた。実戦だけでなく、舌戦をしても勝てる気がまったくしないのだ。こんな口をききながらも、アノルンはこの最高教主がいなければ明日をも知れない身であり、大恩を感じていたのだから、仕方ないと言えば仕方ない。

そして予想通りに、最高教主はアルフィリースのことについて言及を始めた。

「ちなみにおぬしの連れ――アルフィリースのことじゃがな」

「は、はい！」

アノルンがさらに畏まり、岩の上に正座をする。

（気付かれて当然か、私と一緒にいたんだから。こと異端や、平穏を乱す者に厳しいこの人だ。何事もないはずがない。でもこの人に睨まれたら、世界中どこに行っても安全ではないだろう。あの子を追いつめたら私のせいだ……）

アノルンの背中をつつ、と流れる嫌な汗。だが予想外なことに、最高教主の言葉は実にあっさりとしていた。

「とりあえず保留にしておいてやろう」

「へぇ？」

「間の抜けた声をだすでない。ワシは危険が少ないと判断したのじゃ」

「なんで……？」

「不服か？」

「い、いえ」

慌ててアノルンは否定する。

「ちなみにアルフィリースの師匠であるアルドリュースとワシは、以前は多少交流があっての。あれの育てた者なら、意図的に間違いは起こすまい。ある時期からとんと連絡を寄越さぬようになったからどこぞで死んだかと思って調べさせたから、アルドリュースが隠遁した理由は知っておった。じゃが、まさかその時の理由となる少女がおぬしと関わりを持つとはな。人の世の妙はまったくもって飽きぬものよ。まぁ、アルドリュースの弟子であることそのものが、一番の問題かもしれんが」

「？　それはどういう……？」

「それはまぁよい。それに我が教会の教義を忘れたか？　慈愛はその一つに入っておるぞ？」

「それはそうですが、あの子は異端認定されるのでは？」

びくびくしながらアノルンは最高教主に尋ねる。だが最高教主の声は穏やかそのものだった。

「事件はまだ起こしておらぬし、事件を起こしそうにもない。先の町では人助けもした。おぬしらの話をずっと聞いておったが、おぬしに語った内容に嘘偽りは塵ほどもなかったよ。そんな者まで処罰しておったら、世の中罪人だらけじゃわい。仮に闇魔術の使い手だとして、闇は悪とは違うからな。それよりも、慈愛の精神を持って正しき方向に導くことも我らが務め。違うか？」

「ははっ。寛大なご処置、感謝いたします」

ふぅ、と安心して汗を拭うアノルンだが、最高教主が鋭い指摘を入れる。

「まぁおぬしも気に入っておるようじゃし、共に歩めるうちはアレの行く末はおぬしが見届けよ。じゃが、おぬしはあの子に嘘をつきよったな？」

「さて、何をでしょう？」

「何が十数年じゃ、十数年どころか、おぬしが現在の任務に就いてから、既に百年は経過しておるはずじゃ」

「それは――そのことを正直に伝えても、彼女は受け入れてくれないでしょう。それが普通ですから」

アノルンが項垂れるのを見て、最高教主は声の調子を柔らかくする。

「ワシはそうでもないと思うがな。あの子は『なぜか勝てる気がしない』と言った。本能でおぬしの秘密を見抜いたのかもしれん」

「そうでしょうか？」

「まあ言う、言わんはおぬしの自由じゃ。じゃが、真に友でありたいと願うなら言った方がええ。少なくとも、ワシのようにはなるな。ずっと嘘をつくのは思ったよりつらいぞ？」

「マスター……」

「っと、お喋りがすぎた。アルフィリースが戻ってくるようじゃ。ちゃんと忘れず、日が沈むまでにミーシアに到着するようにの。ちなみに間に合わなかったら、昔のように恥ずかしい折檻じゃ！」

その言葉にアノルンが跳び上がる。

「恥ずかしい折檻って、ま、まさか⁉」

「ククク、例の『あれ』じゃ。昔、おぬしにやった時はひんひん良い顔で泣いたのう……今から楽しみじゃわい。ワシとしては間に合わんでも一向に構わんぞ？　間に合わんでもな。ククク」

不敵な言葉と共に、笑う筋肉のついていないはずの小鳥がニヤリとする。アノルンはとても嫌な光景を見た気がした。七日七晩は夢に出てきかねない笑みである。

「では待っておるぞ！」

言いたいことを散々言って、あっという間に行ってしまった最高教主。

「偉い人のくせに、なんて騒々しい……ん？　そういえばマスター！　合流場所、街のどこですか??　あんな大きい街で夕方までにマスターを探せっての？　間に合うはずないじゃない！」

「ただいま～って、どうしたのシスター？」

「早くついてきなさい、アルフィ！　私の貞操がピンチだわ!!」

「いや、まったくわけがわからないんだけど？」

　と言いつつも、二人してミーシアに馬を走らせんと飛び乗った。この慌てぶりまで含めて、最高教主が二人の様子を上空から観察していたのは言うまでもない。

＊＊＊

「ハァ、ハァ、ハァ……なんでこんなに急ぐ必要があったの？」

「理由は後！　とりあえず、この街の教会に顔出してくる！　アルフィは荷物を持って、例の宿屋に行っておいて！」

　と、言うが早いか駆けだしていくシスター・アノルン。山三つ程度駆けまわっても平気な体力のアルフィリースでも相当に疲弊しているのだが、いったい彼女はどういう体の構造をしているのかと疑問に思わざるをえない。これからのこと、下手をしたら一戦やるのかと身構えたアルフィリースの決意と悩みは、疲労で吹き飛んでいた。

　ここはミーシアの街の西門である。もう三刻ほども前のことだろうが、アルフィリースが用を足して帰ってくると、何かを叫びながら真っ青になっているアノルンが立っていた。声をかけると血走った眼をしたアノルンに引きずられるように馬に乗せられ、無茶苦茶な速度でここまで馬を駆って今に至る。途中で誰も轢き殺さなかったのが奇跡かもしれない。

途中、何より可哀想なのは、あまりの飛ばしっぷりに馬が助けを求めるような視線を二人に送っていたのだが、アノルンの鬼のような形相を前に休憩などと言い出せるような雰囲気ではなかったので、「ごめんね、お馬さん…あとでおいしい飼い葉をいっぱいあげるから」と、心の中でアルフィリースは言い訳をしながらここまで来てしまった。馬も止まればアノルンに殺されかねないと思ったのか、無茶苦茶な鞭入れにも必死で走り続けてくれた。

そのせいで馬もついに限界を超えたらしく、天下の往来にもかかわらず寝そべって動こうとしない。なぜこんな天下の往来で、通りがかる全員に注目されなければいけないのか。恥ずかしくて死にそうなアルフィリースだったが、とりあえずなんとか馬を起こし、水を飲ませてから門衛のビスに紹介してもらった宿屋を探すことにした。

「広いわね、この街……」

アルフィリースはようやく落ち着いて周囲を見渡したが、街に入るための城壁も高く、門衛の数も小隊並みの数がいた。

話にこそ聞いていたが、ここミーシアの街は現在アルフィリースがいる大陸の中でも十指に入る大都市だそうだ。北の主街道こそ直接合流しないが、東・南の主街道はこの街につながっており、人通りがとにかく多い。人口はたしか八十万を超えるはずだ。東の国家群からつながる三街道の中でも一番大きく、かつもっとも安全な街道の玄関口なのだから無理もない。なお、ここから西に行くほど治安が悪くなると言われており、もっとも文化的な東側の影響を受ける境界の都市でもある。ミーシアが属している国家、フルグンド王国がもっと交易に精を出す国であれば、さらに栄えていてもおかしくはないのだが、ミーシアの発展も地の利に比して今一つという評判だ。

それでも、ミーシアはアルフィリースが見た中では最大の都市だった。その都市の街路に並ぶ露店の品々は東西さまざまな文化と特産品が混ざり合っており、アルフィリースは思わず年相応な歓声を上げた。

「わぁ、きれい」

南の国家群から運ばれてくる宝石、食物、繊維製品。色とりどりの物品がアルフィリースの心を奪ってゆく。この通りの店を見て回るだけで三日はかかるだろう。この規模の通りがざっと見ただけであと四本はある。

「ああ、だめね。とりあえず馬をゆっくりさせてあげないと」

アルフィリースは後ろ髪を引かれつつも、露店は後回しにしようと思い直し、宿を探してきょろきょろしながら歩いていると、突然背後から声をかけられた。

「そこの黒髪のお嬢さん、宿をお探しかい？　ウチなら安くしておくよ。一晩飯付き、馬屋付きで五十ペントだ！　どうだい？」

声をかけてきたのは陽気な獣人の青年だった。かつて獣人という種族は人と獣の中間のような生き物と考えられていたが、現在では完全に独立した種族とされている。

容姿は人間に近しいが体毛は深めで、種族によっては尻尾や翼を持っている者もいる。彼らは主に軍事国家グルーザルドを中心として南方に国家を複数形成しており、南からの街道が合流するこのミーシアでは、獣人がいても不思議ではない。

アルフィリースは旅の中でほとんど獣人を見たことはない。獣人はかつて魔王の尖兵として知られ、土地によっては差別が根深い場所もある。アルフィリースは特に差別意識は持っていなかったが、信頼できるかと言われれば難しい。

「あいにくだけどもう当てがあるの。それより貴方、黒髪が嫌ではないの？」

「そんなこと言ってたらここミーシアでは商売ができないさ。周囲を見てみな、それなりに黒髪の人間はいるだろう？」

言われてアルフィリースが周囲を見渡すと、数名は目に入ってきた。

「たしかにいるわね」

「東方の大陸では、魔術の素養と関係なく黒髪の人間もいるって話さ。俺っちは行ったことがねぇけど、東の方に行くほど移民も多いから増えるって聞くぜ？　ミーシアくらいの大都市になると、まぁまぁ黒髪だって見かけるんだよ。歩いているだけで迫害されるなんてことはねぇだろうさ。だいたい、それを言うならこっちだって獣人でね。ちなみに俺っちは人間との混血(ハーフ)だから、余計に半端者ってのけものにされるのさ。人間からも獣人からも差別されるけどよ、この街じゃ歩いていて石を投げられるほどの差別はない。お嬢さんも安心して滞在するといいよ」

なるほど、言われてみれば見た目が獣人よりもさらに人間に近いなと思う。耳や尻尾がなければ、ちょっと毛深い人間くらいのものだ。以前出会った獣人はもっと人間を敵意に満ちた目で見ていた記憶があるが、この青年が人懐こいのも、大都市ゆえの気風なのだろうか。

「あなたもあまり獣人っぽくないものね。旅の途中で多少見ることはあったけど、堂々と街中で商売をしている人は初めて見るわ。私は田舎の出身だから」

「そうかい。こういった大都市はいいが、商業が発展してない地域は偏見が強くて俺たちには危険だからな。俺っちも、実際にはここと南のビーティムくらいしか行ったことがないよ。ここなら獣人同士の寄り合いもあるしね。もっと少数の亜人たちは滅多に見ないけど」

「気分を悪くしたのならごめんなさい、深い意味があって言ったのではないの。この都市に来て初めて話した人が獣人だったから、少し驚いたのよ」

「そうか、そんだけきょろきょろしてれば、たしかに到着したばかりに見えるもんな。でも、獣人の俺っちに素直に謝れるあんたはイイ人だよ。黒髪でも滞在する分にはいいだろうけどさ、やっぱり仕事をするとなるとそれなりに障害は多いかもしれないね。本格的な仕事を探すなら、もっと東に行くといいさ。さて。ここで出会ったのも何かの縁だ、お探しの宿の場所を教えてあげようか？」

獣人の青年は、親切にも宿の場所を教えてくれるらしい。普通ならそんな申し出は受けないアルフィリースだが、この獣人の青年は信用してもよさそうな気がしたので、相談してみることにした。土地勘のない自分が自力で宿を探そうと思ったら、それこそ日が暮れても無理かもしれないからだ。

アルフィリースは門衛のビスから預かった地図を見せる。

「ここなんだけど、わかるかしら？」

「この街のことなら俺っちにお任せだ。どれどれ……ああ、ここなら二本先の通りを右に行って三本目の通りを左だ。静かな通りだけど、宿屋が多くてね。たしか紅(あか)い看板に、スコップのマークが目印のはずだ。馬屋もある」

「わかったわ。どうもありがとう」

「ちなみに俺っちの店は、晩御飯だけでも大歓迎だ！　獣人びいきの店だけど、人間の客も沢山いるからよぅ。南部の食べ物をいっぱい揃えているから、その気があったら寄ってくれよな！　緑に泡酒の看板が目印だぜ!?」

「うん、連れと相談してみるわ」

　アルフィリースは笑顔を返してその場をあとにする。獣人の青年は、まだ笑顔でアルフィリースに手を振ってくれている。非常に人懐っこい獣人だ。この街で最初に出会った人物が彼だったのは幸先が良いと、アルフィリースは上機嫌になった。

＊＊＊

　そうして目的地に無事着いたアルフィリース。ビスの息子は事情を話すと彼は厚くアルフィリースにお礼を言い、たしかに無料で泊まれるように手配してくれた。食事も昼以外は配膳してくれるらしいし、滞在期間も特に指定されなかった。至れり尽くせりの待遇である。

　シスター・アノルンには宿屋で待っているように言われたアルフィリースだが、このような大都市の繁栄ぶりを初めて目の前にした彼女に待っていろというのは酷なものであり、宿屋の受付にアノルンが万一入れ違いになった時のため、言付けを残してアルフィリースは出かけることにした。

ビスの息子も、安全に見て回れる店を教えてくれて――

「へー、この剣滑らないようにわざと握りを荒くしてあるのね。刀身も耐久性重視？　斬るよりは叩き砕くのが目的かしら？」

「へぇ、あんた傭兵かい？　その剣を手に取るたぁ、わかってるじゃないの。長旅ならそいつは逸品だぜ。長持ちで手入れもそんなに細かくねぇしな」

思春期の女子であれば服飾店、宝石店、香料店などを見て回るだろうが、傭兵であるアルフィリースは旅の準備も兼ねて武器防具の店に真っ先に行った。アノルンが見れば色気がない、などとからかいそうだが、アルフィリースにとっては興味や実用性の方が優先なのだ。また万一に備えて髪を染める染料も大きな街で補充しておく必要もあった。結局、武器防具、生活必需品の店で時間が消費されていくことになったのである。

かつてアルフィリースの女性としての成長を想定して、アルドリュースの指導の中に魅力的に見える身だしなみや、貴族と知り合った場合に失敗がないように所作の指導もあったのだが、いかんせん妙齢の女性を目の当たりにせずに育ったゆえか、アルフィリースにとっては実感の伴わない指導であり、単なる知識として頭の中にしまわれたままとなっている。市井の者、あるいは戦いに身を置く女傭兵たちですら、身だしなみに日常的に気を使っていることをアルフィリースが知るのは、もっと後のことだった。

＊＊＊

一通り必要な店を回るとさすがに剣だけを見ているのももったいない気がしてきたので、アルフィリースはさきほどの宝石店でも見に行ってみようと歩き始める。懐がやや寂しいので、目の保養か、あるいは毒にしかならないことも覚悟の上だ。

（あら……？）

その途中で、通りを歩く二人組に目がとまった。小さなシスターと青年の組み合わせである。通りには大勢の人がいるのに、不思議なことにその二人に視線が吸い寄せられたのだ。

小さなシスターは服装がシスター・アノルンと同じであり、同じアルネリア教会の所属であろうことは予測がついた。アノルンと同じく肩くらいまでの金色の髪に、くりっとして大きい瞳の色は緑だ。年は十歳程だろうか。

アルフィリースも魔術の心得がある以上、相手の魔力の大きさは察することができる。施療院などにいるアルネリアのシスターは常人の数倍、アノルンはさらに強かったが、この少女は今まで見た中でも別格である。加えて、アルフィリースには上手く表現できなかったが、纏（まと）う空気もまた常人と違う。高貴、あるいは燦然（さんぜん）というのか。幼いはずなのに、見た目と雰囲気に齟齬（そご）がある子だとアルフィリースは思った。

一方の青年も同じく、金色の髪に緑の瞳。背は男子としても高めになるだろう。鎧（よろい）はつけておらず旅の衣装をしているが、背中には少女の背丈ほどもある大剣を背負い、明らかに並々ならぬ強者の雰囲気を醸（かも）し出している。よほど鍛えていなければ、大剣を背負うだけでも歩き方がずれるはずなのだが、姿勢よくまっすぐ伸びた背筋が彼の鍛錬を物語った。

（すごい使い手ね……今まで見た中では一番かも。あの大剣、本当に振れるのかしら？）

端整で気品があり優男にも見える顔と、戦士として纏う鋭い雰囲気に大きな差がある青年。こちらも前を歩く幼いシスターほどではないが、アルフィリースは言葉にできない違和感を感じていた。

（まっすぐこっちに来る？）

その二人組が、まるで人混みがないかのごとくまっすぐアルフィリースに向かって歩いてきた。人垣の間を縫うというよりは、まるで人が彼らに対して道を譲るかのようだ。

そしてあっという間にアルフィリースの目の前に来ると、小さなシスターはとても愛くるしい笑顔を彼女に向けた。

「はじめまして。アルフィリース様で間違いないでしょうか？」

小さなシスターは、とても丁寧かつ優雅な仕草でアルフィリースに挨拶をした。アルフィリースは旅の中では聞きなれないほど丁寧な挨拶に、あたふたと返事をする。

「え、ええ。そうだけど、貴女は？」

「これは申し遅れました。私はアルネリア教会本部所属、シスター・ミリィと申します。背後に控えますは、神殿騎士アルベルト＝ファイディリティ＝ラザールと申します。以後お見知りおきを」

背後の騎士も簡素ではあるが、胸に手をあて礼儀正しく一礼をする。

「なぜ私を知っているの？」

「シスター・アノルンから、同道している黒髪の女性がいると連絡をいただいております。失礼ではありますが、西門にいらした時からこのアルベルトに見張らせておりました。シスター・アノル

ンは声をかける暇もなく行ってしまいましたので、こうしてアルフィリース様だけに声をかけさせていただきました。シスター・アノルンとは火急の要件にて、ここミーシアで落ち合う手筈(てはず)となっておりましたが、詳しい合流場所を伝えていなかったもので。やはり彼女は教会に向ったのでしょうか？」

「ええ、そのはずだけども」

「そうですか、では行き違いでしたね。そういうことであれば私はこれから教会に向かいますが、アルフィリース様はどうなされますか？」

　アルフィリースは知らぬ都市で放置される危険性を考えた。

「用事は終わったから私も教会に行こうかな。行き違いは嫌だし、迷ってもなんだし。ああ、それと『様』付けはくすぐったいから、どうぞ呼び捨てにしてくださいな」

「ではアルフィリース、と。私のことはミリィとお呼びくださいませ」

「わかったわ」

　笑顔でアルフィリースに微笑んだシスター・ミリィは、アルフィリースを誘導するように先に歩きだした。神殿騎士のアルベルトは、彼女に目で先に行くように促している。仕方がないのでアルフィリースはミリィに並んで歩きだした。

（に、しても隙がないわ、この騎士）

　後ろについて歩き出した騎士が周囲に警戒心を振りまいているのがわかる。おそらく半径十歩以内に害意をもって近づいた者は、瞬きする暇もなく斬り捨てられるだろう。アルフィリースがこのシスターに何かしようとしても、きっと同様だ。

（それでいてさほど不快ではない……こういう周囲警戒の仕方があるなんてね。後ろからばっさりやられる瞬間まで気付けないかもしれない）

機会があれば後ろを歩く騎士に一度手合わせを願いたいものだ、もし手合わせするとしたらどうなるだろうか、などとアルフィリースがあれこれ考えながら歩いていると、ミリィがいつの間にかアルフィリースのことを下から見上げていた。

「ふふ、アルベルトのことが気になりますか？」

「あ、ごめんなさい。すごい腕前の騎士だなと思ったから」

「アルフィリースも剣をお使いになるようですね。たしかに、アルベルトほど腕の立つ騎士は神殿騎士団内にもあまりおりませんわ」

「そうなんだ。少なくとも私が今まで見た剣士の中では、一番かもしれない」

「まぁ、そうなのですか」

ミリィは楽しそうに笑っている。それほどの騎士が守るからには、彼女は教会にとってよほど重要な人物なのだろう。それからも他愛のない会話を交わしているうちに、この少女の知性に驚かされた。言葉遣いが大人びているのは育ちにもよるからわかるとしても、都市情勢、国家情勢、商業の流通から流行りの芝居、露店に並ぶ宝石やら、挙句にはどうでもよさそうな変な格好の道化人形にまで詳しい。

アルネリアのシスターとは皆このような者かと思いつつも、自分が知っているシスターとは随分違うなとアルフィリースは思った。

「ミリィは随分と色んなことに詳しいのね」

「私もシスター・アノルンと同じく、巡礼の任務を負う者ですから。一定以上の教養と実力が求められますゆえ」

「アノルンはお酒やら俗語やら、そういうことにばかり詳しかったような……人間の差かしら？」

「いえいえ、シスター・アノルンも立派な方ですよ？　そうは見えませんでしたか？」

「どうかしらね？　そういえば、シスターとはなんの用事で落ち合うの？」

アルフィリースの疑問にミリィが答えてくれるのかと思ったが、

「着きました」

と質問に答えることなく、ミリィが穏やかに告げた。気が付けば、ちょうどミーシアにあるアルネリア分教会の目の前に到達していた。

「立ち話もなんですから、まずは中に入るとしましょう」

すたすたとミリィが中に入っていき、アルフィリースもそれに続く。

「祈りを捧げているシスターがいますね。この教区のシスターでしょうか？」

扉を開けて中をそっと覗いてみると、夕日が天窓から差し込む中、扉を開けたアルフィリースたちに振り向くこともなく一心に祈りを捧げるシスターがいる。教会創設者と言われる聖女アルネリアの像を前に、両膝をついて両手を組み、祈りの言葉を呟きながら微動だにせず祈りを捧げている。

純白のシスターローブに夕日がキラキラと反射して、まるで高名な一枚絵を見ているようだった。

アルネリア教会では偶像崇拝は禁止ではなかっただろうか。アルフィリースたちが時間を忘れたように立ちつくしていると、祈りが終わったらしく、シスターが立ち上がりその姿が確認できた。祈りのことなどさっぱりなアルフィリースにもこれだけ敬虔(けいけん)な祈りを捧げるシスターには興味があった。が、振り返ったシスターの正体は——

「シ、シスター・アノルン⁉」

普段の彼女の印象とかけ離れすぎていたため、すっかり当人である可能性を失念しており、アルフィリースは素っ頓狂な声を出してしまった。場末のチンピラを従える酒浸りの酔いどれシスターだとばかり思っていたのに、まさに精霊と見まがうほどの気品をたたえていたせいだ。

アルフィリースの声に反応したのか、アノルンが丸い目をして驚いていた。その時にはもはや普段のアノルンに戻っていたのだが。

「あらアルフィ。宿で待っててくれればよかったのに」

「いや、そのつもりだったんだけど——」

「お姉さま！」

アノルンが反応しきる前に、ミリィがアノルンに抱きついた。

「お姉さま！　もうずっと連絡をいただけないから、ミリィはとても寂しかったんですのよ？」

「え、あ……ミ、ミリィ？」

「もう！　私の顔を忘れたんですか⁉　私、お姉さまとずっとお話したかったんですのよ？　教会からも火急の要件を承っておりますし、まずはこの教会の一室を借り受けましょう！　それではアルフィリース、一旦失礼してシスター・アノルンをお借りします。アルベルト、アルフィリースに失礼なきように！　では後ほど」

言うが早いかミリィはアノルンの手をぐいぐいと引いて、扉の向こうに消えてしまった。あとにはぽつんとアルフィリースとアルベルトのみが残されている。結局要件を聞きそびれたとアルベルトの方を見たアルフィリースだが、アルベルトは目を瞑（つむ）ったまま黙して動こうともしない。話かけづらい雰囲気が二人の間に流れ――

「……」

「……」

「……」

（……間が持たない、どうしよう）

沈黙が続く。用事がない時以外、男性と話す機会などほとんどないアルフィリースには、酷な状況だった。

＊＊＊

「ちょ、ちょっと！」

ミリィはずんずんとアノルンの手を引いて進んでいく。

「どこに行くのよ！」

「あそこの部屋なら誰も来ないでしょうから」

「とりあえず手を離してよ！」

手を振りほどこうと大の男を吹き飛ばす腕力を持つアノルンが力を込めるが、まるで離れる気配がない。

(この子⁉)

今度はかなり力をいれて振りほどこうと試みるが、万力のような力で締め上げられた。

「ツッ！」

あまりの力に、アノルンが思わずうめき声を出す。

(――――なんて腕力。これは普通の人間のものではないわ)

アノルンの顔が青ざめる。そのまま部屋に投げ込まれるように連れ込まれると、ようやくミリィがアノルンの手を離した。そしてミリィが一瞥（いちべつ）すると、後ろで鍵がガチャリと自動的に締まる。

「くっ、貴女何者？　騎士を連れて巡礼するようなシスターに、貴女みたいな若いシスターは就けないわ！」

するとやや俯（うつむ）いているミリィから、くっくっくっ、と忍び笑いのようなものが聞こえてきた。

「ようやく会えたな、シスター・アノルン？」

顔を上げたシスター・ミリィの顔は、さきほどまでの愛くるしい笑顔が嘘のように、口の端をニヤリと吊り上げて邪悪に笑っていた。

「だから誰なのよ、貴女⁉」

「まだわからんのか？」

アルフィリースに微笑んでいた時の天使のような表情が嘘であるかのように、邪に口元を歪めた表情でミリィはアノルンを見ている。

「さっぱりよ！」

「ワシじゃよ、ワシ」

「何それ、新手の詐欺のつもり？」

「いや、どっちかというともう使い古されておる……って違うわー！」

ミリィがイライラしているのか、地面をダン！　と踏みしめる。

「おぬし、本っ当にわからんのか？」

「アタシは幼女に知り合いはいないわよ」

「くっ、おぬしがここまでニブかったとは。どうやら折檻せんとわからんようじゃのう？」

「折檻って……ま、まさかマスター⁉」

「ワシの印象は折檻だけか⁉」

ついにミリィが地団駄を踏み始めた。その仕草をちょっと可愛らしいとさえ思ってしまうアノルンだが、彼女の正体を知っていると笑えなかった。

「っていうか、わかるわけありませんよ。前に会った時は老女一歩手前くらいの外見でしたよね？姿どころか声まで違うし。姿形を変えられるのは知っていましたけど、ちゃんと事前に教えてくださいよ。なんでまた幼女の恰好なんですか、趣味ですか？」

「趣味と違うわ！　事情は色々あるのじゃがな。ともあれどうじゃ、似合っておろう？　こういう格好は久しぶりでのぅ」

くるんと一回転して、フフン！　と、得意げな顔をしているミリィ。

「この恰好で下町にお忍びで行くとな、便利なんじゃよ、色々」

「……たとえば？」

「そうさな、店じまいの半刻前を狙って下町の焼き菓子の店で『おじちゃーん、遊びに来たよ！』なんて言うと、余ったお菓子を高い確率でもらえるぞ？」

「な、なんてみみっちい……やっぱり趣味じゃん」

ぐったりするアノルンをしり目に、ミリィの自慢は止まらない。

「先週なんぞは視察も兼ねて下町の孤児どもと、缶蹴りで遊んだのう……なかなかよい運動になった！」

「いやいや、自分の歳を考えて？　あえて言いましょう。ババア、無理すんな」

「言うに事欠いてそれか⁉　おぬしだって大概な歳じゃろうが！」

「アタシ、見た目は若いままなので。使い古した×××ひっさげて何言ってんだか……」

「まだまだ全然いけるわい！　おぬしこそ男の前でばかり猫撫で声しよってからに、この×××の分際で！」

なぜそれを知っていると指摘する前に、アノルンは顔を真っ赤にして反論した。

「くっ、それを言うか？　アンタの×××な××言いふらすわよ⁈」

「やってみろぃ！　おぬしの恥ずかしい×××を教会中に勅令で伝達するぞ？」

された、完全に忘れ去られていた。

「言ったわねぇ⁉　この××××──！」

「やかましゃあ、この××──！」

　この表現するに耐えない言い合いが、この後しばらく繰り広げられることになった。防音の魔術がなければ、アルネリアの権威は失墜し、地に落ちるどころか地面の下に潜っただろう。外で待たされているアルフィリースとアルベルトのことは、完全に忘れ去られていた。

＊＊＊

「ハァ、ハァ……このパワハラ上司！」

「フゥ、フゥ、権力は濫用してナンボじゃ！　ちっとは目上を敬わんかい」

　全力で言い争うこと四分の一刻。さすがに両者の体力が切れた。いつもの二人の再会といえば、いつもどおりである。

「一旦休止じゃ。さすがに疲れたわい」

　ふー、と息を吐きながら、どかっと手ごろな椅子にミリィは腰をおろしている。その態度たるや尊大そのものであるが、姿形は変わってても似合うものだとアノルンは思う。なぜなら彼女は巡礼のミリィなどではなく、アルネリア教会最高権力者、ミリアザール最高教主本人だからである。

　この大陸に百八十七の教会、九百七十四の関連施設、総勢三万を超える神殿騎士・周辺騎士団と、五万以上のシスター・僧侶を抱え、関連業務への従事者も加えれば数十万を数えるアルネリア教会の最高権力者、最高教主ミリアザール。教会の歴史は正式発足前から数えて八百年にも及び、各国の王、都市の首脳陣で、果ては獣人の国にまでその影響が及ぶ大組織だ。

　各国の政治に直接口を出すことは禁じている一方で、魔物征伐や貧民救済には力を注いでおり、被害抑制のためには各国に協力体制、時には戦争停止までを求めることができ、アルネリア教会の協力要請を無視することは、以後どのような状況においても教会の手助けを必要としないという意志表明になってしまう。そのため、必ずしもアルネリア教会に好意を持っておらずとも、協力せざるをえないというのがこの世界の暗黙の了解になっている。

　その最高教主自身は滅多に人前に出ることはなく、対外的には『聖女』と呼ばれ、おおよその時間を教会奥の深緑宮と呼ばれる宮殿で暮らしている。

　その姿を直接見たことがあるのは、三人の大司教、直属の親衛隊、あとは身の回りの世話をする女官ぐらいのものだ。他には公式の行事で、王族が生涯に数回見ることができるかどうか。アノルンはその中でも例外的に、ミリアザールに直接目通りと意見を許された人間だった。

「で、なんの用ですかマスター。わざわざ出向かれるからには、相当に火急の要件なんでしょう？」

　やれやれ面倒くさいと思いながらも、少し真面目な雰囲気に戻ってアノルンが質問する。

「まあ火急半分、遊び半分じゃな。おぬしが本部におらぬと退屈でしょうがない。最近の奴らは真面目すぎてのう。ワシの護衛や大司教もとんだ堅物ばかりじゃし」

「遊び半分って。護衛――ちらりとしか見ていませんが、あれが今代の最強で？」

「そうじゃ。ラザールの名はおぬしにも懐かしかろ？」

　ミリアザールはいたずらっぽくアノルンに問いかける。アノルンは顰（しか）めっ面で答えた。

「懐かしすぎて反吐がでます。どうせ似非爽やかイケメンでしょう？　あの顔面に向けて吐いてもいいですか？」

「もちっと慎み深い言い方はできんのか？　おぬしと唯一対等に口をきいた家系の者じゃ。おぬしが現在の任務に就く前じゃから、百年以上も前のことか」

「あの時は最悪でした。本当に吐きそうでした」

「ワシにとっても最悪じゃったな！　もう五代も前のラザールになる。あやつめ、ワシの側仕えの侍従を片っ端から手籠めにしよってからに。まさか侍従を三年で全員入れ替える羽目になるとは思わんかったわい」

その当事者の顔を思い出して、アノルンはげんなりする。

「私も手籠めにされかけました」

「嘘つけ！　あやつがおぬしを口説きに行くたびに、奴の悲鳴が深緑宮に響き渡ったろうが？　教会中の名物行事じゃったわい」

「こっちはとんだ大迷惑でしたけど。あれで当時の神殿騎士団最強だったんだから、驚きです」

「歴代でも有数の使い手じゃったよ。現在のラザールも同じじゃ。この前大隊長格を三人まとめてあしらいよったわ。強さだけなら歴代随一じゃろうし、純粋な剣の能力で奴より強い者は、大陸中探してもそうおるまい」

ちょっとだけミリアザールは得意気に話す。アノルンが直接関わったラザール家の者は五代前の人間だけなので、ラザール家といえば自然とその人物が思い出された。

（初対面でいきなりアタシの尻を鷲掴みしながら、『やぁ、美人ちゃん！』とか言ってヘラヘラしていたあいつ。その時全力で百発ぐらい殴り飛ばしたのに、翌日にはアタシの胸を鷲掴みにしながら同じことを言ってきた。あんなくじけない阿呆は後にも先にもあいつだけだったわ。しかもあれだけ人に『生涯愛するのは君だけだ』とか言いながら、ちゃっちゃと違う女と結婚しやがって……『教会律の守護者』とかいう大層お堅い二つ名を持っていたくせに、なんて適当な奴だと当時はむかっ腹が立つだけだったけど、今ではそれすら懐かしい記憶だわ。永遠に生きていれば、いずれ全ての記憶をただ懐かしいと感じられるようになるのかしら？）

そのアノルンの回想は、ミリアザールの言葉によって中断される。

「ともあれ、あやつのおかげでおぬしは人間らしさを取り戻した。感謝はしておけよ？」

「さて、顔くらいは思い出せますが。墓を酒瓶でぶん殴ってやりたい気持ちになります」

「気持ちはわかるが公的には尊敬された男じゃ、さすがにやめておけ。ワシにとってもあやつは忘れられぬ男の一人でもある。死に様まで含めてな」

「……それで、要件とは？」

「おおいかんいかん。やはり歳かの、話がそれてしまう」

ミリアザールは居住いを正して向き直る。今度の表情は真剣そのものだ。

「まずは、おぬしの現在の任務についてじゃ」

「はい」

もはやアノルンにも茶化す様子はない。教会内でもっとも過酷な巡礼の任務に就く者として、最高教主の言葉を謹んで聞いている。

「おぬしが『巡礼』なる任務についてから百年あまり。我が教会の版図は広がり、不正も随分正された。また魔物の活動や、国家間の戦争もかなり少なくなったと言える。これはおぬしの功績に依るところが大きい。巡礼の中でも、おぬしの功績は別格であり、また伝説的な存在となっておる」

「正直実感はありませんが、ありがたき御言葉として頂戴いたします」

アノルンは素直に頭を垂れる。

「おぬしが行った行動を手本として、現在同様の任務に就いている者の内訳が、シスター・僧侶が七十八人、神殿騎士が三百五十四人。もはや巡礼の業務は軌道に乗ったと思うて差し支えなかろう。現時点をもっておぬしの巡礼の任務を解く。長い間大義であった」

「御意にございます。で、新しい任務とは？」

「そう急くな」

ミリアザールは一度目を伏せる。

「まずは今回出現した魔王のことじゃ。魔王の出現自体は世に知られる常識と違いそれほど珍しくもないが、どうも出現の仕方が不自然でな。へたな者を向かわせたくなかったのじゃ。討伐だけでなく、調査も行う可能性があると考えると、魔王討伐の経験が複数あり、かつ少数で魔王を倒せる実力者を選ぶ必要があった。それでおぬしが適任じゃろうと思うてな」

「魔王の出現は確実なので？」

「先日確認をとったが、間違いない。ここより北西に馬で七日ほど分け入った森の中じゃ」

「まさか⁉　街に近すぎます」

「ワシもそう思う」

　ミリアザールの言葉が真実なら、相当に危険な状態だ。

（何の兆候もなく、魔王の出現？　いやそれよりも、このあたりは近年大きな戦乱もなく、死霊(アンデッド)や悪霊(フィーンド)が発生しないように、そして魔物が大量発生しないように教会による浄化もしっかり行われている。人間に敵意を持つ魔物にとっては非常に暮らしにくく、毒気を抜かれるような場になっているはずだわ。逆に元戦地や、闇に属する土地というのは魔物にとって成長に適した場だ。そのようなことが数百年前にわかってからは、教会に限らず、各国の協力にぬかりはない。このような大都市が近くにある場所は特に浄化が進んでいて……浄化が進んでいるからこそ、大都市化しているともいえるけど、魔王となる魔物が育つような余地はないはずだわ。それなのに……）

　アノルンの思考がめまぐるしく回転する。だがどう考えても手持ちの情報では答えは出ない。

「誰かの手による、意図的な魔王発生だと？」

「わからん。そのようなことをして誰の得になるのか……そもそもこれだけ大規模で浄化を行っても、魔王の発生が消えたことは一度もない。西方オリュンパス教圏からの流入か、あるいは南の大陸から入ってきているのかと今までは思われていたが、はっきりとした原因はわからぬままじゃった。元々おかしな報告はここ十数年で少しずつ増えてきてはいたがな。そういった背景も含めて、今回は巡礼の一番手であるおぬしに調査・討伐を依頼したい」

「マスターの命令とあらば、いかようにでも。ではアタシ一人で？」

「いや、アルフィリースを連れていけ。アルベルトも貸してやろう」

その言葉に、アノルンの表情が険しくなる。

「！　マスター、彼女の事情を知った上でアルフィリースを利用するつもりですか!?」

「そう凄まじい剣幕をするな……そうではないよ。一つにはいざという時のために、アルフィリースにはアルネリアという庇護があることを事実にしておくため。もう一つは、おぬしもそろそろ乗り越えてもよいじゃろう？　アルベルトもアルフィリースも、簡単に死にはせぬよ」

「ですが、しかし」

アノルンにしては珍しく歯切れの悪い、戸惑ったような表情をした。ミリアザールはアノルンを窘めた。

「おぬしがそんな顔をするようになるとはな。むしろ、じゃからこそアルフィリースを連れていくべきじゃ。実はここ数ヶ月おぬしの様子をそれとなく使い魔を通して見ておったが、おぬしは既にアルフィリースをただの監視対象としては見ておるまい？　もしおぬしがあの娘の真の友人たらんとするならば、絶対に連れていくべきじゃ。所詮我々は血塗られた身よ。いかに崇高な理想と理念を掲げようとも、血の雨が降る荒野を行くことは避けられぬ。今までもこれからも、共に戦えぬような間柄では真の友人にはなりえぬだろう」

「ですがアルフィリースは……」

「おぬしにとっての試練は今からじゃが、アルフィリースにとっての試練はもっと先に訪れる。あれほどの能力を持つ娘、野に放たれて放っておかれることなどあるまい。アルドリュースの関係者であるならなおさら。そしてあの娘と直接話して確信できたわ。おそらく、一人では乗り越えられぬほどの数多く、そして重い試練が訪れるはずじゃ。あの娘はおぬしが思うておる以上の人間じゃよ、アノルン。いや、二人の時は昔のようにミランダ、と呼ぶか？」

アノルンは反論しようとしたが、ミリアザールの瞳に満ちる色はただ慈愛であり、その眼差しに反抗することなど不可能だった。これだから昔から苦手なのだとアノルンは小さくため息をつく。

ミリアザールが本気でアノルンを心配していることは痛いほどわかる。本名で呼ばれるのは二度と御免被り（ごめんこうむ）たかったが、たしかにアルフィリースに嘘をつき続けるのも心苦しかった。あの子になら言える――いや、言うべきだと。アノルンはそう思い始めていた。

「アルフィリースが壁に突き当たった時、真の友の助けが必要になるじゃろう。おぬしはそれとも、あの娘がどうなってもよいか？」

「いえ……いいえ！」

アノルンははっきりと答える。その表情を見て、ミリアザールは満足そうに頷いた。

「ふむ、では今回の依頼、受けてくれるな？」

「御意にございます、マスター」

アノルンは片膝をついて正規の礼をする。

「だからそう堅苦しくしてくれるな。ワシにとっても、おぬしは対等に話せる数少ない友の一人じゃと思うておる。公式の場ではともかく、二人の時は気楽にやってくれぃ」

「じゃ、遠慮なく。ヤってくるぜ、ババア！」

「それは遠慮しなさすぎじゃ!!」

そして二人は口論の最初に戻るのであった。

＊＊＊

一方、外で待っているアルフィリースとアルベルト。中でこれだけぎゃあぎゃあと騒ぎ立てているのに、対照的に外の二人はまったく会話がなかった。

「え～と、ラザールさん？」

「アルベルトで結構です」

「き、今日は良い天気ですね？」

「そうですね」

「アルベルトさんは騎士の家系でいらっしゃるんですか？」

「そうですね」

「相当強いとお見受けしたんですが？」

「そうですね」

「そこもあっさり肯定するんだ!?　あ、声に出しちゃった……」

「……フ」

「で、そこ笑うんだ!?」

どこかで聞いたような予定調和の会話となっていたが、話の調子がいっこうにかみ合わない。アルフィリースが普段一緒にいるのが口達者なアノルンだけに、こういう無口な人間、しかも男とは会話がまったく成立しない。師であるアルドリュースも、自分に指導をするせいもあるが、かなり饒舌（じょうぜつ）だったなと思い出す。

厳しい鍛錬にも滅多に弱音を吐かないアルフィリースだが、気まずい空気にべそをかきたくなってきていた。これなら素振り千本のほうがよほど楽だと、アルフィリースが考えたその時――

「アルフィ、お待たせ」

「シスタ～」

あまりにもちょうど良い時にアノルンが顔を出したため、アルフィリースは思わず泣きそうな声になってしまった。それを聞いてアルベルトがアルフィリースに何かしたと勘違いしたのか、

「てめぇ、アタシのアルフィに何をしやがった！　これだからラザールの奴らは信用できねぇ!!　あれか、貴様は先祖と違ってむっつりスケベか!?」

「お姉さま～（静かにせんかこの×××シスターめが！）」

という裏の意味を含めた、無駄に殺気を孕（はら）んだ猫撫で声がアノルンの後ろから聞こえてくる。得意のメイスをシスター服の袖から取り出しかけたアノルンの動きが、ぴたりと止まった。

ミリアザールのアノルンを掴む手にいっそう力が入り、アノルンはたしかに骨の軋（きし）む音を聞いた。

「それではお姉さま。依頼の件、たしかにお伝えしました。アルベルト、打ち合わせどおりシスター・アノルンに同行するように。私は他の用事を済ませてから、教会本部に戻ります。アルベルト、よろしいですね？」

「了解しました」

自分に殴りかかろうとしたアノルンをまったく意にかけず、アルベルトはミリィに向かって返事をする。

ミリィへと態度を翻したミリアザールは、輝く表情でアルフィリースたちに語りかけた。

「それでは私は忙しい身にてこれで失礼いたしますが、アルフィリースにはぜひともシスター・アノルンへの助力をお願いします。次の任務、かなり過酷になる可能性がありますゆえ、信用のおける貴女の手伝いがあれば私も安心でございます。なお当教会の所属でない貴女には、別途報酬のお話をいたします。成果に応じた報酬となりますが、教会本部のある聖都アルネリアにお寄りの際は、いつでも私のところまでお申し付けください。とりあえず、先に必要と考えられる経費はアルベルトに渡しております。追加が必要ならば、最寄りの支部までお申し出くださいませ」

てきぱきと指示をして、あっという間に話を進めるミリィことミリアザール。

「それでは皆様、失礼いたします。アルフィリース、最後に一つだけ」

「は、はい！」

急に声をかけられ、思わず先生に怒られた生徒のように畏まるアルフィリース。ミリィの威厳がそうさせるのか。

「困ったときは隣にいる者を頼りなさい、きっと助けになってくれます。もちろん私も、そしてこれから旅で出会う者たちも。黒い髪など、何ほどの妨げにもなりません。くれぐれも私の言葉、お忘れなきよう」

「え、あ、はい」

まるで目上の人のような助言にアルフィリースが不思議そうな顔をしていると、ミリィはかすかに微笑んでその場をあとにした。その少し寂しそうな笑顔が、アルフィリースには随分と印象に残っていた。

残された三人は、とりあえず互いに顔を見合わせる。

「で……まずは落ち着ける場所に移動しようか？　もうすぐ教会も閉まる時間だし、巡礼のアタシがいると気を使わせるからね。アタシに限らず巡礼者はアルネリアではある程度の権限と地位を持つからさ」

「それなら宿に一度戻らない？　ミリィの言う依頼とやらの詳細な内容を説明してほしいのだけど？　ギルドを通さない依頼ってことは、ヤバイ依頼か、もしくは秘匿性が高いんでしょ？　報酬が高くても一度聞いたら断れないってことなら、ちょっと考えさせてほしいのだけど」

「もちろん報酬は弾む。だけど具体的な額とか場所は防音の魔術もかけたうえでの相談にしたいし、聞いた後で断ってくれても結構さ。危険な任務だし、本来ならアルネリアだけで解決すべき問題だとアタシは思っている。アンタに手伝ってもらえるなら、アタシは嬉しいけどね。えーと、アルベルトだっけ？　アンタはどうする？　もう依頼の内容は知っているだろ？」

「無論知っておりますが、お二人の指示通りにいたします。私は依頼達成までの護衛も兼ねますので。ただ依頼の内容から想像するに、万全を期すなら補助を行う仲間が最低一人は欲しいかもしれません。教会からはこれ以上人員を出せないそうなので、傭兵ギルドで雇うのが妥当でしょう。依頼自体に時間はさほどかからないかもしれませんが、移動手段などの準備も必要でしょうし」

「うーん、仲間ねぇ。下手なのは足手まといにしかならないけど、使えそうなのがミーシアのギルドにいるなら考えてみるか。あ、でももうすぐ日が暮れるし、武器や食料の調達は明日にしよう。今日はとりあえず晩飯も兼ねて、ギルドに行かないか？　夕方なら人も多いだろうし、仲間を探すならもってこいだ」

「ちょっと待った、その前になんの依頼か簡単に聞いていい？　心構えってものがあるわ」

「いいけど——まぁ、魔王討伐ってやつさ。この前話したろ？」

「そっか、例のあれか——って、ええっ⁉」

アルフィリースは唐突な依頼にかなり混乱したが、宿に戻ってからアノルンが落ち着いて説明した。通常なら数十人の討伐隊を組むが、アルベルトの実力を考えるとこの面子でもよいこと。報酬はアルフィリースの等級でもらえる額をかなり逸脱しており、これならベグラードまで余計な依頼を受けずとも路銀の心配をする必要がなくなりそうなこと。まずは調査を優先し、生命の危険があれば撤退してもよいこと。それだけでも当面の路銀になりそうな額を提示された。

アルフィリースとしても、路銀がなくなるたびにギルドで依頼を受けなくていいのは魅力的である。それにもし討伐まで達成できるのであれば、ベグラードまでの道のりで金銭的な心配は不要になりそうだった。最終的には、「アタシ、魔王討伐の経験あるから大丈夫だって。それにいざとなったらこの朴念仁(ぼくねんじん)アルベルトを囮(おとり)にして、アタシたちはトンズラするさ！」ということで無理やり納得させられた。だが、いかに発生したての弱い魔王が想定されるとはいえ、楽天家のアルフィリースでもさすがに不安を隠せない。今までの魔獣、魔物討伐とは訳が違うのだ。しかもギルドを介さない依頼となれば、嫌な予感しかしない。

しかし、ここまで長い付き合いとなったシスターの頼みでもあり、呪印の秘密も共有した間柄。旅の途中で知り合いはそれなりにできたが、その中でもアルフィリースはこのシスター・アノルンに不思議な縁を感じており、この縁をこれからも大切にしたいと考え、依頼を受けることにした。

第四幕　桃色の髪の少女

ミーシアの傭兵ギルドは大きな街の傭兵ギルドらしく、大勢の人でごった返していた。その中にある酒場でアルフィリース、アノルン、アルベルトの三人は相談中だ。

こういったギルドは酒場や食事処と併設されていることが多い。酒は人の口を軽くする。情報を得たかったら酒場に行くのは旅人の常識であり、傭兵も各国の情報をいち早く得るために、こういったところにたむろすることが多い。アルフィリースたちもここで晩飯がてら、めぼしい仲間を探そうというわけだ。

「でも、なんでもう一人仲間が必要なの？」

「古来より、魔王討伐の仲間は四人と相場が決まっているでしょう」

「それは流動的よ。なんなら十二人で一人をボコボコにするような場合もあったわ。相手は一人で真っ向勝負だってのに、なんて卑怯な勇者たちって思ったものよ」

「然(しか)り」

「え？　え？」

　話についていけないアルフィリースの肩をぽんぽんと叩くアノルン。

「わかんないなら結構よ、そういうのが良しとされた時代もあったって話だし、あくまで通説だから。でも冗談はさておき、実際問題としてこの三人は全員前衛向きだわ。サポート役が一人いると便利なのは事実でしょう」

「それはたしかに。魔術士の傭兵は少ないそうですが、これだけ大きな街だと雇えるかもしれませんね」

「魔術士ばかりが後衛とも限らないわ。弓使いでもいいし。補助って意味なら探知者(センサー)でもいいだろうし、森林を想定するなら杣(そま)でも、猟兵でも。森林に詳しい罠使い、放浪者(ワンダラー)でもいいわね」

「なるほど」

　アノルンとアルベルトが話を進める中、アルフィリースには一つの疑問が浮かぶ。

「え、シスターって後衛じゃないの？　アルネリア教会の魔術って、捕縛や補助向きだよね？」

「表向きはそうだけど、実際には攻撃魔術も多数あるわ。まあアタシが後衛でもいいけど、現時点だとアルフィよりは前衛の経験と圧力が豊富かな。魔王戦は特殊だから、それまでの経験は役に立たないと思ったほうがいい。人間相手の立ち回りは見たけど、まだまだアルフィはお尻が青い雛鳥(ひな)みたいなものかしらね」

「そ、そんな……何それ」

その言葉に、アルフィリースが可哀想なくらい項垂れてしまった。傭兵家業も一年近くやってきてそれなりに自信があったのだろうが、こればかりは仕方がないだろうとアノルンは考える。実力云々ではなく、こういう戦いでは経験値が重要なのだ。魔王などの強大な魔物を目の前にして、竦（すく）んだまま実力も出せず死んでいった、将来有望な冒険者を何人見てきたことかとアノルンは思い出す。まだアルフィリースにはわからないことだろう。

「でも、勧誘はどうするの？　私、自分から誘ったことなんてないよ？」

「アタシに任せて」

つつ、とアノルンが酒場にいる全員から見える高い場所に出る。その瞬間、彼女に当たっている照明以外が全部消えた。

（なんで？　なんの仕掛け!?）

アルフィリースの疑問も仕方ないが、ともあれその場の全員が何事かと喧騒も止み、アノルンに注目する。

「みなさん……私は今、とても困っています」

アノルンが潤んだ目で皆に訴えかける。今、目薬を袖に隠したのをアルフィリースは見逃さない。

「私はアルネリア教会所属のシスターですが、このたび旅の共の一人が倒れてしまいました……しかし、教会の命令で旅を続けなければいけません。そこで私を守っていただける屈強なお方を探しているのですが、なかなか見つからなくて……もしよろしければ、この中の逞（たくま）しいどなたかが、私そこで涙を流して見せる。このシスター、これまでなんの修行をしてきたのやらと、アルベルトとアルフィリースが顔を見合わせる。

アノルンの本性を知るアルフィリースからすれば「うわぁ、なんて猿芝居」としか思えないが、ギルドにいる者たちに対して効果は絶大だった。

「シスター！　俺が守ってやるよ!!」

「何言ってやがる、てめぇじゃ無理だ!!　俺にまかせとけよ、シスター！」

「いえ、そういうことでしたらワタクシが！」

「てめぇみてえな貧相な奴じゃ守れねぇよ！　恥かく前にやめときな！」

「あなたみたいな無骨者では、この繊細なシスターを傷つけるだけですよ。自重なさい！」

「なんだと、てめぇ！」

あっという間にアノルンの仲間枠を巡って男女の別なく喧嘩が始まり、酒場の中は大乱闘となった。

（世の中の男、こんなんばっかりなのかな……師匠、私十八にして男が嫌になりそうです）

喧騒の中、アルフィリースは密かに人生の絶望にその身を落としていた。だがいつまでもそうしてはいられない。乱闘の間をぬうようにアノルンの元に駆けつけ、アルフィリースが耳打ちをする。

「こんなことになって、本当に仲間を選べるの？　非戦闘職まで巻き込まれているじゃない!?」

「うーん、ちょっとやりすぎたわね。まさかここまで単純な連中だとは。いっそこの連中が残り一人になるまで争わせて、生き残った奴を連れていくことにする？」

「詐欺の上に殺人教唆？　そんなことできるわけないでしょう？　それに後方支援の話はどうなったのよ？　直接争わせたら、後方支援の人材は全滅するでしょうに」

「それもそうだね。ま、見てなさい。面白いのが釣れるかもしれないから」

「本当？　何も考えていないだけじゃない？」

アルフィリースがアノルンの肩を揺らす間に、もうギルドの中は無茶苦茶になっていた。あまりのギルドの惨憺たる有様に、受付の女性が泡を吹いて気絶しそうになっている。

（このシスター、就く職業を間違えているわ。自分で魔王になったら、世界を席巻するんじゃないかしら？）

などとアルフィリースが妄想している時、現実では本当に殺し合いに発展しそうな剣呑な空気が漂ってきていた。そんな時、くいくいとアルフィリースの袖を引く者がいる。

「誰？　今忙しいの」

「あんな単細胞どもでは、どちらにしてもアナタたちの足手まといです。連れていくなら私にしなさい」

振りかえるとそこに立っていたのは十四、十五くらいの幼さ残る少女であったが、アルフィリースは見るなり目を見張ってしまった。陶磁器のような白い肌に、人形のような整った顔。美しいともちろん言えるのだが、整いすぎるその容姿が逆に人間味を感じさせない。無表情であることが、それらの要素をいっそう際立たせる。

加えて何より、腰まである髪の色が特徴的だった。噂によれば東方で春に咲く、チェリーブロッサムという植物が薄い桃色の花びらをつけるというが、彼女の髪の色がそれではなかろうか。この大陸では聞いたことのない髪色だ。稀少魔術、もしくはそれ以外の特性があるのかもしれない。

さらに白い杖を持っているところを見ると、盲目なのだろう。だが一番アルフィリースが感じたのは——

（なんだろう……この子の周囲だけ空間が切り取られたみたいに、一人だけくっきりとそこに存在しているわ）

周囲の喧騒を無視するかのように、彼女の周りだけが静かなのだ。まるで一枚絵に描かれた肖像画から抜け出して、アルフィリースを見つめているような印象を与えていた。

「あ！　危ない!!」

彼女に向かってどこからともなく酒瓶が飛んできた。アルフィリースは空中で掴もうとしたが、とても間に合わない。

少女の頭に命中すると思われた瞬間、ぱしっと少女が酒瓶を宙で捕まえた。あろうことか、そのままグビグビと飲んでいるではないか。

「え、飲んでる⁉」

「ち、ディアジュースでしたか……クス果汁を期待してたのですが、咄嗟（とっさ）のことでわからないとは。まだまだですね、私」

アルフィリースがよく見ると、たしかに酒ではなく果汁の瓶だった。なぜわかったのかとアルフィリースが訝しんだのが悟られたのか、少女がずばり反論してくる。

「アナタ、まさか私が酒を飲んだと？　ヤレヤレですね。十六にもならないのに、酒なんて飲むはずないじゃないですか。咄嗟に飛んでくるものが酒瓶かどうかもわからないとは、腰の剣は飾りですか？」

そしてアルフィリースの方に向かって、無表情のまま「はんっ！」と、いかにも呆れたように両手を上げてみせた。

アルフィリースは予想外に暴言を吐かれ思わず内心で苛立った。

（アノルンと違って口汚くはないけど、この子はとっても口が悪いんですけど……助けようとしたのに、何さ）

「釣れたわね。貴女、センサーね？　アタシたちがこの酒場に入ってきた時から、気配を探っていたのは貴女で合っているかしら？」

と、そこへぐいとアノルンが乗り出してきた。

「はい、そのとおりですが。気付いていましたか」

「そりゃこっちもボンクラじゃないつもりでね。盲目の子がそんな見事な身のこなしをするってことは、それなりの実力者と見たわ。ギルドの階級章はあるかしら？」

「一応」

チャリ、と少女は懐から階級章を取り出した。階級章には、弓に矢が三本番（つが）えてある。

「なるほど、等級C＋か。アルフィ、アンタより上だよ」

「う、嘘……負けた」

またしてもアルフィリースが項垂れる。ミーシアに来てから、彼女は項垂れっぱなしかもしれない。

「センサーで、かつその歳で等級C＋か。髪色を見るに、魔術も使えたりする？」

「生憎と魔術特性はありませんね。もっとも系統だった修行も受けていませんし、ひょっとするとなんらかの特性を示すのかもしれませんが、その点に関しては残念ですが期待外れです。ただ、およその依頼でセンサーのレベルとしては十分ではないでしょうか。ミーシアで私より等級が上のセンサーを探すとなると、ちょっと難しいかもしれませんよ？」

「たしかにね。これ以上の等級のセンサーとなると、大抵は危険な辺境住まいか従軍しているわ」

「このギルドにも私より等級が上のセンサーはたしかにいますが、折悪く皆、長期の依頼で出払っています。私のセンサー能力は万能型ですし、ここにいるダッサイ連中たちより、私の方がはるかにイケているのは間違いないでしょう」

「それはそうね。じゃあ貴女に決めたわ！　可愛らしいのも良し！」

「アナタとは話が合いそうです、シスター。仲良くやりましょう。ああ、そこの無駄にデカイ女剣士、アナタは違います。アナタは私に敬語を使いなさい」

びしっと少女に指を差されるアルフィリース。

「な、なんで？」

「口答えは許しません」

「決定事項なんだ……」

「で、貴女の名前は？」

何度目かになるアルフィリースの項垂れをよそに、アノルンが何事もなかったかのように少女に話しかける。

「これは私としたことが失礼いたしました。私、リサ＝ファンドランドと申します。どうぞリサとお呼びください」

「リサね、わかったわ。私はシスター・アノルンよ」

「よろしくお願いいたします、シスター。報酬は期待させていただきますよ？」

「もちろん成果に応じて弾ませていただくわ。それにアノルンで結構よ」

「ではそのように」

リサと名乗る少女は、アノルンに丁寧な礼をしてみせた。アルフィリースもリサに手を差し出す。

「私もよろしくね、リサちゃん。私はアルフィリースよ」

「なんですか、この手は。馴れ馴れしいにもほどがあります。アナタの場合は『リサ様』、と呼びなさい。それ以外は認めません、このデカ女」

「……フ」

「なんで私だけ扱いが低いの？　それにそこだけ反応するアルベルトにもイラッとするんだけど！」

アルフィリースの不満は頂点に達しかけていたが、ミーシアのギルドでの大乱闘の中、ともあれ四人目の仲間が決まったのだった。

＊＊＊

「アルフィリース、目を覚ましなさい」

「ま、まだ早いよう……」

「それ以上デカく育ってどうするのですか？　嫁の貰い手がなくなりますよ？」

「ん、もぅ。人が気にしていることを！」

宿屋でリサに叩き起こされるアルフィリース。まだ日が昇ってからそれほど時間も経っていないようだが、リサは実に早起きだった。

「リサ、朝ご飯は？」

「とうに済ませました。アナタと違ってリサは働き者ですから」

「私が怠け者みたいに言わないでよ」

「リサに言わせればぐうたらです。将来、アナタのような大人にならないようにだけは気を付けるとしましょう」

「ぐっ、黙っていれば可愛いのに」

「呟いても聞こえてますよ？　センサーの聴覚を舐めないでいただきましょう」

無表情な目でリサに見つめられるアルフィリース。アルフィリースよりも年下であるはずなのに、不思議な圧迫感と威圧感を備えた少女だ。なぜか反論しにくい相手だと、アルフィリースは思ってしまう。

「ちょっとは年上を敬ってよね」

「あら、尊敬はしていますよ？　反面教師として」

（本っ当、口の減らない……）

どうやら口喧嘩ではアルフィリースに分はなさそうだ。やむをえずベッドから起き上がるアルフィリース。しかし思い起こせば昨日は大変だった――

＊＊＊

リサを仲間にした後、酒場の乱闘騒ぎを放っておくわけにもいかなかったので、どうしたものかとアルフィリースたちは思案に暮れていた。

「リサは放っておくことをオススメします。こいつらはダッサイ連中ですが、殺し合うほどバカでもありません。半分も床に倒れれば、足の踏み場がなくなって自然と争いは収まるでしょう。それに騒ぎすぎれば、いくら治外法権が認められたギルドといえども、ミーシアの自警隊が来るでしょう」

「シスター、どうするの？」

「うーん、じゃあ面倒だし放っておきましょうか？」

「ちょっと！　それでも神に仕える身なの？」

「いやー、アタシ、神様とか運命って嫌いなの。だいたいアルネリア教に、神を信仰する教義は無いわよ。精霊と聖女を敬う習慣はあってもね。神を敬うのは西方オリュンパス教会よ。そこのところ、間違えないように」

「どっちにしてもありえないわ、このシスター」

アルフィリースがアノルンの不誠実さと理不尽さにわなわな震えているのを見て、アノルンはさ

すがにまずいと思ったのか、

「そこまで言うなら止めてくる。リサ、ちょっとおいで」

アノルンはリサを連れて全員の中央付近につかつかと歩いていった。途中、乱闘に巻き込まれそうになるが、ぶつかりかけた男たちは全員もれなく吹っ飛んだ。不思議なことに、誰もアノルンが男たちを吹っ飛ばしていることに気付かない。全員がそれなりに酔っ払っているので、まさか目の前の一見儚げなシスターが大の男をちぎっては投げていることなど、目の錯覚程度にしか思っていないのだろう。

そしてアノルンが中心に行くと、また彼女に当たる照明以外が全て消える。さきほど店主とこっそり打ち合わせているのが見えたが、この絶妙な間合いをどうしているのかがわからない。

(だから、どうやってこんな演出ができるのかなぁ？)

「皆さん、聞いてください！」

はたと乱闘が治まり、アノルンに視線が集まる。

「今回はこのリサを仲間に加えることに決定しました！　だからもう、私のために争わないで！」

くぅっ、と嗚咽(おえつ)して見せるアノルン。それを見て呆れるアルフィリース。

(まだやるのか、このシスターは)

「と、いうわけで皆さん。大変無駄な努力をお疲れ様でした。とっととケンカを止めやがりください、このバカヤロウども」

というリサのひどい文句と、深々とする丁寧な礼がまったく一致していない。当然のごとく男たちは猛抗議を始める。

「そ、そりゃないぜシスター！」

「そうです、誰のために争っていると？」

「シスターが俺たちの誰かを連れてってくれるまで、やめねぇぜ⁉」

「そうだそうだ！」

男どもがぎゃあぎゃあ騒いで収まりがつかない。最初はアノルンもうるうるした瞳でじっと全員の文句を聞いていたのだが、段々面倒くさくなってきたのだろう。徐々に普段の顔に戻ってきている。

アルフィリースの頭の中に猛烈に嫌な予感がよぎる頃、ついに一人の男が、

「シスター、俺を連れてってくれよ？」

とアノルンの肩をぐいと掴んだ。その瞬間アノルンの顔が悪鬼のような形相になる。

「誰が触っていいっつった、コラ⁉」

アノルンが男の手をねじり上げると、男が悲鳴を上げた。そのまま男をぶん投げてテーブルに叩きつけると、酒場の全員が固まってしまった。しんと静まり返った中でアノルンが声を荒げる。

「同じことを二回言わせるんじゃねぇよ、もう仲間は決まったっつったろが？　おまえらの頭の中身はすっからかんか、あぁん⁉　さっさと帰ってクソして寝やがれ、この不細工ども。そして顔を洗ったあと、二度とアタシの前に現れるな！　行くぞ、リサ！」

「は、はい、お姉さま！」

啖呵（たんか）を切るアノルンを見て、リサがキラキラした羨望（せんぼう）の眼差しをアノルンに向けていた。

それにしてもアルネリア教会の名前を出しているのだが、こんなことをしてもいいのだろうかとアルフィリースは不安でしょうがない。

ところが男たちは、言葉を失い、ひどい悪夢を見ているような顔で彫像のようにただ固まってしまっていた。それはそうだろう、自分たちの淡い幻想が一瞬にして砕け散ったのだから。彼らの様子を見る限り、アルネリアを糾弾する余裕すらないだろう。

アノルンの豹変ぶりは初めて見たら誰でも唖然とするはずだが、なぜかアルベルトは微動だにしなかった。いったいどこまで冷静なのか、いっそ感情がないのではないかとアルフィリースは勘繰ったが、「アルフィもアルベルトもぽかんとすんな！　行くぞ？」とアノルンに言葉をかけられ、ふと我に返るアルフィリース。だがこのシスターの連れだと思われた以上、彼女はこのギルドにはもう二度と来ることがない気がしていた。

ギルドを出ると、道すがらリサが依頼の内容を質問してきた。

「それでは私は一度家に帰りますが、明日の打ち合わせは？」

「朝になったらアタシたちの宿屋に来てくれない？　えーと、盲目のリサになんて説明したらいいかな？」

「いえ、構いません。アナタたちの気配を覚えたので、センサー能力で探せます。だいたい宿がどちらの方かだけ教えていただければ」

「そこまでわかるの？　じゃあ、たしかここから二本通りを向こうに行った、赤い看板にスコップの目印がそうよ」

「なるほど、サウザさんの宿屋ですね。了解しました。報酬の件はその時に」

口の悪さに比べていやに物わかりのいいリサに、アノルンが不信感を覚える。

「その時でもいいけど、今じゃなくていいの？」

「構いません。身分を出した以上、報酬をケチるような方たちとは思えませんし、ギルドを通した正規の依頼でない分、逆に期待させていただきます。私にも確証はないのですが、そっちのデカ女は黒髪なのでは？」

「わかるの？」

「なんとなく、ですが。色調も微かにではありますが、波長が違うのですよ。よほど慎重に探らねばわかりませんが、黒髪の人間が依頼に混じるときは、しばしば表に出せない事情がある依頼ですよね？　ならば割高だと踏んだのですが、私の直感は合っているでしょうか？」

リサの冷静な指摘に、アノルンが感心と警戒を同時に抱いた。

「……まぁアルフィリースが黒髪だから後ろ暗いってわけじゃないけど、厄介な案件であることは認めるよ」

「なるほど。ですが、むしろ私はお金さえいただければ多少の裏があろうと構いません。汚い仕事にはある程度慣れていますからね。ただ人命を無駄に奪ったり、誰かの尊厳を辱めるような依頼はお断りいたしますが」

「それはない。安心しなよ」

「では問題ないでしょう。あと、長期にわたる依頼であるなら、前金もいただくことになります」

「それも当然だね」

リサは交渉に慣れている。さすがこの幼さで固定のパーティーに加わるのではなく、単独で依頼を受けるだけはあると、アノルンは内心で感心した。

「いや、こういうのは先にやっておこう。報酬は四等分だ。センサーだからってケチることはしない。それでどうだい？」

「十分です。もっともケチりやがったら、その分の対価はアナタ方の人生で払っていただきますが」

センサーの報酬は通常取り分が少ない。後衛である分、直接の危険が少ないからだ。等分で報酬をもらえるのは、破格に近い待遇である。それにしても、人生での対価の支払いとは何をさせられるのだろうかとアルフィリースは不安になる。

と、アルベルトが手を上げる。

「いえ、私は任務ですので、私の分は必要ないでしょう。私の分は除いて三等分にしてくだされば」

「じゃあそれでいこう。意見がある人は？」

アノルンがあっさりと認めたが、もらえる額が増える分には誰も異論はないようだ。

「決まりだね。この町に用事がある人がいなければ明日、準備まで含めて昼には街を出発したい。皆そのつもりで」

「私の剣を研ぎに出してるんだけど、間に合うかな？」

「アンタがおっぱいのひとつでも見せてやれば、光にも近い速さで研いでくれるだろうよ」

「そういったことをする人なのですね、サイテーです」

「ちょ、違うって！　シスター、誤解を招くようなことを言わないでよ！」

アノルンとリサの言葉にアルフィリースが目に見えて狼狽えたので、アルベルトが真面目に擁護を入れた。

「……少し握らせれば昼までには研いでくれるでしょう。私はその前に移動手段を確保しておきます。心当たりがありますから」

「何を握らせるのよ⁉」

「いや、そこは手間賃の話でしょう。何を想像したのですか、いやらしい」

「まぁリサもその辺にしてあげてよ、この子、世間知らずなんだから。それとアルフィもリサのことは普通に呼び捨てにしときなさいよ。戦場で遠慮なんかする仲間関係だと死にかねないからね。リサもいいわね？」

「お姉さまがそうおっしゃるなら」

なんとかこれでやっていけるかなとアルフィリースが思った矢先に、「……チッ！」というリサの舌打ちを聞いた気がした。新たな仲間に、非常に先行きが不安になるアルフィリースであった。

宿に帰ると既に部屋は埋まっており、アルベルトの分が確保できなかった。どうしたものかとアルフィリースとアノルンで思案したところ、

「扉の外で寝ていきます。何かあったら起こしていただきたい」

「それじゃ疲れがとれないよ。せめてソファーで――」

「婦女子の部屋で、それはできません」

と、にべもなく断られた。そのあたりはやっぱり騎士なんだなと感心するアルフィリースだが、アノルンは面白くなさそうだった。

「男女ひとつ屋根の下とか楽しいのに～。アルベルトの前でアルフィをひん剥いた時に、あの朴念仁がどんな顔するか楽しみだったのに～」

「人の体をなんだと思ってるのよ⁉　だいたい見られて『……フ』とか言われたら、私もう立ち直れないから！」

「言いかねないから恐ろしいわね」

「それよりシスターだって思ったより冷静じゃない？　イケメン見た時いつもなら『あら、男前ね、私とイイコトしない？』とか言って粉かけるのにさ」

「人聞き悪いね！　私は痴女か？」

「同じようなものだと思ってたわ」

ここぞとばかりにアルフィリースは反撃する。

「ま、顔がイケてるのは認めるけどね、ラザール家の奴らはご免だよ。ああ、思い出すだけでも寒気がする！」

アノルンに鳥肌が立っている。傍若無人な暴力シスターでも、苦手なものがあるらしい。何を思い出したのかは引っかかるところだが、どうせ追及してもはぐらかされるだけだろう。このシスターはそういうところだけはずるい。

そんないつものように取りとめもない会話をしながら、やっぱりアノルンと話をするのは楽しいと感じつつ、眠りに落ちるアルフィリースだった。

＊＊＊

そこまでが昨日の出来事である。どうもアルフィリースは寝起きが悪いらしく、寝ぼけているうちにもアノルンは既に支度を整えていた。

「あ、あれ？　シスターどうしたの？」

「ん？　何って、魔王討伐用の準備だけど？」

アノルンの恰好はいつものひらひらしたシスター服ではなく、体にぴたりとした狩人のような軽装であった。ローブは外して髪は後ろで束ねてくくり、両腕に小手・肩当てを装備し、腰に沢山の小物を入れる革のポシェットをつけていた。

そのポシェットに、見たこともないような薬を次々に詰めて準備をしている。丸薬、瓶に入れた液体、アルフィリースには種類を把握しようもない。

そしてどこから取り出したか、巨大なハンマーにも見えるメイスを壁に立てかけていた。ベッドの上には見たことのない道具も散乱していたが、それを手にしようとして昨晩アノルンにこっぴどく怒られたことを思い出す。爆発物だとか、致死性の毒だとか、とにかく素人が扱っていいものではないらしい。そうして準備を整えていくアノルンを見て、アルフィリースはようやく頭が冴えてきたのか声をかけた。

「シスター、その恰好は……」

「ああ、アンタには言ってなったか。私は昔いわゆる前衛戦士職でね、これはその時の装備。教会がご丁寧に宿に届けてくれたのさ。これに調合で作成した薬を合わせて使うのが、アタシ本来の戦闘さ。久しぶりに装備するけど、体が覚えているもんだね」

と言いながら、メイスを片手でかつぐアノルン。どうりで腕っ節が強いはずだと、アルフィリースは納得した。

「で。相談なんだけど、アルフィ。アンタ、弓も使えるんだっけ？」

「一応は。でも実戦ではあんまり使ったことがないわ」

「前にダガーを使った要領で、魔術で飛距離・正確性を伸ばせるだろ？　何発くらいいける？」

「ん～だいたい四十、五十発くらいかな。最近試してないから、正確にはわかんない」

「じゃあ三十と思っておくよ、他のことでも魔術が入用になるかもしれないから、ある程度は温存だ。今回前衛はアタシとアルベルトだ。アルフィはリサの護衛かつ援護ね」

「それはいいけど……私も前衛じゃだめなの？」

まだ不満そうなアルフィリースに、アノルンが説明する。

「アタシは今までに十回以上、魔王討伐の経験がある。その経験上、前衛としてアンタはまだ力不足だ。一人でも萎縮すれば、そこから防御網は突破される。魔王戦の経験がないなら、いかに実力があっても前衛をいきなり任せるほどの信頼はないわね。それにリサの護衛は必ず必要さ。魔王が単独でいることなんてまずなくて、大抵は部下を率いているからね。後衛を一人で放置するのは危険すぎる。ちなみに一番難しいのは、前衛の援護と後衛の護衛を同時にこなさなければいけないアルフィさ。撤退の判断や、進むか退くか、集散の判断まで必要とされる。楽じゃないよ？」

「頼りにされているんだかよくわからないけど、経験者の言葉には従うわ」

「素直でよろしい」

アノルンはニカッと笑ってアルフィリースを見る。たしかにアノルンには、この戦士の衣装の方が似合っているように見えた。出会った時に抱いた違和感の正体が、一つはこれかと納得するアルフィリース。

「でも魔王討伐をやったことあるってすごいよね。シスターもギルドに登録してたの？」

「ん～、まあね」

「ちなみに等級は？」

「……B＋だったかしらね」

「え、相当すごいよね？　それって街や地域によっては一番上の等級なんじゃない？」

「そんな言うほどすごくないわよ。はいはい、つまらない話は終わり。さっさと準備しな。準備でき次第西門で集合だって、アルベルトが言ってたよ。アタシは食料の買い出しがあるから、先に出るよ。ちなみにもうシスターの恰好をしてないから、『シスター』でなく『アノルン』って呼ぶこと。間違ったら、アルベルトの前でひん剥くからね！」

言うが早いか、アノルンは出ていってしまった。そのまくしたてる様子に、ちょっと気圧されるアルフィリース。少しアノルンの苛立ちを感じたのは気のせいか。

「な、なによ、もう」

むくれながらも着替えていると、

「……ノロマ」

リサが扉の隙間から覗きながら、声をかけてきた。ひぃ、と小さな悲鳴を上げながら慌てて体を隠す。リサの目は見えないはずなので呪印を見られる心配はないが、妙にやりにくさを感じるアルフィリースだった。

＊＊＊

食事を宿で簡単に済ませたアルフィリースは剣を受け取りに行くと、やはりまだ研げていなかったので袖の下を渡そうかと考えたが、世間知らずの彼女にはどのくらいが相場なのかわからない。

（ここはやはりアノルンの言ったとおりに……ダメダメ、まだ男の人と手をつないだこともないのに。いや、つないだことがあってもダメだけど……あれ？　じゃあどこからならいいんだろう？）

などと一人でアルフィリースが悶えていると、業を煮やしたリサがやってきて、何やら店主に耳打ちをした。すると店主があたふたとアルフィリースの剣を持ち出して、それこそ光の速さで研いでくれたのだ。

その態度を訝しみながらもついでに弓矢を調達しようとすると、なぜか店主はおまけしてくれた。

その際に店主がリサを見て怯えながら、かつリサが邪悪な笑みを浮かべたことは、見なかったことにしたアルフィリース。センサーとは何度か仕事をしたことがあり、たしかに個性的な者が多かったが、このリサはその中でもさらに特殊な気がしていた。儚げな見た目からは想像でもできない行動力と苛烈な性格。リサはリサで、それなりの修羅場をくぐっていることが想像された。

そしてアルフィリースがリサを残して店から先に出ると、店内からは店主の悲鳴が聞こえてきた。いったいどんなやりとりが二人の間で行われているのかは、もうアルフィリースは想像しないようにした。

＊＊＊

アルフィリースとリサは武器を受け取ると、アノルンたちと合流すべく急いだ。道すがら、リサがアルフィリースに問いかける。

「デカ女、質問があります」

「何かしら？」

「おそらく戦いでは私の護衛はアナタでしょうから、一応戦力としてアナタのことも聞いておきたいのです。黒髪ということは魔術士ですか？　それとも魔術は補助で、剣が中心ですか？」

「どっちもよ。魔術はゆえあって制限しているから、ほとんど使わないわ」

「ふむ。詳しく聞くのはよしたほうがよいでしょうか？」

リサの話し口には初めて遠慮が感じられた。どうやらからかう態度はなりをひそめ、真剣な質問であるらしい。アルフィリースも真面目に対応する。

「話せることと話せないことがあるわ。理由はわかるでしょう？」

「まぁ、ギルドに登録する傭兵なんて、それなりに脛に傷を持つ者ばかりですから。かくいう私にも聞かれたくないことはありますし。まして黒髪であればそれなりの事情があることは馬鹿でもわかります。ただ、私の直感ではデカ女は結構な腕前のはずです。そんな傭兵が低い等級にもかかわらず、あのシスターや神殿騎士と依頼をこなそうとしている。どんな事情か知っておかないと、後から始末されるようは羽目になるのでは、いくら稼いでも意味がないですからね」

「それはないと思うわ。ああ見えて、シスターは誠実よ」

「……アナタはお人好しですね。あのシスターが誠実なのはアナタに対してだけで、必要とあれば何十人でも犠牲にして百人を救う種類の人間ですよ、あれは。立ち振る舞いは思わずお姉さまと呼びたくなりますすし、交渉相手としては信頼ができますが、人として信頼できるかと言われれば疑問ですね。必要に応じて冷徹な判断をできるからこそ、アルネリアで一定以上の地位を得ているのでしょう」

「一定の地位って、わかるの？」

「担当教区以外を移動する者は巡礼者と呼ばれる、アルネリアの精鋭のことですよ、デカ女。ほとんど例外なく戦闘能力に優れ、ギルドでは最低B級以上に相当する実力です。そして巡礼者の地位は各地域の司祭よりも上ですから、その気になれば周辺騎士団の動員や各都市の為政者を抑えて自警団を動員することも可能です。もうちょっと隠語に詳しくなりなさい、アナタ。でないと死にますよ？」

リサの言葉は辛辣（しんらつ）ながらも、思いやりがある。根が優しいのかもしれないとアルフィリースは感じた。

「優しいじゃない？　気遣ってくれるの？」

「道連れはごめんだと言っているだけです。ただ黒髪であることには同情します。私の見目もこうですから、苦労はわかるといった程度です」

「染めなかったの？　ミーシアでは黒髪もちらほら見るけど？」

「染めても一日で戻るのですよ。どうやらよほど強い髪色のようで。なんの得もありませんが、髪色が目印となって依頼が来ることもあるので、それなりに重宝しています。このミーシアで私を敵に回すことがどれほど恐ろしいか、もう知らない人はいないでしょうしね」

くすりと笑うリサに、武器屋での一件を思い出したアルフィリースは寒気を覚えたが、そこはあえて聞かなかった。

「ですが、黒髪であることはミーシアでも忌避の対象であることは変わりませんよ。流れ者ならともかく、拠点とするには不便でしょう。今までも旅の中で苦労したのでは？」

「あ～、まぁ色々とね。でも忘れたわ。それよりも大切なことは山ほどあるし」

「……心音から判断する限り、嘘は言っていませんね。鈍いのか、それとも大物なのか。判断しかねます。まぁいいでしょう。戦闘に関しては打ち合わせることがいくらかあります。この機会にやっておきたいのですが、よろしいですか？」

「ええ、もちろん。私もセンサーの能力について詳しく知っておきたいわ。あまり一緒に仕事をしたことがないから」

「構いませんよ。まず我々センサーの特徴はその呼び名のとおり、対象物の探知です。私の場合は万能型ですが、鉱石や水脈、植物特化という人もいます。私の能力としては気配を探るだけでなく、逆に気配を飛ばすことで対象の注意を引きつけたり、他にも――」

アルフィリースはリサとそのまま細かな点を話しながら歩いた。しかしリサの話し口を聞く限り、アルフィリースが忌避される黒髪と知っておきながら話しかけてきた様子である。金のためとはいえ、なぜそうしたのか。アルフィリースは聞きそびれてしまった。

＊＊＊

そしてミーシアの西門に来ると、アルベルトとアノルンは既に買い物を終えていた。

「お、早かったね」

アノルンが既に荷物を巨大な生き物の背にくくりつけていて――そこまで確認して、アルフィリースはぽかんとした自分の頬を叩いて現実を見た。

「な、何その生き物？」

「何って、飛竜」

「それは知っているけど、どこから？　飛竜って、ローマンズランドが独占しているんじゃなかったっけ？」

「原産はそのとおりですが、大きな街では、急ぎの物流輸送のために飛竜が用いられます。人も同様です。数はまだ少ないですが、ローマンズランドの主要産業として、飛竜は輸出されるようになりました。覚えておくといいでしょう」

アルベルトが説明し、アノルンが付け加える。

「こいつなら低い山はひとっ飛びだしね。大きな荷物も運べるから便利だよ？　まだ朝だし、これなら夕方には目的の森の近くに到着する。その近くの教会で今夜は一泊だ」

「飛竜は一頭の予定だったのですが、四人乗りほどの大きい個体は人気ですからさすがに出払っていて。二人乗りが二騎になってしまいました。申し訳ありません」

アルベルトが全員に頭を下げた。騎士といえば偉そうに威張る者も多いが、このアルベルトは腰が低い。それだけなら好感が持てるのに、余計な一言がなければと、アルフィリースは残念に思う。

「飛竜は初めてかい、アルフィ？」

荷物を乗せながら飛竜を前に緊張するアルフィリースの肩を、アノルンが優しく叩いた。

「え、ええ。まあね」

「大丈夫だよ。飛竜の操縦なら私もやったことあるしね。最近の飛竜はよく調教されてるから、振り落とされたりはしないさ」

「アノルンは操縦したことあるんだ……私は乗るのも初めてだな」

「リサもです」

感心しながらアルフィリースが飛竜を見ていると、なぜかアノルンが後ろにいた。

「アノルン、何してるの？」

「ちっ、ちゃんと私を名前で呼んでるね。できてなかったら、この天下の往来で全裸に剥くところだったのに」

「たしかに残念です。なけなしでも、お金が稼げたかもしれなかったのに」

二人して「やれやれ」という仕草をしているが、どうやら本気だったらしい。さすがにアルフィリースが呆れるやら腹が立つやらでアノルンに向き直ると、横から飛竜にベロンと頬を舐められた。

「ひゃあっ？」

「お、飛竜にまで好かれるなんてねー。アンタ、それはもう才能だよ。アンタ、操獣士(ビーストテイマー)どころか、操竜士(ドラゴンテイマー)になれるかもね？」

「そ、それはいいから助けて～」

「どうしますか？　そろそろ衆目が集まりますが？」

「こんな天下の往来で濡れ場もねぇ。でも助けようにも下手したら飛竜に突き飛ばされて大怪我よ？　アルベルト、なんとかできる？」

「無理ですね。飛竜を傷つけないように押しのけることは私でも不可能です」

「だってさ。お～い、アルフィ～。アタシたちじゃ助けられないから、自力で出ておいで～」

「そんなぁ～」

アルフィリースは結局自力で脱出することができず、飛竜たちの気が済むまで舐め回されることになった。その後には妙にすっきりした飛竜たちと、「もうお嫁に行けない……」と地べたに四つん這(ば)いとなり、落ち込むアルフィリースがいた。竜に舐め回されて涎(よだれ)まみれとなったアルフィリースをリサは杖でつついて起こそうとし、見世物と勘違いした通行人が金を投げて寄越すという、これから魔王討伐に向かうにしてはなんとも緊張感のない旅立ちとなってしまった。引き締まった表情のアノルンとアルベルトに対し、笑顔が見られるアルフィリースとリサ。

だがこれも仕方のないことだったのかもしれない。リサやアルフィリースにとって魔王の知識は書籍や口伝程度のものしかなく、カラムで待ち受けている魔王が、アノルンですら知っているような魔王とはかけ離れた存在だということなど、この時点では想像しようがなかったのだから。

第五幕　魔王への道のり

結局、あれから再度宿に戻り着替えと水浴びをする羽目になったアルフィリースだったが、ともあれ飛竜を飛ばすことになった。飛竜を連れて街の外に出ると、平坦な草原まで街道から離れた。

「リサはお姉さまと乗りたいです。そっちのデッカイ痴女と一緒に乗ると、臭いと変態が感染りそうなので」

「誰が変態よ!?」

「まぁいきなりアルフィに運転させたりはしないけどさ。アルベルト、アルフィを頼めるかい？」

「承知しました」

アノルンに慰められるように肩を叩かれ、渋々納得するアルフィリース。本当はアノルンと乗りたかった彼女であったが、やむをえずアルベルトの竜に向かう。

別にアルベルトを差別するわけではないのだが、アルフィリースはどうも男性は得意ではない。別に戦闘の時にはよいのだが、日常で接するのは慣れていないのだ。アルベルトが端整な顔立ちをしているから、なおさら緊張してしまい、何を話していいのかわからなくなってしまう。

「あ、あの。不束者（ふつつかもの）ですが、よろしくお願いします」

「東方の大陸なら、それで三つ指ついたら完璧だけどね」

「何それ？」

「結婚する時の作法さ」

急激に赤くなるアルフィリースを見て、くっくっくとアノルンが笑う。照れ隠しをするようにアルフィリースが鞍（くら）に足をかけて飛竜に飛び乗ると、一気に目線が高くなった。小型の飛竜でも馬三頭分くらいの体長はあり、目線の高さは座っていても馬の倍ほどにもなる。さながら走る家のようだ。

「しっかり掴まってください。落ちたら助けられないし、乗り手が不安定だと飛竜は速度を出せません」

「は、はい」

アルベルトの背中をギュッと掴むアルフィリース。

「それではだめです。最初に飛ぶ時は特に揺れるので、慣れるまでは腰の前にしっかり手を回すようにしてください」

「ご、ごめんなさい」

「アルフィリース殿、舌を噛まないように。アノルン殿、先行します」

「あいよ」

こんなに男の人にくっつくのは初めてかもしれない、などと心臓が跳ねまわるほど内心で動揺しているアルフィリースの気も知らず、アルベルトはさっさと飛竜を発進させた。

飛竜が立ち上がるとぐらりとアルフィリースの体が揺れ、たしかに乗り手に掴まっていないと振り落とされそうになる。

ドシッ、ドシッ、と飛竜が地響きにも近い足音を鳴らしながら助走をつけていく。体の小さい飛竜ならば助走なしにその場の羽ばたきで上昇できるらしいが、大きな飛竜に関してはそうはいかないらしい。ドン、ドン、ドン、と段々揺れが早く小さくなっていき、最後にドン！　と一つ大きく踏み切ると、胃が持ち上がるような浮遊感が伝わった。

そして目を閉じたアルフィリースが眼下に見た光景は、既に建物がみるみる小さくなっていく光景だった。

「うわぁ！　す、すごーい！」

「このまま雲と大地の中間くらいまでは上がります！」

「た、高すぎない？」

「ですから、落ちたら死にますよ！」

「わ、わかりました！」

アルフィリースはアルベルトにぎゅっとしがみつく。鍛えこんである逞しい背中は、師匠のそれとは違う。

アルフィリースは少し師匠のことを思い出していた。彼に連れられて生活するようになって半年くらいの間、彼女はよく悪夢にうなされていた。時には夢遊病のようになって暴れることもあったらしい。そんな時には師匠が抱きしめて一緒に寝てくれた。

当時は師匠のことを強く逞しく感じたものだが、実際には今の自分とほとんど体格は変わらなかったと今ではわかる。病魔に蝕まれ、死の間際には棒切れのように細くなっていたのを思い出す。それに師匠は徹底して彼女に保護者代わりとして接しており、男女として意識させることは一切なかった。そのせいか師匠の前ではアルフィリースも遠慮のない態度をとっていたため、よく「もう少し女性として慎みを持ちなさい」と度々言われていたが。

(でも師匠には本当に感謝してる。今考えれば、私は師匠に何をされても文句は言えない立場だったんだから……師匠は安らかに眠っているかしら？　私は今から魔王討伐とか大変なことをしようとしているけど、きっと無事で帰るから心配しないで！)

決意と共に、思わずギュッと手に力がこもるアルフィリース。

「アルフィリース殿、もうそんなに力を入れなくても大丈夫です」

「え……あ、ごめんなさい。それよりも――うわー、すごい景色!!」

はるか眼下に、人の行き交いが見える。まるで動く蟻のようにも見える人々を眼下に、気付けば既に次の町を飛び越えるところだった。

地上を歩いているとわからないが、こんなに街道は曲がりくねっているものなのかとアルフィリースは感心する。そもそも飛竜の存在を知っていれば、ベグラードまで一瞬だったのではないかと可笑しくなってしまう一方で、それはそれで旅が味気ないだろうから、これでよかったのだと思う。

さらに周囲を見回すと、はるか彼方まで見渡せた。左に見えるのは自分が暮らしていた山脈なのだろうか、などと感慨に耽る。さらに北には、大陸一高い山々であるピレボス山脈が微かに見えた。南東には海が見えるはずだが、この高度では無理なようだ。

「どうだい、すごいだろう、アルフィ！」

飛竜を操り、隣に並走するアノルンが語りかけてくる。

「うん！　とても素敵ね！」

「だろう？　アタシは空っていうのは好きだね。人間がどれほど強くても、所詮ちっぽけだっていうのを教えてくれるからさ！　こうして見れば、王様も奴隷も、その差なんて微々たるもんさ」

「私は人間よりも世界を強く感じるわ！　なんていうか、世界が私に語りかけてくるみたい！」

「世界を感じるか……アンタらしいのな」

「その意見にはリサも賛成です」

今まで静かにしていたリサが反応する。ローブに収めていた長い髪を外に出し、風に任せてたなびかせている。

「おそらくアルフィの感じ方とは違うでしょうが……この空ではリサの場合、人間の存在を私たちしか感じませんので、とても静かです。センサーをどこまで広げても、小うるさくないので。そうですね、リサの場合は体というか、心が軽くなると言えば良いのですか。これが世界なのかと思います。上手く口にはできない感情ですね」

リサにしては饒舌（じょうぜつ）だったが、それだけ気持ちいいのだろう。目を瞑って風に体を預けている。そしてふと眼をあけると二コリと微笑んだ。毒舌にまぎれているが、こんな素敵な笑顔ができるなら、こっちが彼女の本当の顔なのかもしれないとアルフィリースは思う。

アノルンも気持ちがいいのか、上機嫌でリサと会話している。

「やっぱセンサー能力がそれだけ強いと、都会は大変でしょ？　特に盲目とか難聴みたいな五感障害があると、センサー系は能力が強くなるって言うしね。ちなみに戦闘の参考にもなるから聞いておきたいんだけど、どのぐらいの範囲で気配を探知できるわけ？」

「おっしゃるとおりですが、都会のほうがセンサーは依頼が多いですから、そこは割り切っていますよ。飼い猫探しや、浮気調査なんてくだらないものも多いですけどね。鉱物や植物などに特化したセンサーなら苦労も少なかったでしょうけど、そちらの才能はいまいちですし、危険も伴いますから。あとセンサーの範囲ですが、通常であれば半径四百歩。気合を入れれば半径千歩というところですか。なお千歩の探知を半日も維持すると、疲労で私は倒れます。そして一方向に絞るなら、最長で四千歩はいけるかと」

その能力にアノルンが素直に感心する。

「十分すぎるね。それほど探知範囲が広いセンサーは他の都市でも滅多に見かけない。探知できるのは気配だけかい？」

「生物であれば、もれなく。小さすぎる者や、悪霊・鉱物生命体の類いは難しいですが、『こちらに行くと嫌な感じがする』という危険に対しても勘が働くので、おおまかな判断はできます。そのおかげで致命的な場面に遭遇したことはまだありません。また半径四十歩前後に入れば、生物でなくとも感知できます。都会暮らしが長かったせいか、私は対生物感知がもっとも得意でしょうか」

「そっか。鍛え方次第では霊体や精霊感知もいけるんだろうね。センサーの等級を上げるために、どこか田舎や辺境に拠点を構えようと思ったことはないのかい？」

「たしかにおっしゃるとおりですが、私はあの都市を離れられませんので」

「なんでさ？」

「そこまで話す義務はないと考えますが？」

リサが態度を硬化させた。その態度になんだか引っかかるものがあるのはアルフィリースもアノルンも同じだが、こうなったらリサは意地でも口を開かないだろう。昨日今日の付き合いでも、それくらいは察することができる。

アルベルトだけは何も聞いていないかのように、普段通りの飄々(ひょうひょう)とした無表情を崩さず、飛竜の操縦に集中していた。

＊＊＊

一度地上に降りて昼休憩を挟み、アルフィリースは試しに飛竜を操らせてもらった。最初はおっかなびっくりと地面を走らせるところから始めたが、ものの数回であっという間に飛竜を飛ばせるまでに至る。

「私よりかなり上手いですね」

と、アルベルトが素直に称賛の言葉をアルフィリースに向けていた。何か言われたことに気付いたわけではないだろうが、彼女の方はアノルンたちに手を振りながら竜を操っている。

「このまま世界のどこにでも飛んでいけそうね。空が合ってるみたいだし、竜騎手（ドラゴンポーター）になろうかな、私」

アルフィリースはこの上ないほど上機嫌だが、その様子をアノルンがじっと見つめている。

「竜ってあんなに早く扱えるものだっけ？」

「竜の調教程度、性格にもよりますが、あの竜は実はそれほど扱いやすくないと思います。ちなみに私も竜の騎乗訓練をしましたが、きっちり調教された大人しい竜ですら走らせるのに七日。空を飛ぶとなると一ヶ月かかりましたね。とても片手を離してあんな乗り方はできません」

「だよねえ……アタシなんかその三倍はかかってるよ。それでも早いって言われたし、いまだに飛竜は市場に数も少ないし、移動手段として普及しない理由だよね。ってゆーかあの子、宙返りとかしてるんだけど⁉」

「北方の大国ローマンズランドがかかえる正規の竜騎兵（ドラゴンライダー）、いや、竜騎士（ドラゴンナイト）級の腕前かもしれませんね」

「ちょっと修行したら、最高位竜騎士（ドラゴンマスター）とかいう身分にもなれるかもね。傭兵じゃなくても十分食っていけそうだ」

女性の身でドラゴンマスターにまで到達できた者はほとんどいない。ローマンズランドの第二皇女が、開国以来何人目かになる女性のドラゴンマスターになることに成功したとアノルンはちらりと耳にしたくらいだ。だがどのみち彼女が知る範囲でのドラゴンライダーに、あそこまで竜を自在に乗りこなす者はいなかった。

そんなことは露知らず、間断なくアルフィリースの楽しそうな笑い声が空から聞こえてくる。出発時間まで、その笑い声が止むことはなかった。

＊＊＊

アルフィリースが竜を扱ってからは驚くほどの速度で竜は進み、しかも竜に疲れた様子が見られない。アノルンの操縦ではそのペースにまったくついていけなかったので、アノルンの操る竜が自らアルフィリースの竜の後ろにつき、風よけにして進んでいた。あまりの速度のため、全員が会話する余裕すらない。下手にしゃべると、風圧で舌を噛みそうになるのだ。

アルフィリースの竜もそれに気付いて「この速度でいいのか？」という意味の目線をアルフィリースに送ってきたので、アルフィリースはそれに気付いて手綱を緩める始末である。

（竜は乗り手次第で疲れ方や、出す速度が変わるとは聞くがこれほどとは。しかも竜と意思疎通（コミュニケーション）をとっている。飼い飛竜といえど気位は高く、それゆえに乗り手の技量を察知して自らさまざまな調節をするはずだが。竜が自分から人間に意見を求めて、しかも素直に従うとは）

アルフィリースの後ろでさまざまな思索に耽って感心するアルベルトだったが、なにせもともと仏頂面なので、普段と同じにしか見えなかった。アルフィリースに至っては、腰に掴まられるとくすぐったいくらいにしか考えていない。

そのまま予定よりやや早く、日がまだ高いうちにカラム地方まで来ることができた。ここよりさらに西北西に向かうことになるが、一泊してから向かうのが妥当なので、アルネリア教会を通して休む場所を手配してある。

ロートの村。人口二千人程度の小さな村だがアルネリア教会関連の修道院があり、ここに先遣隊が来ているはずである。村の目と鼻の先には深い森があり、依頼はこの森が対象となる。彼らから報告を受け、そのまま修道院に一泊して討伐に向かう予定とした。

＊＊＊

その晩御飯の席でのこと。アルベルトは修道院の院長に呼ばれて席を外していたが、残りの三人は夕餉（ゆうげ）を先に食べていた。アノルンは人目も気にしないでよいのに酒は一滴も呑まず、静かに食事を進めている。どことなく普段と違うアノルンに、アルフィリースもまた緊張感を伴って食事を進める。むしろ小柄なリサが一番遠慮なく肉をほおばり、果汁を飲み干していた。

リサが用意された台車からおかわりを取りながら、二人に話しかける。

「ギルドを通さないということは、査定者（レベルチェッカー）もいないということですね。大口の依頼なのに、等級に影響がないことは少々惜しまれますね」

「等級って、そんなに大切になるの？」

「デカ女、あなた本当に傭兵ですか？　等級が一つ変わるだけで、受け取る成功報酬が二、三割変わることくらい常識ですよね？」

リサが呆れたように口をあんぐりと開けていた。アルフィリースが傭兵としてギルドの依頼を受けた時は、数日の稼ぎが得られればいいと考えていたので、相場など真剣に考えたことがなかったのだ。何せ、山でも森でも何を食べればいいかはほとんど頭に入っているし、師匠と山にいた時は水浴びも自然で済ませてきたのである。歩いて旅をしていれば、武器の手入れと道に迷った時の目印程度にしか人里に寄ることはなかった。

リサは呆れながらもアルフィリースに説明する。

「職種にもよりますが、前衛職は体を張る分稼ぎがいいです。逆にセンサーなどは安全地帯にいることが多いので、稼ぎは少ないです。そして一定以上の等級にならないと受けられない依頼があり、当然制限がかかるものほど報酬がよくなるのが通例です。センサーですと、E級は主に失せ物探し、D級だと人探し、C級から戦場に出る許可が出ます。D級のセンサーですと、その辺の商店に務めるのと稼ぎがどっこいどっこいですよ」

「そ、そうなのね。で、そのレベルチェッカーってのは何？」

「傭兵のは、実績の合計が一定に達すると等級が上がりします。前衛職なら討伐実績で、後衛なら人命救助といった具合です。そこで当然ですが、ズルをする人間がでます。旅の商人から買い取った魔物の一部を討伐実績として報告したり、あるいは味方を傷つけておいて、それを治して実績にする。ひどくなると、集団討伐で仲間を殺して報酬の増額を狙う、とか。それらをごまかさないために、ギルドからは集団での依頼や大きな依頼にはレベルチェッカーをつけます。魔王討伐などの依頼では集団で誰が貢献したかを正確に報告するためですね。ちなみにセンサーの等級はCから非常に上がりにくく、戦場での実績がいくつか必要になります。魔王討伐なら一つ同行できれば、貢献度によらずB級への道が開けます。今までそんなことも知らずに、どうやって活動してきたのですかデカ女？　不思議でしょうがありません」

リサが追加の肉を切り分けながら説明し、アルフィリースは笑ってごまかしていた。だがリサにはアルフィリースのことよりも、今は他のことが気になるようだった。

「ところで一つ確認ですが、普通の魔王じゃないのですよね？　どの程度の相手かわかっているのですか？」

「それをアルベルトが今説明を受けているところさ。だけど聞くまでもなく、リサなら大方の想像はついてるんじゃない？」

「まあアルベルトを見ていれば、だいたいは。あれほどの気配を纏う騎士が出てくる段階で、ヤバそうな依頼だということは想像がつきます。そもそもこんな人里近くに魔王が出現すること自体がおかしいのですが、ギルドにいると冒険者たちが情報を沢山持ち寄るので、こういうこともいずれあるかもしれないとは考えていました。近年急に増えた強力な魔物、生活範囲の変遷。まだギルドも疑う程度の段階ですが、こういったことは既に各地で起こっているようです。現に、センサーにのみに出る依頼として、魔物の生態調査の確認は明らかに増えましたしね」

「……それ本当？」

リサの言葉にアノルンがぎょっとする。

「本当(マジ)です。既に南方のレーライやベレンスでもそういうことがあったようですね。どちらもたまたま、大事になる前に討伐したようですが。まだアルネリア教会は把握していないのですか？」

「わかっていたらこっちもフルグンドに依頼して、軍に依頼をかけていたさ。でも軍隊を動かすと世間が騒然とするし、まだ世間に発表する時じゃないか……。でも誰が魔王討伐をやったの？」

それほど腕が立つ人間がそうそういるとは、アノルンには思えなかった。リサは自分が聞いたまま、義務的に答える。

「レーライでは勇者認定を受けているゼムスと、その仲間がたまたま近くにいたみたいです。ベレンスでは通りすがりの名も知らない魔術士だったとか。噂では女だったと」

「ゼムスか……大陸有数の傭兵だけど、勇者のくせにあまり良い噂を聞かないわよね。驚きなのは魔術士だけど、単独で魔王を狩るとかとんでもないわ。そんな実力の女魔術士なんて限られると思うのだけど、誰だろ？　魔術協会の所属じゃなくて、魔女かな？」

「魔女ですか。人里離れた場所に隠れ住んでいるとは聞きますが、ギルドの依頼なんて受けるものでしょうか？　魔女は世俗が嫌いで関わらないと聞いていますし、噂では相当イイ女だったようです。まあ所詮噂ですが、魔女は高齢なのでは？」

「そうとも限らないわよ。魔女も何人か見たことあるけど、とんでもないババアのくせして、見た目だけはタ一ラムの高級娼婦(しょうふ)顔負けの美人と若作りってのもいるよ？　あいつら、歳をとるのが常人よりだいぶ遅いからね。良い女にゃ、影があるっていうのかね。そういう意味では、私も過酷な巡礼にも負けない、純朴な美人シスターって、教会内では有名だしね！」

調子に乗るアノルンに、アルフィリースが無機質な視線を投げた。

「……ソウデスネ」

「棒読みじゃん！」

どうして酒乱暴力シスターの通り名が轟かないのか不思議でしょうがない、などとアルフィリースが考えていると、アルベルトが修道長室から出てきた。

「どうだった？　先行させた調査隊はなんて？」

「いえ、それが……誰も帰ってきていないようです」

「なんだって？　何人派遣してたのさ⁇」

思わずアノルンが席をがたりと立った。

「十人ですが、五日前には一度全員無事に帰還しています。それで日数に余裕がありそうだからと、もう一度調査に行ったまま誰も帰ってこないそうです」

「アタシたちが早く着きすぎたか？」

「それもなさそうです。ここのシスターによれば、一昨日には帰還予定にしていたそうですから。また早ければ我々が今日到着予定なのは、彼らにも伝わっていたようです」

「じゃあまさか——」

「そこまで深くもない森、迷うことは考えにくいです。おそらくは魔王に遭遇し、全滅した可能性が高いかと」

悲痛な情報に、沈黙が部屋を包んだ。調査隊の目的から考えると、たとえ全滅しそうでも一人でも帰還できれば目的は達せられるため、最低でも一人は残す行動をとるはずである。それすらもできなかったということだ。

「実は、さっきからあの森をセンサーで探っていますが……」

食器を置いたリサが口を開いた。

「探知が一定以上向こうに届きません。飛竜で森の入口付近を通った時にも方向限定で探ろうとしたのですが、千五百歩くらいで止まってしまいました」

「それはどういうこと？」

「気配を探ることを阻害する何かがあるのでしょう。私は並みの結界程度なら、ある程度通過して探ることができます。それができないとなると――」

「まさか、『城』を既に築いているとでも言うの!?」

「『城』って何？　アノルン？」

「城っていうのはね――」

高度な結界を意味していて、物理的な城のことではない。防御魔術を高度にすれば結界となり、さらに高度になると『城』と呼称する。平たく言えば、魔王や高位の魔術士などが作る自分に都合のよい空間である。

『城』の大半がなんらかの属性への力場変化（フィールドチェンジ）程度だが、現実の存在や法則に影響を与えるほどになるものもある。

「……と、いうことよ」

「それって、すごくまずいんじゃない？　対抗手段はあるの？」

「まあ城もまずいけど、おそらくまだ強力な結界のレベルだわ。もし城だったら森に近いこの村にもなんらかの影響が出ているはずだし、アルネリア教会だけでなく他の組織も動いているはずよ。それに城の構築には熟練の魔術士が複数いたとして、最低でも数ヶ月はかかるわ。でも魔王が確認されたのは一ヶ月前って言ったわよね、アルベルト？」

「それは間違いありません。その時にはまだ、結界の予兆すらもなかったと報告されています」

「じゃあ城ではなく、まずもって結界だわ。歴史上確認された自然発生による魔王の城構築は最短一年。もし魔術を使用するわけでもなく、一ヵ月で城を組み上げるような化け物が相手なら、世界破滅の危機よ」

アノルンが厳しい面持ちで答える。

「ま、世界滅亡を可能にするほどの魔王の、最初の相手になるって可能性もあるけどね」

「ちょっと、怖いこと言わないでよ！」

「だーいじょーうぶだって、そんなことまずないから！　こう見えてもくじ運には自信あるのよ」

アハハとアノルンは軽く笑い飛ばし、もういつもの明るい顔に戻っていた。

「じゃあ今日は寝ましょ、明日早朝に出発するわ。はいはい、寝る準備に行った行った」

アノルンに急かされるようにその場で解散になり、全員がそれぞれ散っていく。そしてアノルンがぼそりと呟いた。

「ふん、もっと絶望的な戦いなんて何度も経験してきたわ。こんなことでアタシがびびりますかっての」

「アノルン様、よろしいですか？」

「なーによ、アルベルト。まだ寝ないの？　それに様付けはやめなさいって言ったでしょ？」

「そういうわけにはいきません。私は既に妥協しているのですから」

「どこが妥協してんのよ」

「本来なら、ミランダ様とお呼びしたいところです」

瞬間、アノルンの顔が険しくなる。

「アンタ……どこでその名前を？」

「ここではアルフィリース殿に聞かれます。一角の部屋を借りてますので、そこで。リサ殿にも聞かれないように防音の結界を張っています」

「わかった、いいだろう」

アノルンが滅多に見せない険しい顔をした。下手なことを言えば、アルベルトを殺しかねないほどの表情である。二人は足早に部屋に入り、鍵をかけて向かい合った。

＊＊＊

「で、誰に聞いたの？」

敵を見るような眼で、アノルンがアルベルトを睨む。

「五代前の、私の先祖の手記から」

「あのセクハラ野郎か！　手だけじゃなく、口まで軽かったとはね!!　とんだ神殿騎士もいたものだわ」

「お怒りもごもっともですが、その前に私の話を聞いていただけますか？」

努めて冷静な声でアルベルトが対応する。

「いいとも！　それ次第じゃ、アンタの首を引っこ抜いてやるわよ？」

「どうぞ随意に……一つ確認しますが、私たちラザール家の存在理由をご存じでしょうか？」

「当然よ、最高教主の護衛でしょ？　その命に懸けてもね」

「たしかにそうですが、ミランダ様がお考えの意味とは少し違います」

ミランダがアルベルトの襟を掴んで壁に叩きつける。

「誰がその名前で呼んでいいっつった！　その名前でアタシのことを呼んでいいのは、最高教主だけだ！」

「……申し訳ありません……話の続きをよろしいでしょうか？」

「ちっ！　続けな！」

乱暴にアルベルトを突き飛ばし、きまり悪そうに離れるアノルン。

「我々の存在意義はミリアザール様を守ること。ただしお守りするのは命だけではなく、ラザール家はいつの時代でも、あの方の『全て』を守るように言い含められています」

「全て？　どういうことさ？」

「なんと言えばよいのか……これは私たちの祖先が初代神殿騎士団長となった時の言いつけらしく、できぬ者はラザールを名乗る資格がなくなります。同時にそれは、ラザールを名乗る実力のない者はアルネリア教会に所属しなくても良いということにもなります。正確な理由について今は申せませんが、ただミリアザール様を決して一人にしないこと、という意味にお受け取りください」

「？　ますますわからない」

アノルンは小首を傾げた。

「……実はミリアザール様は八百年以上、生きておいでです」

「長生きなのは知って——待て、八百年だと？　それは」

「アルネリア教を作ったのは聖女アルネリアではなく、ほかならぬミリアザール様です。ご自身の正確な年齢は自分でも不明だとおっしゃっていました。千年はゆうに生きているはずだが、八百年そこそこかもしれない。昔の記録は正確でないうえ散逸しているし、記憶は八百年前ともなると曖昧だとおっしゃっていました」

「そうだったのね。なんとなく想像はついていたけど……」

アノルンはミリアザールから、アルネリア教の創設に関わる話を聞かされたことがある。長命なのは知っていたから、かつてのことに詳しいだけかと思っていたが、伝記にもない創成期のこともまるで見てきたように語ることがあった。アノルンは自分の過去にも触れてほしくはないから、ミリアザールが自分で語る部分以外のことについて、聞きだすようなことはしたことがない。

八百年。実に気が遠くなる年月である。長寿の種族は精神を病みやすく、自殺する者も多いと言われるが、八百年とはいかほどの絶望がもたらされるのだろうかと、ぞくりとした。

「あの方は寂しい方です」

アルベルトは続ける。

「あなたもおわかりでしょうが、自分が不老だということも誰にも告げることはできず、公式行事のために十数年周期で姿形を変えて別人として振る舞います。最高教主の姿がずっと変わらなくては不審を招きますからね。以前の自分は死んだことにするか、それとも単にアルネリアを離れたことにするか。ですが、どちらにしろその度に知り合いを全てなくしていることになります」

「それは——アタシもわかるよ」

「そのために初代が残した口伝です。せめて我々だけはあの方が寂しくないよう、側にいるようにと。そのように我々は理解しております」

「それはわかるけど、なんでアンタたちでないといけないのさ？」

アノルンのその言葉に、アルベルトが少し憂いを帯びた緑の瞳をアノルンに向ける。

「我々を見て、何か気付きませんか？」

「……まさか⁉」

「そういうことです」

アルベルトが珍しく悲しそうな表情をした。

「もちろんその使命に納得できなかった者もいましたが、大抵はあのお方の事情を知れば、なんらかの形でアルネリア教に残っています。ですが五代前のリヒャルド様が、ラザール家の使命にさらに付け加えをなさいました」

「……なんて？」

「『我々の第一に成すべきことは、ミリアザール様がその命尽きるまで側にお仕えすること。そのためには何より、血の存続が優先される』。そして『我々の第二にすべきことは、ミランダ様をお守りすること。これは個々人の考え方によるが、騎士としてお仕えするに二度と得られることなき稀有な方、また決して失ってはならない方。あの方の存在は、我々の命よりはるかに重い』と」

　アノルンは完全に面喰らった。

「え――リヒャルドの奴、アタシにはそんなこと一言も――」

　アノルンの記憶に、リヒャルドの軽薄な態度が思い出される。

（人の胸やら尻やら散々好き勝手触ってくれたけど、眼差しだけはいつも優しかった。最初にアタシがマスターに拾われた時、全ての生きる気力を失くしていたアタシは廃人同然だった。死人同然のくせして殺気を放って周囲を威嚇するアタシには、誰も声をかけられなかった。そんななか、最初に声をかけてきたのはリヒャルドで――アタシが一人で落ち込んでいる時には、アイツがいつも声をかけてきた――そうか、アイツはアタシを心配してくれていたのか。だったらもっとわかりやすい態度をしてくれれば――）

　アノルンは長年の疑問が解けると同時に、リヒャルドの心遣いに感謝した。散々胸や尻を触られたことだけは、どうしてもむかっ腹が立ったが。

「でもそれならそうと、なぜ素直に私に言わなかったのさ？　アイツがアタシを気遣ってくれたことは嬉しいけど、同時に散々な目にも遭わされてるんだけどね。どうも行動が矛盾しているよ」

「五代目の手記がここにあります。その答えはこの中にあるかと。自分の死後、自分の妻と愛妾たちが全員死んだ時に開封するようにとの遺言でした。お読みになりますか？」

「貸してくれ」

アノルンはアルベルトから借りた手記をパラパラとめくる。最初はなんの気なしにその手記を読んでいたアノルンだったが、次第にその顔が驚きの表情へと変わり、蒼白になっていったかと思うと、やがてカタカタと震えだし、遂に大粒の涙をこぼし始めた。

「そ、そんな……そんな！　アタシは、アタシはなんてひどいことをしてたんだろう。アイツのこと、リヒャルドのこと、なんにもわかってなかったんだ。アイツはいつもアタシを見て、心配して……傍にいようとしてくれてたのに!!」

アノルンの目からこぼれ落ちる涙が一向に止まる気配を見せない。泣き濡れてぐしゃぐしゃになった顔を隠そうともせずに、アノルンはアルベルトに掴みかかった。

「アタシは――アタシはどうしたらいい!?　アイツにどうしたら報いてやれる??」

「私にはわかりません。ですが私も同じ手記を読んで思ったことは、おそらく彼は貴女にただ普通に生きてほしかったのだと思います」

「普通に……生きる……」

「はい。おそらくは普通に生きて、友人を作り、ふざけあい、笑いあい、恋人を作って――」

「そんなの……今さら無理だよ……」

アノルンは俯(うつむ)いてしまった。沈黙が二人を包む。

「――これは私個人の意見ですが、生きている限り遅すぎることはないのかと」

「生きて……いる限り？」

「はい。貴女には無限にも等しい時間があります。いつかはまた考え方が変わるかもしれませんが、今から取り戻そうとして、時間が足らないことはないかと」

「そうかな……そうなのかな？」

「私にはおそらく、としか言えませんが」

アルベルトは騎士が主人に跪くようにして続ける。

「その答えを知るためにも貴女は明日の戦い、生き残ってください。なんとしてもアルフィリース、リサと共に無事に帰還するのです。あの二人を決して失ってはなりません。そのためなら私の命をご自由にお使いください」

おもむろにアルベルトは剣を抜いて自らの指先を斬り、血を剣につけて剣の柄をアノルンに捧げた。

「我が名誉と誇りと剣にかけて、この約定果たさんことをここに誓う。我が約定違えしと剣の主が思召す時は、いついかなる時においても我が命、我が魂をこの剣にて天に還したまえ」

正式な騎士の誓約であるこの言葉は、普通は忠誠を捧げる主人にしか行わない。神殿騎士であるアルベルトにしてみれば、ミリアザール以外に騎士の誓いを行うことは本来なら許されないことだ。

アノルン、いやミランダはどうすべきかしばし目を閉じて考え込んでいたが、

「アルベルト＝ファイディリティ＝ラザール、汝が剣を受けよう。我が名はミランダ＝レイベンワース。汝の剣の主にして汝の命と魂を預かるものなり。誓おう、汝が剣を捧げるに値する人間であるよう、我は全身全霊をもってあらゆる困難に臨まんことを！」

アノルンは同じように剣の血の付いた部分で自分の指を斬ると、剣の柄に口づけをし、アルベル

トの頭上に掲げ維持する。しばしの後剣を引き、アルベルトに剣を返した。

「……こんなことで、アタシはリヒャルドに報いられるのかな？」

「貴女次第だと」

「そこは肯定するところだろ？　ずけずけ言うところは、奴と変わらないわね」

「面目次第もありません」

真面目腐ったアルベルトの返答に、アノルンは力なく笑った。それは彼女の抱える寂しさを象徴するかのようだった。だが同時にアルベルトは、自分が彼女に出会えたことが非常に嬉しかった。

正直、幼少時に自分の使命、ラザール家の使命を教えられた時、アルベルトはそれがどういうことなのかわかっていなかった。幼少より、剣を振うためだけに鍛えられた自分の全人生。どうして全ての楽しみを捨ててまで、自分がそこまでせねばならないのか。また訓練で得た力を捧げる相手が、自分が生まれる前より決められていることも、彼は納得がいかなかった。ただ、剣を通じて感じられる強さの実感だけが彼の喜びだった。

十四の時、最高教主の親衛隊の任を受けた。当時は隊長ではなかったが、最高教主ミリアザールに仕えるうち、自分が仕えるべき人物というものを実感できた。そしてミリアザールの人となりを知るうち、彼女は自分の剣を捧げるに値する人物なのだと納得した。騎士として、自分の人生を賭けるに値する相手に出会えるのは幸運である。それからはいっそう剣の修練に励んだが、それでもどこか心に空洞があるような寂寥感は消えないままだった。

迷いある剣のままだったが、アルベルトは幸か不幸か才能に恵まれていた。十六となる頃には前神殿騎士団長である父を既に上回るほどの剣の冴えを見せ、一人前として自分の父よりリヒャルドの手記を託された時、自分が剣を振う意味はさらに重くなった。守るべき相手は二人いたのだ。

先祖の手記には似顔絵が描いてあった。当時のミリアザールと、若い女性が微笑み合っている様子。それを見た時「ああ、私はこの光景を守るために生まれ、剣を鍛えているのだ」と理解した。

それからのアルベルトの鍛錬は、さらに苛烈を極めた。それは、ラザール家の者をしてアルベルトは気が触れたのではないかと心配するくらいの激しさだった。だがアルベルトは満足していた。あの光景を守るためなら、自分の苦痛など惜しくもなんともなかった。自分が何をすべきなのかを生涯理解せず、漫然とその生を終える者が多いことを考えれば、自分はなんと幸せなのかと思ってすらいた。

そして今現在彼女を目の当たりにし、命を賭けるに値するものが二人いることがより強く実感できる。さらに彼女は、自分の祖先のために真剣に涙を流してくれた。

（きっと私は手記がなくても、この女性を守ることを躊躇うまい。任務であったとはいえ、ミリアザール様に魔王征伐を申し出てよかった）

それがアルベルトの偽らざる本心だった。さらに手記を見た時思ったことはもう一つあったのだが、それも含め今はそっと自分の心の奥底にしまっておくことにした。

「まさかアタシが、騎士の誓いを受ける日が来るとはね」

「人生とは、流れる水の如しと言いますから」

「アルネリアで不動の大黒柱たる、神殿騎士団長のアンタが言うか？」

「面目ありません」

「アンタはリヒャルドと違って、謝ってばっかりね」

アノルンはふっと笑う。その笑顔を見てアルベルトは自分のしたことが間違いではないと確信できた。

「じゃあお前の主として最初の命令よ」

「なんなりと」

「帰還は全員で、一人も欠けることも許しません。アンタも死ぬな！」

「御意」

「あと、二人の時はミランダって呼んでいいわ。本名を呼んでくれる人間がいないのは、やっぱり寂しいからね」

「御意」

「じゃあ最後にもう一個！　三回まわってワン！　って言ってみなさい！」

「御意」

アルベルトは剣を置いて回る準備を始める。

「ちょ、ちょっと待ちなさい！　最後のは冗談だから！」

「一度声に出した言葉は決して取り消せないと言います。騎士としては主の言葉を実行するのみ」

「なんでそういうとこまで頑固なの！」

「騎士は忠誠を誓った相手に死ねと言われれば、その場でなんの疑問も抱かず死ぬものです。特に、私は不器用ですから」

「ア、アンタ、わかっててやってるでしょう⁉　騎士ボケとか面倒くさいから、やめて、お願いだからやめてください！」

二人でぎゃあぎゃあと騒ぐこの感じ、リヒャルドとふざけ合った日々みたいだとアノルン、いや今はミランダとして、彼女はそう思った。

だが防音の魔術はいつのまにか切れており、リサはしっかりこのふざけ合いを聞いていた。

そして翌日、

「昨夜（ゆうべ）はお楽しみでしたね」

とリサに散々からかわれることになる。センサー能力のないアルフィリースには詳細はわからないわけだが、何を勘違いしたのか顔を赤くしてアノルンとアルベルトを交互に見ていた。

そうする間にも陽が昇り、アルフィリースたちを無邪気に照らし始めていた。

第六幕　魔王遭遇

ザクッ、ザクッ――

森の中を歩く四人の足音が静かな森に響く。アルフィリースたちは既にロートの村の目と鼻の先にあるルキアの森に分け入っていた。森としては若い森でさほど深くもないはずだが、人が立ち入ることも少なく、雑草まみれの獣道がかろうじてある程度である。人の手が入らないのは、資源に乏しいと判断されたからだった。

人跡未踏、とまではいかないが、整地された道はなく、背丈が膝くらいの草が生い茂っている。

「日差しはそこそこに入ってくるね、木が密生してなくてよかった。視界はまあまあ良好だけど、リサ、どのくらい感知できる？」

「集中した状態でも半径二百歩に届きません、やはり結界のようなものがありますね。現在まで敵らしき気配はありませんが、慎重に進むことをお勧めします」

「うん、やっぱり城じゃないね。一つ安心したけど、足元は思ったよりも見えない。アルフィ、リサに背後は任せたから」

「わかってるわ」

ルキアの森に入ってから既に一刻近く。森は徐々に深くなるが、敵の気配はまったくない。早朝に村を出たから徐々に日は高くなってくるはずなのだが、薄暗い印象は拭えなかった。魔王の存在がそうさせているのか、アルフィリースは今までにない緊張感を感じていた。山賊や盗賊を討伐するために山や森に分け入った時とは、明らかに違う空気。

「良い感じはしないわね。空気も粘ついているみたいに重い」

「おそらく、闇属性の魔物による結界ではないかと。森も大して深くないのに、光が十分に射し込んできません」

「わかってるわよ、アルベルト。いっそ歌でも口ずさんだら、向こうから出てきてくれないかな？」

「やってみたら？　止めないわよ、アノルン」

アノルンの軽口に、調子を合わせるアルフィリース。アノルンも負けじと切り返す。

「アタシが歌うと、敵が聞き惚れて戦闘が起こりゃしない。アルフィが歌ったほうがいいね」

「なんでよ？」

「だってさあ、アンタ覚えてないの？　アタシたちが二回目に会った時、アンタをアタシがしこたま飲ませて潰したでしょう？　よく寝てるなって寝顔を肴に飲んでいたのに、いきなりむくっと起きてさ。でかい声で酒場中に聞こえるように『森のオオカミさん』歌ってたんだよ？　覚えてないんでしょ」

「ウソ？」

「本当さ。しかも替え歌もご丁寧に」

「替え歌っていうと……」

「そう、下ネタ満載の、×××が歌詞にいっぱいのアレさ。子どもの時には歌うけど、妙齢の女性が歌っていいものじゃないわね」

「も、もう私お嫁にいけない……知らなきゃよかった」

アルフィリースが半べそになる。実は替え歌の話は嘘だが、あまりにも大きい声だったのに加えて音痴だったので周りが止めようとするも、事もあろうにアルフィリースが片っ端からぶん投げたのである。沁みついた体術が災いする場合もあるという典型だった。

結局アルフィリースが再び眠りにつくまで歌は収まらず、客はあらかた逃げ出し、店主と給仕が悲壮な顔をしながら働いていた。アノルンもたまらず耳栓をしたうえで、アルフィリースが酔い潰れて眠るまで陰鬱（いんうつ）な顔で酒をちびちびやる羽目になった。

アルフィリースにも苦手なことがあったのを知ることができたのは今となれば良い経験だったが、次の日に頭痛がひどかったのは酒のせいではあるまい。体調不良とは無縁の自分に頭痛を起こさせるとは、とんだ攻撃手段があったのものだとアノルンは感心するほどだった。

アルフィリースにしてみればとても恥ずかしい話を出したのは、経験不足な彼女を案じてのことだったが、その心配は必要なかったようだ。アルフィリースは鈍いのか肝が据わっているのか、普段と変わらず周囲を警戒していた。アノルンとしては頼もしい限りだったが、アルフィリースが普通に振舞えるだけの根拠と自信を持っているのかと気にはなる。そんなふうに世間話をしながら歩くうち、空気がふと重くなったことにリサが気付いた。

「皆さん、警戒を。空気が変わりました。急に狭い空間に放り込まれたような感じを受けます」

リサが囁く。同時にアノルンが背中のメイスに手をかけていた。

「……ああ、静かすぎるね。どうやら本格的な結界の中に入ったか。それに一段階暗くなった気がする」

「さきほどから小動物や、鳥の気配すらなくなりました。結界内に入る時に妨害がないのは幸いでしたが、逆に魔王は結界内に自信を持っているのかもしれません。何が起きるかわかりませんね」

「来る、か？」

「どこからでも来いってね」

全員の顔から遊びの表情が消えた。それぞれ武器を構えながらアルベルトは右に、アノルンは左に展開し、アルフィリースとリサはやや下がる。アノルンは何かを咥（くわ）えていた。

「アノルン、何それ？」

「口金（マウスピース）。これ着けてないと、踏ん張りすぎて歯が割れちまうんだ」

何か言おうとしたアルフィリースだが、その余裕はもはやない。

「リサ、敵の気配は？」

「まだありません。全方位警戒で感じ取れる範囲は百歩程度に短くなっていますけど、視線は無数に感じます」

「ん、私もびんびん感じてるよ。ここまでくると直に目で見たほうが視界は広いかもね」

「ここからは一方向警戒を時計回りに回転させる探知に切り替えます。時間差で隙ができるので、目視での警戒もお願いします。気を付けなさい、アルフィ。背面以外の全方位から来ると思います」

アルフィリースは矢をいつでも放てるように構えている。対応を早くするように、呼吸がやや早く、浅くなる。心臓の音が一段階早くなっていくのが感じられた。

「アルフィ！　下です!!」

リサが叫ぶのとどちらが早いか。アルフィリースは弓を投げ捨てざま剣を抜き、地面から出てこようとしていた巨大ミミズのような魔物に突き立てる。アルフィリースを捕食しようと開いた口に、剣が深々と突き刺さっていた。

「土虫（アースワーム）だ！」

言うが早いか四方八方から敵が襲いかかってきた。アルベルトの頭上からは小鬼(ゴブリン)が、アノルンの周囲からはアースワームが同じく襲いかかる。さらに左右からは豚頭(オーク)たちが奇声を上げながら迫ってきた。

多種多様な魔物の一斉襲撃。これだけで魔王となりうる別格の魔物がいることは確定的だった。アルフィリースは左右から襲いかかってくるアースワームの頭を切り飛ばしながら、リサを背中にかばいつつ叫ぶ。

「これが魔王の軍勢！　リサ、打ち合わせどおり私の後ろに！」

「もちろんです、しっかり守ってくださいよデカ女！」

「ふんっ、雑魚どもがっ！」

アノルンがメイスを一振りすると、周囲のアースワームが一瞬で薙(な)ぎ払われる。そのままオークに向き直り、

「せー、の！！！」

アルフィリースの耳にまでバリバリと歯を食いしばる音が聞こえる踏ん張りで、アノルンがハンマー状のメイスをオークのどてっぱら目がけて振り回す。オークも手持ちの棍棒で受けようとするが、ボンッ、という破裂音と共に、先頭のオークの上半身が完全に吹き飛び消えた。

それどころか、そのオークが持っていたハンマーまでもが吹っ飛び、後方のオークたちを薙ぎ倒した。やや遅れて、吹き飛んだオークの残骸と血が雨のように空から降ってきた。そこまでしてからやっとのことでオークたちは我に返り恐慌状態になったが、時既に遅し。

「遅ぇ！」

アノルンが叫びながらメイスを振うたび、オークの頭が、腕が、防ごうとした武器をお構いなくへしゃげさせながら吹き飛ばしていく。その姿はまさに狂戦士。

オークという生物は人間より体格が大柄で、力が強い代わりに知能がかなり低い。頭の中には戦いか、睡眠か、生殖行為しかなく、一度戦闘に入れば興奮状態のあまり我を忘れて死ぬまで敵に突進すると言われているが、そのオークが逃げ出し始めていた。知能が低いだけに本能は発達しているらしく、自分たちの目の前にいる女戦士が半端な相手でないことがわかったのだろう。

オークたちの返り血を浴びながら突進していくアノルンの方が、よっぽど魔物らしい。その時、突進するアノルンが突然何かに躓いた。

「危ない！」

トレントの根にアノルンが躓いたのだ。そのままトレントの枝がアノルンに巻きつこうとする。

「こりゃ厄介、だ・け・ど！　アルフィからお前が出没してるって聞いてるからね、対策はしてるよ！」

アノルンが腰につけていた小瓶を投げつける。その瞬間、トレントが急に悶えてアノルンを手放した。

「除草剤さ。ただし、大木も枯らすほど強力だけどね！」

そのままメイスを持ち直してトレントに一撃。メリメリという音が聞こえ、縦にひびがはいる。

「もう、いっぱぁぁぁっ！」

大地に着地してさらに勢いをつけて渾身（こんしん）の一撃をお見舞いすると、トレントは中ほどから裂けて粉々になってしまった。アルフィリースが前衛を断られた理由がよくわかる。軍勢を相手にする場合、技量よりも恐怖と迫力で相手を追いやることが不可欠なのだ。人間離れした一撃の凄まじさに、アルフィリースが歓声を上げた。

「アノルンすっごぉぉい！　は、アルベルトは!?」

向き直ったアルフィリースが見たのは、さらに驚愕の光景だった。

ヒュン、とアルベルトが大剣の血糊（のり）を振り払う。その足元には、数えるのが億劫（おっくう）になるほどのゴブリンの死体の山。ゆうに三十は超えているだろう。

さらにゴブリンが数十はいるかと思われるが、どれもアルベルトに飛びかかるのを躊躇（ちゅうちょ）していた。ゴブリンは数に任せて襲いかかるが、劣勢となると急に逃げ腰になる。それを素早く見てとると、間髪いれずアルベルトがゴブリンの臓物を踏みしだきながら自分から攻め込んだ。そこからは戦いではなく、虐殺にも等しい光景となった。

アルベルトの一振りでゴブリンが三、四体ずつ消し飛んでいく。ゴブリンは人間よりもやや小柄だが、人間より俊敏で力も強い。それを雑草でも刈り取るように、血だまりに変えていく騎士。

とりわけ驚愕なのは、木の陰に隠れようとしたゴブリンを木ごと輪切りにしたことである。アルフィリースが抱きついても半分にまで手が回らないくらいは太い木だったが、まったく問題なく切断したのだ。

アルベルトが想像よりもとんでもない剣士であることをアルフィリースは認識し、ごくりと唾（つば）を飲んでいた。

もはや大勢は決しており、ゴブリンもオークとともに逃げ出し始めた。その時、一体のゴブリンが何かに頭を掴まれ握りつぶされた。

「あれは一目巨人(サイクロプス)⁉」

「いや、それの上位種のギガンテスだね。サイクロプスは馬鹿すぎて武器が使えないが、あれはちゃんと武器になる丸太を持ってるだろう？」

既に左側を片づけたアノルンが戻ってきていた。

「加勢しなきゃ」

「いらないと思うよ？　ラザール家は伊達じゃない」

「で、でもあんなに体格が違うよ？」

ギガンテスの体格は人間の倍近い。手に持つ丸太が既にアルベルトより大きいのだ。

「まあ見てなって。ラザールの奴らはどれも普通じゃない。なんせ初代は単独で魔王の軍勢を全滅させたっていう剣士だからね」

「本当？」

「まあ多少は誇張かもしんないけど、奴隷上がりの剣士が神殿騎士団の近衛隊長になったんだよ？しかもほとんど満場一致の採決でね。当時貴族の概念は今ほどじゃないけど、有力者は多かった。彼らにも反対させなかったんだから、そのぐらいは本当にやってても驚かないね。しかも、アルベルトはその歴代の中で最強の呼び声が高いそうだ。今回私たちが近くにいなかったら、単独でこの任務をこなしたかもしれない。アルネリア教会の誇る最強の剣士の一人。だから、心配無用だよ」

そのアノルンの話が切れた瞬間、二体が動く。どちらも上段から獲物を振り下ろし、互いの得物が交差する。が、アルベルトが振り下ろした剣はギガンテスの丸太を一撃で砕き、そのままギガンテスの腰のあたりを切り裂いていた。たまらずギガンテスが膝をついたその一瞬に懐に飛び込み、下から上に切り返す剣でギガンテスの首と胴を切り離した。

返り血がアルベルトに飛び散り、ギガンテスは絶命した。どちらが魔物かわからないほどの、人間離れした戦い方だった。

「体重を乗せてない剣であんなことができるなんて、どんな腕力なの。最初の一撃も、わざと始動を一瞬遅らせた剣で相手の武器を叩き落としたわね。一つ間違えれば自分の頭が砕けるわ」

「鍛え方も尋常じゃないが、技術がすごい。お見事だね！」

だが、まだアルベルトは気を抜いていない。その様子を見てふと他の仲間も警戒心を引き戻す。

瞬間、アルフィリースたちは同時に飛びのいた。

派手な爆発音と爆風と共に、アルフィリースたちがいた場所に火の手が上がったのだ。火系の魔術だろうが、考えるより早く、アルフィリースが矢を番(つが)えながら敵の位置を見分けた。

「そこぉ！」

アルフィリースが魔術で強化した矢を放つ。目標は百歩ほど先にいる、頭に角を生やした悪魔のような格好の魔物。遠くて種族は不明だが、魔術を使うほど知性があるとなると指揮官の役割をしている可能性がある。魔物は木の陰に隠れてアルフィリースの矢をやり過ごしている。

この時代の平均的な弓矢の殺傷能力は四十歩程度であり、直線的にしか飛ばないので普通はこんな遠距離からは当たらないが、アルフィリースの矢は特別だった。

風の魔術で強化された矢がクン、とありえない方向に空中で曲がり、魔物に襲いかかる。魔物は驚きつつも鋭い反応を見せ、腕を盾代わりに致命傷を避けた。

「くっ、致命傷にならない！」

だがアルフィリースがそう言う間にも、アノルン、アルベルトが既に魔物に向かって距離を詰めていた。魔物も二人を迎撃しようと構えるも、ズンッ、という肉を裂くような音と共に、魔物の頭に新しい角が生えていた。よく見れば木の陰から出た刃物が、魔物の頭を貫いていた。

「誰が——え、リサ⁇」

「おいしいところ、イタダキです」

魔物の背後にはいつの間にかリサが立っていた。アルフィリースがその事実に気付くのと、ドサリと魔物が倒れるのは同時だった。

どうやら、リサの白い杖に刃物が仕込んであったようだ。だが彼女はいつの間に背後に回り込んだのか。

リサが血糊を葉で拭きながらアルフィリースたちの元に帰ってくる。

「やるね、やっぱりただの後方支援なんてことはなかったか。センサーでもC級となれば、魔物討伐の実績が必要だもんね」

「盲目かつこんな美少女が一人でいれば、それだけで危険ですから。自衛の手段の一つや二つ、そしてある程度の武芸も備えていて当然です。おっしゃるとおり、センサーでもC級で昇級するためには、魔物の討伐も何度か必要になりますし、何度かは魔物の討伐経験もありますよ。それよりアルフィリース、私を見失っては困ります」

「え、でも、さっきまで私の後ろに――」

「センサー能力の応用だね？」

アノルンが感心したような顔でリサを見る。リサは小さく頷(うなず)くと、

「はい。気配察知ができるなら逆もまたしかり。感覚を飛ばすのと逆に感覚を抑えこみ、極端に見つかりにくくしました。ある程度のセンサーなら誰でもできることです」

と答える。アルベルトも納得したような顔だったが、アルフィリースは目を丸くしていた。

「そんなこともできるの？」

「最初から指揮官がいると読んでいたんだね？」

「はい。魔王がいないくせに魔物の襲い方があまりに統一されていたので、アースワームが出てきた段階で最初に探って、こっそり後ろに回り込みました。幸いにして人型だったので、そのまま仕留めることができました。デカい奴ならお任せするところでしたが」

「大したもんだ」

「お褒めに与り光栄です、お姉さま。大物討伐につき、追加報酬をご検討ください」

リサはアノルンにぺこりとお辞儀をして見せるが、アルフィリースには、あかんべーとしてきた。

「か、可愛くない」

「この絶世の美少女であるリサを掴まえてなんですか、その言い草は」

「なんで私にはそんな態度なのよぅ」

「さっき火球が飛んできた時、アナタ、リサの位置を確認せずにかわしましたね？」

「そ、それはそのう……」

そのとおりなので、アルフィリースは決まりが悪かった。だがそんなアルフィリースの様子を見て、さらにリサが追い打ちをかける。

「リサが本当にただのか弱い女の子で、アナタにしがみついていたら二人まとめて今頃黒コゲです。打ち合わせまでしておいたのに、なんたるざまですか。ヤレヤレです」

「ぐぅっ」

「とはいえその時私は既に気配を消していましたし、矢を放つのは早かった。狙いもよかったおかげで私の奇襲も成功しましたし、今回は貸し借り無しということにしておきましょう。あの矢で隙ができないと、さすがに後ろから一撃で仕留められませんでしたから。寛大なリサに感謝なさい」

「なんで私が感謝しなきゃいけないのかなぁ……」

はぁ～、とアルフィリースがため息をついていると、

「気を抜かないように。この程度は前哨戦です」

「そういうこと。この程度の相手だったら調査隊は帰ってくるだろうし、魔王は結構な大物かもよ？　配下に魔術を使うような高等な魔物がいたくらいだからね」

と、アルベルトとアノルンの二人が険しい顔をしている。リサもまたすぐに反応した。

「――そのようです。大きいのが、来ます。方位一時、距離百四十歩」

「大将のおでましかい！　腕が鳴るね」

「アルフィリース殿は下がって。足音から察するに、かなり大きい」

「わかった。リサ、距離をとろう」


アルベルトとアノルンを前衛に残し、アルフィリースとリサは少し後ろに下がる。いくらもしないうちに、バキバキ、という木を薙ぎ倒す音が聞こえ始めた。何かが、大木を薙ぎ倒すほどの巨大な何かが、アルフィリースたちに向かって前進してきていた。

　嫌が応になく全員の緊張感が高まるが、アルフィリースの直感は、今までで最大級の危険が迫っていることを警告していた。全身の毛が逆立ったまま収まらない。武者震いも多少は入っているのだろうか。

　そして、『それ』はアルフィリースたちの前に姿を現した。


「な、何よ、アレ!?」

「こりゃあ――随分と醜悪なのが出てきたね」

「私の調べた限り、こんな魔物の記載は見たことがありません。悪霊か、悪魔か、鉱物生命体か判別がつきかねる」

「そのどれもってことがありうるよ。なんせ魔王ってのは訳がわからないのが多いから。一つの個体が長命化した場合もあるし、多様な魔物が交配を重ねてできる混合種（キメラ）って場合もある」

「リサもどんな姿かは感知できますが、これはたしかに分類に困りますね」


アルフィリースは混乱したが、それは他の全員が同様だった。それもそのはず、目の前の魔物は人間のような腕で歩いている。どうやら脚の代わりに腕が十一本付いているように見えた。しかも腕の長さ、太さはバラバラで統一感がない。太い腕はギガンテスの胴体くらいもあった。

そして体――いや頭との判別もないが、黒曜石のような黒光りする柱のような形状をしているのだ。太さはさっきのトレント以上。その付け根に手がまとめて十一本付いているのだ。奇数という非対称さが、余計に不気味に感じられた。

そしてとりあえず胴体と表現する黒曜石の部分に、目や口が不規則にくっついている。いったい目や口がいくつあるのかは数えるのも面倒で、大きさまでもがバラバラだ。

体長はさきほどのギガンテスの倍ほどか。だがその醜悪さよりもアルフィリースたちが顔を顰めたのは、何よりその魔物が発する臭いだった。魔物がふはぁ～、と息を吐くと、全員が鼻をつまんでいた。

「なんですか、この匂い。リサは不快です」

「何食ったんだろうね。口が臭いったらありゃしない」

「これはそんな程度の臭いじゃないわよ。肥溜めを煮詰めてもこんな臭いになるかしら?」

「これが魔王で間違いないのでしょうか?」

リサの疑問にアノルンが顔を顰めながら答えた。

「わかりゃしないさ。アタシが出会ってきたのはもう少し生き物臭い連中だった。少なくとも、こんな出来の悪い悪夢を現実に引っ張り出したような奴はいなかったよ。こいつはたしかに異常事態だね!」

アルフィリースたちがじりじりと下がりながら距離をとると、この魔物がギガンテスの死体を踏んづけた。すると胴体の目が一斉にそちらを向く。そしてギガンテスを手でつまみあげると、不思議そうにその死体を眺めていた。何事かとアルフィリースたちが訝しんだその直後、

「ひっ⁉」

アルフィリースは思わず悲鳴を上げてしまった。鉱石のような胴体部分がバキバキと二つに割れ大きな口となり、ギガンテスをおもむろに食べ始めたのだ。

バキバキ、ゴキン！　ボリッボリッ……。

アルフィリースたちは何もできず、魔王がギガンテスを咀嚼する光景を見守っていた。ギガンテスの血や肉が周囲に飛び散っている。凄惨でひどい光景に、誰も一言も発することができなかった。この魔物はもはや、彼らの想像を完全に超えていた。

魔王がギガンテスを食べ終わると閉じていた目が一斉にカッ！　と開き、血の涙を流し始めた。それと同時に各所の小さな口が開き始め、ケヒャヒャヒャヒャ、と奇怪に笑い始める。この魔王は喜んでいる——想像を超える異常な光景に、アルフィリースは眩暈がしていた。

「……来るよ」

「え？」

そしてひとしきり魔王が笑い終えると——目が一斉にアルフィリースたちの方を向いた。

「動け！」

アノルンの声を合図に全員が飛ぶように散開する。魔王が形容しがたい奇声と共に、ガサガサと

腕を動かして襲いかかってきた。この巨体にして、小動物のように動きが速い。

さきほどと同様にアノルンとアルベルトは左右に展開し、アルフィリースとリサは後退して距離をとる。魔王の目がめまぐるしく動き、彼ら四人をそれぞれ捉えた。

「全ての目で別々に見ているっていうの？」

アルフィリースは後退しながら矢を番え、目に向けて放つ。三本放ったうちの二本は弾かれるも一本が見事に魔王の目を射抜くが、当たった瞬間にこの魔王はまたしてもケヒャヒャヒャ、と実に楽しそうに笑ったのだ。そして今まで目がなかったところに、目が新しく一つ開く。

「なにこいつ！　効いてないっての？」

「目が弱点じゃないのか！？」

「アルフィリース、時間を稼ぎなさい。リサの力でこのブサイクの弱点を探ります！」

「了解！」

リサが集中できるように、アルフィリースはリサを守るようにしながら矢を放つ。そしてアルベルトがアノルンに先行して斬りこんでいく。アルベルトが魔王を横薙ぎにしようと斬撃を放つが、ダン！　と一際大きな音がし、魔王の巨体が――跳んだ。

「なんだって!?」

「あの巨体で跳べるの？」

周囲の木々より高く跳んでいる。そのまま落ちてくるかと思いきや、なんと手を使って器用に木の上の方にへばりつく。魔王の重みで、大木がたわむ。

「くっ、器用だね！」

「これでは剣が届かぬ」

「！　よけて！」

アルフィリースの一言と共に、それぞれがその場から跳んで後ずさる。同時に音もなく何かが降ってきた。そして、びちゃびちゃと何かが落ちてきた跡から、ジュウジュウと煙が立っている。

「酸か⁉」

「どおりで口が臭いわけさ。胃液を出しすぎだろ？」

「冗談言ってる場合じゃないわよ？」

全員で魔物の唾液を避け続けるので精いっぱいななか、アルベルトだけは避けながらも魔王に向かっていった。そして魔王が足場にしている木々を一刀のもとに次々に斬り倒していく。

足場がゆらぐと魔王もさすがに体勢を崩して落ちてきた。そこにすかさずアルベルトが斬りかかっていくのを、魔王が手を差し出して防ごうとしたように見えた。が、それは勘違いで、反撃だったのだ。一瞬他の手が萎(しぼ)み、反撃に使おうとしていた手の太さが倍増する。

「！」

腕を斬り落としにかかっていたアルベルトが、反射的に前に転びながら避けた。振り回された腕は、そのまま辺りの木々をまとめて吹き飛ばした。まともにくらえば、間違いなく即死の威力。

だが、アルベルトの反撃も負けていない。前に一回転したあとはその反動でさらに加速をつけ、一斉に萎んだ腕をまとめて三本斬り飛ばした。魔王が苦痛で絶叫する。

「オオオオォ！」

「隙あり！」

アノルンも続こうと突貫するが、魔王の口がいくつかがばっと開き、黒い霧のようなものが魔王を囲むように噴射される。

「ブレスか！」

「ちっ」

二人がいち早く避けると、周囲の木が一斉にグズグズに腐り落ちた。腐食の吐息（ブレス）である。攻撃はどれもくらえばほぼ即死。加えて広範囲を把握する視界と間合いが変化する攻撃手段が複数あるとなれば、迂闊には近づけない。一行は一度距離をとって体勢を立て直す。

魔王が出現してからここまで、およそ六十を数えるにも満たない短い攻防だったろう。だがまるで何刻も戦っているほどにも感じられる濃密な命のやりとり。これほどの戦いは、アルフィリースにはもちろん経験が無い。

（とんでもない戦いだわ。たしかに私では力不足ね）

アルフィリースは矢を放つのも忘れ、やや見入ってしまった。その後ろでリサが呟く。

「そ、そんな……」

「どうしたの、リサ？」

「あの魔物、弱点らしき部分が見つかりません」

「どういうこと？」

「普通、生き物であればどんな者でも弱い部分があります。人間であれば脳や心臓、魔物ならばそれに相当する器官が必ずあるのです。それらを気の流れや、体のかばい方で私は察知するのですが、あの魔物の中身は常に動いており、決定的な弱点らしきものがないのです。強いて言うなら、心臓と脳が溶けて、合わさったり別れたりしながら動いている、そんな感じでしょうか」

「なんですって⁉」

リサが動揺し、アノルンが叫ぶ。どうやら目の前にいる魔王は想像以上の化け物らしい。だがさっきアルベルトが腕を三本斬り飛ばし、確実にダメージを与えたはずだ。死なないわけじゃないだろうと。だが――

『召喚（サモン）』

不気味な声が響き、魔物の周囲に魔法陣らしきものが浮かび上がった。そこからゴブリンやオークが次々と湧き出るように出現する。

召喚は対象と契約しなければできず、多種に渡る召喚を行った時点で目の前の魔物が間違いなく魔王である証拠だった。そして魔術を行使できるとなれば、間違いなく高度な知性がある。

「なるほど、こうやって手下を召喚してるんだね。どうりで大勢が移動した痕跡が今まで発見されないと思ったら」

「感心してる場合じゃないわよ、他の魔物なんて相手にする余裕はないわ！」

「いるならいるで、なんとかする――なんだって？」

アノルンが驚愕の声を上げる。なんと、この魔王は召喚した魔物を戦力として使うのではなく、事もあろうに掴みあげ、頭から食べ始めたのだ。さすがのアルベルトも唖然とするが、さらに驚いたのは食べた分だけ、斬り落とした腕が再生していくではないか。

召喚されたばかりでぼうっとして動きの鈍い魔物どもも、この異常な事態に気付いて悲鳴を発しながら逃げていくが、魔王は一体も逃す気がないのか、追いかけて次々と食い散らかしている。アルフィリースたちのことは放っておいて、自分で召喚した魔物を食べることに興味が向いてしまっているようだった。

思わず戦うことを忘れ、その光景を呆然と眺めるアルフィリースたち。

「――調査隊が誰も帰ってこないはずだよ。こんなのに追いかけられたら、生きて帰れっこない」

「ね、ねえ。魔王って皆こんな生物なの?」

「いや、アタシが相手してきたのにゲス野郎はいたが、こんな醜悪なのは初めてだ。正直、アタシも辟易(へきえき)してるよ」

「弱点は不明、回復力も尋常ではない、攻撃はどれも致命的。どうしますか? 逃げるのも選択肢に考慮する状況だと思いますが。調査だけして次回に正規の討伐隊を組むということも、依頼の内容にありましたよね?」

さすがのリサもやや不安げだ。だがアノルンはしばしの逡巡(しゅんじゅん)の後、返答した。

「まだ手はあるよ。危険は伴うけどね」

「それに逃げ切れるかどうかも微妙です。さっきから目が一つだけ常にこちらを向いています。逃げ始めたら一気にこちらに向かってくるでしょう。機動力も我々より高いでしょうし、もし森の外にまで追いかけてきたら、ロートの村でどのような惨劇が起きるか。ここでなんとしてでも倒すべきです」

隙を見て斬りかかろうとしていたアルベルトが、一旦アルフィリースたちのところまで引いてくる。そして指差す先をアルフィリースが見ると、たしかにゴブリンたちを追いかけてめまぐるしく動く目とは別に、瞬きすらせず、こちらを見ている目が一つあることに気が付く。

「じゃあ食べ終わって回復したら、一気に来るわね」

「だね。じゃあとりあえず戦う方向でいこう。リサ、アイツの気を引くのはセンサー能力でできるかい？」

「それはできますが……リサに囮をやれと？」

信じられないといった顔をするリサだが、アノルンの表情は真剣そのものだった。

「悪いけどそういうことね。その代わりアルフィを護衛に付けてあげるわ。ここから六百歩程度後退したところに、やや開けた場所があったわね？　そこまであいつを誘導してくれない？」

「さっき失敗したデカ女が護衛では心もとないことこの上ないですが、どのみち追いかけてくるなら仕方がありません。やりましょう」

「よし。そこまで引き込んだらアタシがなんとしても奴の足を止めてみせる。アルベルトは奴の胴体を真っ二つにすることだけ考えておいて。それでも生きてたり、足止めができないようなら一回退却するわ。異存は？」

異存はないと全員が目で返事をする。

「じゃあリサ、三十数えたあとに始めてちょうだい。アタシとアルベルトは先にその地点まで行くけど、全員武運を！」

全員で頷き合うのを確認すると、二人は先に駆けだしていく。魔王の目がちらりと動くが、どうやら食事を終えるまでは動くつもりはないらしい。それとも人間相手なら追いつけると判断しているのか。残ったリサはため息をついた。

「それなりに苦労する依頼だとは覚悟していましたが、こんな展開になるとは――追加報酬をもっと多めに要求しておくのでした。とりあえずしっかりやってくださいよ、アルフィ？」

「任せて！　とは言わないけど、リサのことを精一杯守ってみるわ」

「自信満々よりも、その言葉のほうが信頼できます。満点をアルフィにあげましょう」

「あら、珍しい」

リサはギルドでアノルンでもなく、アルベルトでもなく目の前の女剣士の手を引いたことを思い出す。圧倒的に強いと感じたのは先の二人のはずなのに、自分の直感はこの女剣士がもっとも頼りになると告げていたのだ。そもそもなぜ依頼の内容も聞かず、目の前の黒髪であろう女剣士に話しかけて依頼を受けようとしたのか。リサは自分の行動を自分で納得しかねた。

後で一旦別れた後でやはり思いなおそうとしたが、理性ではこの依頼は危険性が高いことを認識しつつも、本能では行きたくてしょうがなかった。事前の情報収集をせず、本能と直感で依頼を受けるような博打(ばくち)など一度もしたことがないリサだが、今回だけはなぜかそうすべきだと思ったのだ。

そして依頼を受けてみて、まだこのアルフィリースと一緒にいる時間は一日と少しなわけだが、確信めいたものがあった。世間知らずで粗削りだが、今まで見てきたどんな傭兵や人間よりも可能性を感じた。自分の生活や能力に行き詰まりを感じ始めていたところに突如出現した、黒髪の女剣士に光を見たのだ。きっと自分はこの女剣士と、これからも深く関わるのだろうと。

ならば自分がこんなところで死ぬはずはないと。

現に、これだけ恐ろしい魔王を目の前にしながら、頭も冴えているし脚も震えていなかった。既にアルフィリースを信頼し始めている自分に、リサ本人が驚いているのだ。これはセンサーとしての直感だけではなく、運命というものがあるのなら、この出会いこそが運命ではないかと感じていた。

（運命などという不確かなものに人生を委ねたことはないのですが、ヤキが回りましたかね。このデカ女をイジリ倒すのは面白いですし、この奔放で才ある人間を野に放って世間が知ったら何が起こるか、見届けてみたくはあります。ですが今考えることはそれではないですね、まずは共に生き残らなければ）

そして、リサにはなんとしてもミーシアに帰らなければならない事情がある。リサは深呼吸と共に決意を固めた。

「おしゃべりはここまでです、行きますよアルフィ！」

「いつでもいいわよ、リサ！」

魔王が食事を終える頃、リサがソナーを波のように飛ばすと、魔王の目が一斉にアルフィリースとリサの方を向いた。ここからは、命がけの鬼ごっこになる。

＊＊＊

「くっ、ふっ！」

魔王の突き出す手をかいくぐりながら、必死に間合をとるアルフィリース。彼女はリサとは別々の方向に逃げながら矢を射かけている。リサは身軽とはいえやはり盲目なので、あまり切羽詰まった状況で逃がすのは危ないとアルフィリースが判断した上での行動だ。

そのためリサには目的地まで一直線に走るように指示しておいて、アルフィリースはジグザグに走りながら魔王の注意を引いていた。そしてアルフィリースが危機に陥りそうになるたびに、リサがソナーを飛ばして注意を引くといった作戦である。

魔王には目が沢山あるゆえか、リサがソナーを飛ばすたびに反応して目を向けるため、アルフィリースへの注意が一瞬それる。それを利用して二人は距離を保ち続けていた。即席にしては良い連携といえるほど、二人の息は合っている。昨日二人で歩きながらの相談がなければ、この連携は不可能だったろう。リサの能力が優れており、足場の悪い森でさえ正確に走れることが、二人の連携を可能にしていた。

アルフィリースの脚は決して速くはないが、魔王との間に樹を常におき、遮蔽物(しゃへい)とすることで攻撃を当たりにくくしていた。対する魔王は腕を細く、長くすることで樹の外を回り込むようにアルフィリースを掴もうとしていたが、細くなった腕ならばアルフィリースにも剣で斬り飛ばすことが可能である。

「この程度！」

単調な攻撃だ――と思っていたら、木々の細い間をぬって、枯れ木のように擬態し細くした魔王の腕が三本同時に伸びてきていた。

「うわあっ!?」

「アルフィ、後ろにもう一本！」

アルフィリースが腕をまとめて三本落としながら、リサの叫び声に反応して身を翻し、背後から伸びる腕も剣で落とした。攻撃すると腕はまたするすると魔王に戻り、アルフィリースはふぅと安堵の息を吐きながらも、再度走り出す。

（よし、このまま……いい調子だわ！）

アルフィリースの目論見通り、やや開けた目的の場所が見えてきた。残り三分の一もないくらいか。リサは既にその手前まで到達している。

と、突然魔王の目が一斉にリサの方に向き直った。

「な、なんで？」

魔王もこのままでは埒があかないと考えたのか、先にリサを捕まえるために、アルフィリースを無視してリサの方に全力で駆けだした。

「リサ、逃げて！」

魔王が跳ぶようにして前方に突進してゆく。そして空中でリサに向かって酸を吐き出した。

リサの方もその動きを察知したのか、距離を一定に保つ動きをやめて広場に向かって全力で走り出しており、前に飛び込むようにして転げまわって逃げた。酸はぎりぎり回避したが、足をとられて立ち上がるのに時間がかかる。時間にして深呼吸を一度終える程度のわずかな間だったろうが、リサが立ち上がった時にはほんの二十歩程度の位置にまで魔王に追いつかれていた。

「目的地まであと少しなのに――リサッ！」

アルフィリースは矢を射ようとするが、リサが手を上げてアルフィリースを制する。自分でどうにかする気なのだろう。

たしかに魔王の背後にいるアルフィリースに魔王が再度突進してきたら、アルフィリースはそれこそ危機に陥り、誘導も台無しになる可能性がある。

「だからって！」

そんなアルフィリースの心配をよそに、リサは冷静だった。魔王と面と向かっているのに呼吸もほとんど乱れていない。大した肝の据わりっぷりである。魔王もじりじりと距離を詰めるが、一気には仕掛けない。リサも魔王の動きに合わせてじりじりと下がる。あと十五歩、十歩――五歩。

ここで魔王が動いた。手を使ってリサを捕まえに行くが、リサはひらりと跳んで避ける。だが行く手には木があり、さらに魔王もこの動きを予測したか、リサが跳んだ方向に酸を吐き出す。それでもリサは冷静だった。

「感知済みです」

と言って、自分のローブを使って酸を防ぐと同時に、一瞬魔王の視界から自分を隠す。さらにローブを脱ぎ捨て、木を上手く蹴って一気に距離を稼いだ。

目前の獲物を捕まえ損ね、苛立った魔王が奇声と共に突進してくる。そして広場にリサと魔王が入った瞬間——

「リサ！　横に跳べっ！」

アノルンの鋭い声と共に、周囲一面が光に包まれた。

「こ、これは光爆弾(フラッシュボム)？」

爆発の代わりに閃光(せんこう)を発生させることで、相手の視界を奪うためのものだ。主に相手を生け捕りにしたい時に用いられるが、ここまで光の強い爆弾をアルフィリースは知らなかった。アノルンが昨晩手を加えたのだろう。打ち合わせでは軽く説明を受けていたから反応が間に合ったが、危うく視界を奪われるところだった。

そんな爆弾のことなど知らない魔王の動きが止まる。目が多いだけに、効果も抜群のようだ。その隙を利用してアノルンが対魔物の光魔術を行使する。

『我、光の主に仕える従順なる僕(しもべ)にして、主の法の執行者なり。今まさに悪しき魂を捕えて、主の御手に委ねんとす。ここに汝が奇跡の片鱗(へんりん)を示さん——光縛牢(ブレイズプリズン)！』

光が捕縛網のように編み込まれ、魔王を絡め捕る。アルフィリースが書物で知る限り、相当な高位魔術のはずだ。アノルンが司祭に見合う実力を備えていることは、間違いなかった。

自由を失った魔王が光の網の中でもがきまわるが、さしもの怪力をもってしても魔術の鎖(くさり)は簡単に外れるものではない。

「いけぇ、アルベルト！」

「ォオオ！」

間髪いれずアルベルトが斬りかかる。最初の一振りで魔王の片側の腕を一斉に斬り払った。そしてできた空間を利用しながら回転し、バランスを失って倒れてくる魔王を渾身の一撃で斬り上げる。

「ムン！」

アルベルトが振り上げた剣は、そのまま見事に胴体を輪切りにした。さすがの魔王も成すべなく、ズズン、と音を立てながら二つに割れて倒れ込んだ。魔王が倒れ込むと同時に切り口からは血が噴水のように噴き出し、そして開いていた口や目が徐々に閉じていき、手も溶けるように腐り落ちた。

その光景を見届けたアルフィリースは、リサに駆け寄った。

「リサ！　平気!?」

「大丈夫ですアルフィ。ちょっと擦りむいたくらいです。魔王の動きが止まったのは、アノルンが？」

「フラッシュボムってやつみたい。目が沢山あるのも弱点だったね。それよりごめんね、引きつけきれなくて……」

「お気になさらず。後退する過程のうち、あと数歩以外を引き受けてくれたのです。状況によっては半分くらいをリサがやることを覚悟していましたが、どうやらリサの脚では数十歩も逃げ切ることとは無理だったでしょうね。もう少し走る訓練もしておくべきでした。まあデカ女にしては上出来です」

「もう、口の減らない子ね」

アルフィリースはリサの頭をコツンとやろうとするが、リサはひょいっ、と避けた。もう一発やろうとしたが、また避ける。今度はフェイント込みの連続で繰り出してみたが、全部避けられた。

「……か、可愛くない！」

「感知済みです」

リサがふふっ、と微笑む。

（ちょっとは打ち解けた、かな）

可愛げのない態度は相変わらずだが、一連の戦いを通して、アルフィリースは少しリサとの距離が縮まったような気がしていた。

＊＊＊

「やったのでしょうか？」

「どうだろう？　でも再生する可能性も否定できないから、とっとと跡形もなく燃やしたほうがいい」

「生態調査はよろしいのですか？」

「そんな余裕をかませるほどの戦力差じゃないさ。もし復活でもしようものなら、今度は犠牲を覚悟しなきゃならない。こんな奴はとっとと燃やすに限る」

「ではその準備を」

アノルンとアルベルトが、動かなくなった魔王の体を観察していた。体を真っ二つにしたからといって死んだとは限らないが、少なくとも今は動く気配が無い。ならば今のうちに完全に燃やしたほうがいいと、アノルンがアルベルトとアルフィリースに指示をした。アルネリア教会は動く死体（ゾンビー）を相手にすることもあるため、彼らは火葬用にある程度の燃料や聖水を持ち歩く。今回ももちろん準備はしていた。

それらが入った荷物は、戦闘の邪魔になるため木陰に置いていた。アルベルトとアルフィリースがその中にある燃料を取りに行こうと、魔王に背を向けたその時、

「！　まだです！　ボケっとしないで、アルフィ!!」

魔王の死骸があるはずの方向から、杭（くい）のような何かがアルフィリース目がけて何本も飛んでくる。アルフィリースは魔王の間合いの外であると考え完全に虚を突かれており、振り返る前に避けるという反応ができなかった。

アルベルトも自分の身を守ることで精一杯。リサがアルフィリースをかばおうと抱きついてきたが、軽量なリサではアルフィリースを押し倒すのが間に合わない。そして――

ドン！　ドドン！　ドン!!

明らかに肉と骨を貫く音が、鈍く響き渡る。だがアルフィリースに痛みはなく、おそるおそる彼女が目を開けると――

「う、嘘……」

目の前にはアノルンがアルフィリースたちをかばうように、彼女たちの方を向いて立っていた。その体中から何かが突き出ている。

「――アノルンって、こんな装備付けてたっけ？」

「――怪我してない？　アンタたち」

「アノルン！」

　リサの一言で我に返るアルフィリース。ぐらりと倒れかかるアノルンを抱えるが、アノルンの口から血が吹き出ている。

「ド、ジったぁ……うぶっ」

　さらに大量の血を吐き出すアノルン。

「アノルン、アノルン！　な、なんてこと、血が止まりません。アルフィ、何をぼやっとしてるんです！　血止めを!!」

「なんで、アノルンの胸からこんなのが突き出てるの??」

　体を何本かの黒い杭のようなものが貫いているが、心臓の位置からも杭が突き出ている。一目で致命傷なのがわかる位置。これでは助からない。

　まるで現実感のない光景をアルフィリースは頭のどこかで冷静に分析しているが、リサは完全に狂乱状態（パニック）だ。

「なんでもいいから血を止めるものを早く！」

「これってさぁ……致命傷、だよね？」

「アルフィー!!」

「なんで……あんなに強いアノルンが、なんで……」

「脈が――脈が急激に弱くなってる。こ、これでは……」

リサが懸命にアノルンに呼びかけているが、声が遠ざかり、アルフィリースの目の前が真っ暗になっていった。アルベルトが剣を構えなおした姿がぼうっと見えるが、まるで夢の中の出来事のようだ。

（アルベルト――いったい、何に剣を向けてるの⁇）

そのアルベルトの剣が向いた先では――

魔王が再生を始めていた。いや、再生ではなく分裂だ。輪切りにした二つの柱から、中身である何か肉のようなモノがそれぞれ這いずり出し、人型に変形していく。

片方は顔らしき部分に大きい一つの目が、もう片方は全身に小さい目が浮き出てきている。共通するのは体の正中に大きな口が縦に開いていること。さらに手がそれぞれ五本と六本。手の先に指はなく、爪のようなものが不規則に生えている。今生まれたかのように彼らは身震いし、体の動きを確認する。それらの目がアルフィリースたちを認識すると、ケタケタと笑い始めた。分裂した魔王たちの様子を見て、アルベルトが再び殺気を漲(みなぎ)らせた。

「アルフィリース殿、一度撤退を！　シスターを連れて早く！　ここは私が時間を稼ぎます！」

「――どいてよ、アルベルト」

「アルフィリース殿！」

「私は、どけと言ったわ!!」

自分を上回る凄まじい殺気をアルベルトは背後から感じ、思わず身が竦んだ。彼は剣を握っておよそ二十年、戦場に出てから既に十年。恐怖を感じたり冷や汗を流すことはあっても、圧力で身が竦んで動けなくなったことなど一度もない。

そのアルベルトが一歩も動くどころか、振り返ることもできずにいた。その横をアルフィリースが悠然と歩いて前に出る。

「お前たちが、アノルンをやったのか？」

地の底から這い出るように暗く威圧的な声で発するその問いに、答えることなくケタケタと笑い続ける魔王たち。

「……その鬱陶(うっとう)しい笑いを止めろっ！」

アルフィリースが叫ぶと、一帯の大気がざわりと震えた。さすがの魔王たちも変化を感じ取ったのか、笑いを止めて、アルフィリースの方をぎろりと睨んだ。その魔王たちをさらに睨み返すアルフィリース。

「真っ二つにしても死なないのね――わかったわ、跡形もなく消し飛ばしてあげる」

アルフィリースの感情に呼応するように右腕の手甲が千切れ、邪魔な袖を燃えるようにどかして服の下の呪印が姿を表した。その呪印はまるで生き物のように蠢(うごめ)いており、同時に文字から黒い液体が滲み出てきて、彼女の足元に小さな漆黒の水たまりを作っていた。血にも似ているが、それにしては色が黒すぎる。

人間の体にそのような黒い呪印(モノ)が蠢いている光景は、さまざまな修羅場をくぐって不動の精神力を得たアルベルトですら生理的な嫌悪感をもよおさせ、顔を顰めさせるほどには不吉でおぞましかった。だが怒り心頭のアルフィリースには、もはや人に見られようが、呪印解放に伴う苦痛が凄まじかろうが、まったく構うものではなかった。

『解呪（リリース）』

その一言で右腕の文字が空中に浮き出てくる。

『我と誓約を結びし古の封印よ、我が血肉と魂を代償にさらなる力を我に授けん。汝が誓約の主はアルフィリース。その因果と律により、我が敵の全てを貪（むさぼ）れ！』

そして空中で組み換わり、再びアルフィリースの右腕に戻っていく。するとアルフィリースの体から、可視化できるほどの魔力が蒸気のように迸（ほとばし）り始めた。

魔術の研鑽（けんさん）を積んだ者が魔力を全力で解放すると、その者の性質に応じた魔力が見えることはある。色はそれぞれの使う魔術の属性や、あるいは使用者の性質を示す。そして形は、大抵が使用者の周りに張られる膜のように見える。量が多い物はまるで液体かゼリーを体に張り付けたかのように見えることもあるのだが、アルフィリースのそれはいずれとも違う。

放出する量が多すぎるがゆえに、まるで彼女が蒸気を全身から噴出し続けているようだった。色も一定ではなく、光の加減で七色、あるいはさらに多くの色に輝いて見える。量も、質も、あまりに異質。

そのアルフィリースの様子を見て、さすがに魔王たちも危険を感じたのか、二体とも顔を見合わせた後にじりじりと後ずさりを始めるが、

「逃げられると思ってるの？」

『大樹封（フォレストバインド）』

アルフィリースの一声と共に周囲の木々があっという間に伸びてきて、魔王たちを絡め取った。魔王たちは逃れようともがいて爪で木々を切断するが、あとからあとから伸びる木々がそれを許さない。アルフィリースの髪色は、黒から深い緑へと一瞬で変化していた。

その驚愕の光景をアルベルトもリサもただ呆然と見守るのみだった。

「再生なんてできないくらい、ズタズタにしてあげるわ」

くくっ、とアルフィリースが不敵に微笑むと、彼女からザワザワとさらに強い風が発生し始めた。アルフィリースを中心として、放射状に草が薙ぎ倒されていく。

『我、風の精霊、ティフォエウスに伏して願い奉る』

今度は一段と強い風が外から巻き戻るように、アルフィリースの周囲に集まっていく。同時に、髪色は薄い緑へと染まる。

『我が掌に集いし風の精霊に汝の加護を与え給え。其(そ)が力を用いて我が眼前の者どもを大気の獄中に掌握せしめん——巨人(マウンテン)の風掌(ブロウ)！』

風で構成された人間大の巨大な手が浮き上がってくる。しかも一つではなく、次々と周囲に同様の大きさの手が浮き上がり、四方八方から魔王たちに襲いかかった。

「ギィアァァァァァァァ！」

魔王たちの体と悲鳴が巨大な風の塊に握り潰されるように、骨も肉も関係なく体をひしゃげさせる。メキメキと嫌な音が響き渡り、肉の塊から血のような何かが噴き出すが、圧倒的な風の奔流が魔王たちの絶叫をかき消すと同時に、その血すらも風の牢獄に巻き込んでいった。

だが、圧倒的な回復力を誇る魔王たちは、その中ですら体をまだ再生させようとしている。これでも致命傷にならないのか。そのようにアルベルトとリサが考えた時、

『我が血を喰らえ火の精霊』

アルフィリースが次の魔術詠唱に入っていた。彼女の周囲のオーラと髪色はいつの間にか赤黒く変色していた。自分の掌を軽く斬り裂き、血を地面に滴らせている。するとその血が沸騰するようにゴボゴボと泡立ち始め、一面に広がっていき、そこから何体もの炎の獣が出てきた。鳥、狼、馬、熊――のような獣たちが次々と湧き出てはアルフィリースに挨拶をするように踊り舞う。

『集いし精霊を分けて分けて虚ろなる器に収めて舞い遊ばす。我、舞いし精霊にさらなる贄を捧げん――炎獣（フレイム）の狂想曲（カプリッツィオ）！』

その一言と共にアルフィリースの周囲を舞う獣たちが一斉に魔王たちに振り向き、襲いかかる。そして周囲にある風の魔術の影響を受けて、まるで炎の竜巻のように狂乱した。詠唱名のとおり、まさに狂った宴そのもの。

必死に炎を振り払おうとする魔王たちだが、振り払った火の粉までもが再び彼らに襲いかかる。アルフィリースが詠唱したのはただの火の魔術ではなく、対象を焼き尽くすまで消えることのない暗黒魔術を用いた火の魔術を行使したのだ。

さすがの魔王たちも絶え間なく押し寄せる火と風に飲まれて、もはや絶叫すら聞こえてこない。その光景をアルフィリースはただなんの感情もなく、瞬きすらせずに見つめていた。

炎が収まると、後には文字通り塵（ちり）すら残らなかった。敵を倒したことを確認したアルフィリース

が、アノルンの方向をゆっくりと振り返ると、髪色が同時に元の黒に戻っていった。それを見届けたアルベルトが、息をすることを思い出したようにつぶやいた。

「あれは暗黒魔術の炎か……それも、あれほどの規模のものをろくな触媒もなく用いて代償はないとでも……？　なんと凄まじい魔術士なのか」

「あ……」

振り返ったアルフィリースは、リサが感知した限り別人のようだった。いつも明るいはずの彼女から凄絶な殺気と冷徹さ、そして絶望を感じさせた。目の見えないリサでさえ、アルフィリースが今までと違う、ただならぬ様子であることがよくわかった。表情は見えなくても、目は悲しみに満ちているのがわかる。なのに体から放出される殺気は、まるで収まるところを知らない。

リサが何か声を発しようとするが声にならない。あまりのアルフィリースの魔力と殺気に圧倒されて、腕にアノルンを抱きかかえていることすら忘れてしまっていた。

（さきほどの魔術はかなり高位の魔術師でも、相当の準備や触媒を必要とするはず。それをたかが少量の血液程度で連発し、あげく最初の一つは詠唱すらしなかった。やはり私が最初にアルフィリースの袖を引いたのは、間違いではなかった！）

「アルフィリース殿？」

アルベルトがようやく声をかけるが、アルフィリースからは反応がない。それどころか、アルフィリースの足取りがおぼつかない。ふらふらと熱に浮かされるように、揺らいでいる。

「アノルン……助けられなくて……ごめん、ね」

呟きながらアルフィリースはその場で倒れ、気を失ってしまった。

第七幕　アノルンの告白

アルフィリースは夢の中で師であるアルドリュースに聞いていた。

「ねえねえ、師匠。もし私が呪印を解放したらどうなるの？」

「そうだね。使っている時は興奮でわからないかもしれないが、使い終わった後の疲労はすごいだろうね。沸騰している鍋の蓋をいきなり全て取るようなものさ。沸騰している湯を魔力、生命力の混合したものと例えると、再び蓋をしなければ中身はあっという間になくなってしまうだろう？それに、迂闊に解放すれば呪印の侵蝕は進む。そうすると苦痛がさらに強くなるね」

「それでも使い続けたら？」

「アルフィがアルフィでなくなり、呪印がお前そのものとなるだろう。呪印とは魔術であり、紋様であり、同時に呪いでもある。まるで呪印そのものに意志があるように振る舞うこともある。呪印の制御を失い支配されると、呪印の誓約に沿った動きしかできなくなる時がある。人間を洗脳し、操り人形を作る時にも使う手法の一つだ」

「そ、それは嫌だよぉ。じゃあ私、呪印は絶対使わない！」

アルフィリースは怯えたように潤んだ目でアルドリュースを見上げる。そんなアルフィリースに優しく微笑みかけるアルドリュース。

「そうだ、それがいい。でもお前が死んでは元も子もないし、どうしても使わないといけない時があるかもしれない。時と場所、場合はお前が慎重に見定めるんだよ？」

「うーん、わかったような、わからないような？」

アルフィリースは腕を組んで首を傾げ、そんな様子をにこやかに見つめるアルドリュース。

「今はそれでいい。たとえばお前に大切な友達ができて、その友達を助ける時とかであれば——使ってもいいかもしれないね」

「うん、じゃあそうするよ師匠！」

元気の良い返事に、アルフィリースの頭をアルドリュースは撫でてやる。

「よし、いい子だ。呪印は強い負の感情によっても自動的に解放されることがあるから、十分に気を付けること。心を健やかに保つことが重要だよ。それでは今から、いざという時の呪印を解放する方法について教えておこう——」

＊＊＊

あの頃のアルフィリースは、呪印を解放するということがどういうことなのか、本当の意味ではよくわかっていなかった。今ではしっかりと危険性は理解していたし、使いこなせるつもりでいたのだが——

（……そうだ。友達を守るためには呪印を解放していいって、あの時決めたんだった。最初から解放していればアノルンは死なずに済んだのに……ごめんね、ごめんね。アノルン――）

アルフィリースの意識が光を掴むように覚醒していく。

「アノルン!!」

「ん、なんだい？」

うなされていたアルフィリースが飛び起きると、そこはベッドの上だった。そして目の前には何もなかったようにアノルンが座っていた。どうやら果物をナイフで剥いているらしい。思ったよりも料理し慣れているのか、なかなか華麗なナイフ捌きだった。

「皮がずっとつながっているし、厚さも一定……上手じゃない。じゃ、なくて！　あれ、でもアノルンって死んだんじゃ。これ、まだ夢？」

「アタシを勝手に殺すな！　見てのとおりぴんぴんしてるよ？」

「え、だって、アノルンは心臓を貫かれて――あ、そっちが夢とか？」

「うんにゃ。貫かれたよ、ほれ」

たしかに服はいたるところが破けており、アルフィリースが見た貫かれた場所と一致する。では夢ではなかったのだ。しかしアノルンには傷一つない。

「な、なんで傷一つないの？」

「ん……騙すつもりじゃなかったんだけどね。アタシ、何しても死なないんだ。本当の意味での不老不死ってやつ？」

アノルンがきまり悪そうに話す。

「生まれつきこういうわけじゃなかったんだけどさ。とりあえず今は何されても死なない。八つ裂きにされたこともあるけど、死ななかったしね」

「……」

「あ、でも首を落とされたらさすがに動けないよ？　それに痛くないってわけでもないし。心臓刺されるとか痛すぎて動けないから。さっきもそれで倒れて動けなかったし？　だって心臓を刺されるのは久しぶりだったからね。刺され慣れてた時はどうってことなかったけどなぁ」

「……」

「こんな人間気持ち悪いでしょ？　いえ、もう人間ですらないかもしれないけどね。アルフィも無理しなくっていいよ。任務も終わったし、不老不死もばれたし、もうアンタの目の前から消えるからさ」

「アノルン!!」

「は、はいっ！」

突然怒気を含んだ大きな声で名前を呼ばれ、思わず畏まってしまうアノルン。

「そんなことより前に、私に言うことないの？」

「そ、そんなことってひどくない？　アタシだって、結構一大決心で言ったのにさぁ」

「アーノールーン？」

口をとがらせて拗(す)ねるアノルンにはよくわからなかったが、アルフィリースが真剣に怒っていた。

ここで茶化したり、ごまかしがきく雰囲気じゃないことくらいはアノルンにもわかる。

「あー、うー……ごめんなさい」

「よろしい。じゃあ許したげる」

そう言ってアルフィリースがアノルンを抱きしめた。

「私の方こそごめんなさい。私が最初から呪印の力を解き放っておけばアノルンは、大切な友達は死なずに済んだのにって、夢に見てたのよ！　でも、でも——生きててよかった。本当に！」

アルフィリースの肩が小さく震えている。その肩をそっと抱き返しながら、アノルンは思う。

（泣いてるんだ。この子はアタシのために泣いてくれるんだ。アタシのことを不老不死だと知っても変わらず接してくれるのね）

アノルンの胸の内にも熱い思いがこみ上げてくる。

「アタシのこと、友達だって思ってくれるの？」

「当り前じゃない！　今さら何言ってんのよ!?」

「でも、アタシ不死身だよ？　もう三百年は生きてるよ??」

「関係ないよ！　アノルンはアノルンだし、死線まで一緒にくぐっておいて友達じゃないとは言わせないわ。それにデミヒューマンだって長命な者はいるじゃない。今更人間が長生きしたって、何よ」

アノルンの目をアルフィリースはまっすぐに見つめている。そういえば、昔同じことがあったなと、アノルンは思い出す。

『不死身？　それは重要なことか??』

『不死身？　それじゃ永遠に美人のまま？　最高だね！』

そう言ってアノルンのことをまっすぐ見つめた二人の顔が思い出される。

（そうか。マスターの言った『前に進む』って意味がちょっとわかった気がする。アタシはこのままじゃいけないんだ）

アノルンは覚悟を決めた。今が、今こそがきっと自分にとっての試練の時なのだと腹を括(くく)った。

「――ねぇ、アルフィ。アンタだから言うけどさ。アタシの昔話、聞いてくれる？」

「私でよければ」

アルフィリースが優しく微笑む。ああ、この子なら大丈夫だとアノルンは安堵し、彼女はポツリ、ポツリと自分の過去を話し始めた。

＊＊＊

「アタシね、山間の薬師(くすし)の村に生まれたんだ」

アノルンがふと遠い目をする。

「族長の孫でね。村じゃ『お嬢様』なんて呼ばれてた。アタシがだよ？」

はは、と自嘲的に乾いた笑いを漏らすアノルン。

「アタシの村では色んな薬を開発してた。治療に使う薬が中心だったけど、他にも爆弾みたいなものを作る奴もいたし、毒薬なんてのもいた。一番有名なのが完全治療薬(エリクサー)かな」

「エリクサーってあの、腐った死人も甦(よみがえ)らせるってやつ？」

アルフィリースの言葉に、アノルンがくすりと笑う。

「さすがに腐った死人は無理だけど、どんな重態、不治の病でもほぼ一発で回復できたね。あれを一瓶飲ませて治らない病、怪我なんて見たことがなかった。しかも効果は種族によらないしね」

「たしかすごい希少価値の高い薬よね？　今エリクサーを求めようと思ったら、小さな国が一つ買えるって、本で見たことがあるわ」

「今はそのぐらいするらしいね。けど出回っているほとんどは劣化品で効果は不十分だし、真性のエリクサーの作り方を知ってるのは、もう世界でアタシだけでしょうよ」

「アノルン、作れるの!?」

「ちっとはアタシのすごさがわかったかい？」

そんなものを作れなくてもアノルンを色々な意味ですごいと思っているアルフィリースだったが、それは口にしないでおいた。

「ただ材料がもう揃わないさ。アレは材料をとってくる奴らがいての話だからね。と、話がそれたか」

アノルンが頭をぽりぽりとかいて話を続ける。

「で、アタシの村では薬を開発してナンボだからね。一人前の証もどのくらいの薬を作れるかで判断されるのさ。逆に言うと、薬すら作れない奴は何歳になっても一人前として認めてもらえない。アタシも七歳で自分の工房を与えられて、色々と研究してた。血筋なのか才能はあったし、色んな新薬の開発にも成功していたんだ。んで十三の時かな？　ばあちゃんが倒れてね。悪いところがわからなくてばあちゃん自身は寿命だって言ってたんだけど、アタシは納得できなくて。エリクサーは自分たちに使うことは禁止されていたし、馬鹿なことに、寿命を延ばす研究なんてのを始めたんだ。まさに子どもの発想だろう？」

「そんなことは――」

何かを言いかけるアルフィリースをアノルンは手で制する。

「いいのよ。それでアタシは工房に何カ月も引き籠ってた。自給自足できる工房だったから、外に出る必要なんてなかったんだ。それで不思議なもんでね、寿命がちょっと伸びる薬が本当にできちまったんだよ。アタシは嬉しくって、ばあちゃんにすぐ飲ませようと薬を持って外に出た。そしたらね」

アノルンがふと暗い目をした。

「みんな――殺されてたんだ」

「な、なんで!?　誰に？」

「わかんない」

アノルンが首を振った。

「アタシたちの薬は金の成る木だった。戦争でも大量に使われたし、そりゃ敵も味方も多いのは知ってたけど、多すぎてわかんなかった。アタシはまだ子ども扱いされてて詳しい話は知らなかったし。お笑い草さ。寿命を延ばす薬を研究してる工房の上で、皆殺されてたんだから。皆が殺されて怒りもしたけど、それ以上にアタシは怖くなっちまってね。素材を集める連中には相当強い仲間もいたのに、そいつらまで全滅していた。助けを求めようにも世界中が敵に思えて――村の外に知り合いもいなかったし、恥ずかしいことに工房に引き籠っちまったんだ」

「工房に？」

「うん。工房は十分に広かったし、光る植物の性質を使って昼夜も作れた。食料にも年中困らなかったし、水も十分。アタシの工房は地中深くて見つからなかったし、唯一安全なように思えたのさ。それでそのうち、『みんな生き返らせればいいんだ』って思い始めてた。どこかおかしくなってたんだろうね」

　淡々とアノルンは語り続ける。

「それからどのくらい時間が経ったかもわかんなかった。色んな薬を作っては、自分で試してね。時に毒薬みたいなのも作っちゃって死にかけた時もあったな。そのまま死ねればって思ったけど、アタシは案外しぶとくてね。ある時、材料の植物をとりに別の部屋に行ったらさ、植物が枯れてたんだ。たしか寿命が三十年くらいのやつ。それで『そんなに時間が経ったんだ。アタシいつの間にかおばちゃんだぁ』って思って鏡を覗いてみたんだ。そういや工房に籠って誰とも会わないし、一回も自分の顔をまともに見てないと気付いてね。さぞかしひどい顔になっただろうから爆笑できるかと思ったんだけど、アタシの顔はどうみても二十そこそこのものだった」

　アルフィリースには言葉もない。

「最初は訳がわかんなくてね。アタシって四十を超えてもこんな顔してんだって思ったけど、皺(しわ)の一つもないし、肌が艶々しているのは変だなって思ったくらいで、その時はそのままにしちゃった。でも、ある日間違えて爆発物に引火しちゃってね。しかも目の前で。アタシは粉々になって吹き飛んだ――はずだった」

「……」

「ああ、死んだ。これで家族や皆のところに逝けるって。アタシの人生つまんなかったな、でもどこか安心できたってくらいだった。でも、しばらくするとアタシは傷一つ無い状態で目が覚めた。服はぼろきれ状態で、工房の中も滅茶苦茶なのに。それで気が付いたんだ。アタシは不老不死になってたんだって、だから皺ひとつないんだってね」

「どうして……そんなことに」

「アタシもわかんない。色んな薬を片っ端から試したからどれか一つがそうだったのか、順番が大事だったのか。なんせ爆発のせいで研究成果も燃えちゃったから検証もできなくて。細かい製法が思い出せない薬もたくさんあるのよね。あ、でも不老不死って言っても魔術で無理に動かすアンデッドじゃないから、首が切れたら機能的に動けなくなるし、飢餓状態でも駄目。凍っても動けないから同じかな。不老不死っていっても一口に沢山あるけど、アタシの不老不死は、『人生で一番良い時の状態に戻る』っていうのが正しいのかもしれない。それにお腹も人並みに空くし、睡眠もとらないと力が出ない。意外と不便な不老不死なのね。でも不老不死なんてまっぴらごめんだと思ってとりあえず色々やって死のうとしたけど、燃焼性の爆弾を飲み込んでの自殺が無理だった時点で死ぬのは諦めた。酸の壺に飛びこむ手もあったけど、再生と融解を永遠に繰り返すことになったら、苦痛が終わらないだけになるしね。そんな被虐趣味はないのさ」

「そんなことまで」

アルフィリースは悲しそうな顔をした。明るいアノルン――少なくともアルフィリースはそう思っているのだが――がそこまでやるとは、よほど人生に絶望していたのだろうことは容易に想像がついた。

「他にも色々やろうと思えばできたけど、もうこれは『生きろ』って言われているのと同じなんだって思うことにしたわ。研究のための施設も大部分が破損してもうまともな研究もできなかったし、素材も寿命で半分くらい枯れてたし。ちょっと外の世界にも興味が湧いてきて、村に残っていた使えそうなものを引っ掻き集めて旅に出たのさ。もう何十年も経っていたから、さすがにアタシがあの村の生き残りだなんてばれないと思ってね」

「……」

「で、生活のために傭兵を始めたのさ。傭兵は身分や出自を細かく問われないし、護身術くらいは身につけてたからなんとかなるかってくらいの軽い気持ちでね。不死身になって気も大きくなってたし、実力の伴わない不老不死の恐ろしさは、その時はわからなかった。まあ完全に人生を舐めてたけど、最初の頃のアンタと同じさ、アルフィ」

「同じ?」

首を傾げるアルフィリースに、アノルンがちょっと小馬鹿にしたように話す。

「カモがネギしょって歩いてるってやつさ」

「ひどい!」

「ま、でも実際そのとおりさね。女一人の冒険者のくせして、町に入っていきなり『一晩泊れるところはどこですか？』なんて通りすがりの男に聞いちまうんだから。その後、アタシがどんな目に遭ったか、わかるだろ？」

「……それは」

アノルンはあえて語らなかったが、どういう意味かはアルフィリースには容易に想像がついた。アルフィリースも旅先で話かけた男に親切なふりをして酒をしこたま飲まされ、危険な目に遭ったことがある。

その際にたまたまアノルンに助けられ、それがきっかけでアノルンと知り合ったわけだが、その時誰の助けもなければどうなったのか。きっとアノルンの時は誰の助けも来なかったのだろうし、それが当然なのだとアルフィリースは知っている。

「だから最初にアンタを見た時、他人の気がしなかったのさ。最初の頃のアタシそのまんまだと思ってね。アタシは痛い目をいっぱい見て、いっぱい色んなことを知ったけど、良い経験とはお世辞にも言えなかった。年頃の女として、アンタには同じ経験をしてほしくなかったんだ」

「アノルン……」

「そんな辛気臭い顔しないでよ。おかげでアタシは強くなった。鍛錬も限界までしたし、する気になった。汚いことも沢山やった。人を騙しても平気になった。人間は利用し利用されるもんだって、利用される奴は馬鹿なんだって本気で思ってた。もちろん気のいい奴らもいっぱいいたよ？　アタシに良くしてくれて、すごく平穏に過ごせた場所もあったけど、それでも一か所には長く留まれなかった。アタシは老いもしないし、怪我も病気もしない。何年も姿形が変わらないと、段々周りに不気味がられる。化け物呼ばわりされたこともあったな……そんな時ある人たちに会ったのさ」

アノルンの目が急に優しくなった。

「もう百五十年近く前かな？　当時は大戦期で征伐された強力な魔王の生き残りがまだいる時期でね。人間たちの争いも始まっていて色々手も回らないことも多かったから、その間を縫うように勢力を広げてきた魔王がちょうど台頭した時期だった。歴史的には小物なのかもしれないけど、人間の戦争も相まって世の中が荒んでた。そんな中で、魔物討伐を割安で引き受けてる連中がいたのさ。俗に言う勇者様御一行ってやつだ。勇者、格闘家、シスター、魔術士の組み合わせでね、ベッタベタだろ？　最初は『バッカじゃないの？』って思ってつっかかった。本来なら勇者に喧嘩を売るなんて自殺行為だけど、いざこざがあって結局戦う羽目になった」

「……それで？」

「見事にコテンパンにされたよ。仲間も強かったけど、特に勇者の強さは別格だった。ギルドで勇者に認定されるための条件なんて気にしたこともなかったし。勇者って人種がいかに別格か、わかっていなかったのさ。アタシなんか片手でひねられちゃったよ」

「ウソ？」

オークの群れを無傷で追い返すアノルンを片手でひねるとは、いったいどれほどの戦士なのか。アルフィリースには想像もできなかったが、アノルンもまた自分でも信じられなかったことを表すように、肩を竦めておどけてみせた。

「嘘みたいな本当の話さ。さすがに各国の推薦を受けて、勇者認定されるだけのことはあったようだね。アタシ自身が一番信じられなかったけど、もっと信じられなかったのはその後さ。勇者の奴、アタシになんて言ったと思う？」

「なんて言ったの？」

「『私の仲間になってください、私には貴女の力が必要です。一緒に世界を救いましょう！』ってね。なんて阿呆で暑苦しくて鬱陶しい奴だって思ったさ。小悪党の親玉みたいなアタシのどこを見てるんだ、ってね。それだけ強かったら別にアタシの力もいらないはずなのにさ、より多くを救うのに薬が使える私の力が必要なんだってさ。でも他にやることもなかったし、どこで化けの皮が剥がれるか見てみたくて、ついていくことにした」

アルフィリースがふふっ、と笑う。

「なによぉ？」

「だってアノルン、ひねくれてるなって」

「しょうがないでしょ、本当のことなんだから。でね、色んなところに行って色んな冒険をしたの」

アノルンは楽しそうに語りだす。今までの様子とはうって変わった。

「あの頃は本当に楽しかった。最初は馬鹿にしてたけど、その勇者は本当に聖人みたいな奴だった。誰にも見返りを求めずに戦い続け、そしてどんな苦境でも常に乗り越えてみせた。なのに全然威張らなくてね。子どもの喧嘩を止めにいって、自分が殴られて帰ってくるような男だった。でも本当に強い男はこういうやつなんだって思ったわ。仲間も気のいい奴らだった。シスターとしての振る舞いも、あの時の仲間が参考だわ。アルネリアの元シスターだったはずなんだけど、勇者の思想に同意して仲間になったとか。魔術士も、格闘家も同じ理由だった。そのうち、アタシは知らないうちに勇者のことを好きになってた」

「……」

「どんなにアプローチしてもまったく気付く素振りもないから、ある日ね、寝室に夜這いをかけに行ったわ」

「――どうなったか、聞いてもいいのかしら？」

「ええ。ベッドで寝てる彼の目の前に、布切れ一枚纏わず立って誘惑してやったわ。そしたら彼、なんて言ったと思う？　『い、いけません！　私と貴女は恋人同士ではありませんから、そういうことはいけないと思います！　は、早く服を着てくださいっ！』ってね。アタシ我慢できなくて爆笑しちゃった！」

「それはいくらなんでもひどくない？　自分から仕掛けといて」

　良い話を期待していたアルフィリースは少し呆れかえる。

「だっていい年した大人のくせに、あんまりにも顔を真っ赤にして、女の子の裸を初めて見た少年みたいな反応なんだもん！　思わず『じゃあ、アタシが恋人だったらいいの？』って聞いちゃった。そしたらしばらく固まった後、『私みたいな取るに足らない人間が、貴女のような美しい魂の方の傍にいてもよいのであれば』って言ったのよ！　容姿を褒められたことは何度もあったけど、心の内を見てくれたのは彼が初めてだったかもしれない。こんな小悪党にしか見えない女の、どこが綺麗なのかもわからないけどね。でもその時、一生ついていこうって思ったわ。不思議なことに、褒められるとそのつもりになっちゃうのね。私も自然と清く正しい行いってやつ？　を馬鹿にせず、素直に人に手を差し伸べられるようになっていったの」

アノルンが少女のように顔を赤くしながら話す。本当に彼のことを好きだったことが、痛いくらいアルフィリースに伝わってきた。

「それからちゃんと恋人になって――色々あったけど、しばらくして彼が『私と結婚してくれませんか？』ってプロポーズしてきたわ。でもアタシは断ってしまった。なんていったって不老不死だしね。旅の最中ではごまかしていたけど、結婚すればいずれそれがわかってしまう。不老不死がばれたら、関係が壊れてしまいそうで怖くて真実を言えなかった。アタシは幸せな日々を壊したくなかったんだろうけど、それがそもそもの間違いだったんだろうな。でも、彼は非常に我慢強かったわ。てっきり捨てられると思ったんだけど、『結婚が嫌なら無理にとは言いません。でも私は貴女とずっと一緒にいたい』なんて言うの。『じゃあ勇者の仕事を辞められる⁉』なんて駄々こねたのに、即答で『貴女がそう望むのなら』って言われたわ……」

「……」

「そこまで言われたらアタシも断れなくて。っていうより純粋に嬉しかったな。それから半年くらい二人っきりで暮らしてみた。辺境の、彼を勇者だと知らないような場所で。当然諸国やギルドは大騒ぎになったけど、最終的には仲間のおかげでしばらくは平和だったわ。彼は近くの村で教師や護衛の真似事を始めて、私は田畑を耕しながら彼の帰りを毎日待った。七日に一回は休みをとって二人で色んなところに出かけて、毎日沢山愛してもらった。アタシの人生で最高のひと時。でも同時に深い絶望もあった。アタシは、自分が子どもを産めない体であることに気付いてしまった」

アノルンの瞳が曇っていく。

「本当は結婚を受け入れるつもりだったわ。でも結婚するより先にそのことに気付いて……不老不死の代償のようなものでしょうね。アタシは半年経っても真実を告げることができなかった。それでも彼はいつでも微笑んでいて、それが逆に段々つらくなっていった。そんな時よ、久しぶりに魔王討伐の依頼が来たのは。最初は難色を示したけど、仲間たちも押し寄せてきてね。どうやら相当強力な魔王だったらしく、既にいくつかの王国が滅ぼされ、近隣一帯で最強と言われた騎士団が敗北していたわ。それで残党を集めて反攻作戦を行うから、それに参加してほしいって言われたの」

「行ったの？」

「ええ、彼は断りきれなかった。だって彼の生まれ故郷も巻き込まれていたからね。でもそれが既に魔王の罠だった。結果的にアタシたちは、自分たちの仲間だけで魔王の本拠地に突っ込むことになったわ」

「そんな無茶な！」

アルフィリースは思わず叫んだが、アノルンは目を閉じて動じない。当時の彼女は、アルフィリースと同じセリフを叫んだことを思い出す。

「そうね、普通に考えれば無茶だけど、アタシたちは負けるつもりなんて微塵もなかったわ。中では数えるのも億劫なくらいの魔物が待ち構えていたけど、アタシたちは次々と撃破していった。魔王にとってもアタシたちの強さは誤算だったでしょうね。でもアタシたちも魔王を舐めていた。まさか魔王が複数いるなんて考えてもいなかったから」

「魔王が、複数？」

「ええ、全部で六体。どれもさっき戦った気色悪い奴前後の強さ。その時は勇者のあまりの強さに、一部の魔王たちが危険を感じて一時的に手を結んでいたみたい。それでも魔王たちを次々倒したけど、仲間たちも次々と倒れていったわ。そして最後はアタシと彼と、魔王二体との戦いになった」

「……」

「アタシは完全に足手まといになるくらい、高次元の戦いだったわ。当時は光属性の魔術も使えなかったし、手持ちの道具が尽きてからは眺めているしかなかった。だから一対二のはずなのに、それでも彼は優勢に戦いを進めていた。その時、魔王が卑怯な手を使ってきてアタシたちは不意をつかれたわ。アタシは彼をかばおうとしたけど、一瞬、自分の不死を知られたくないという気持ちがアタシの動きを邪魔したの」

アノルンの瞳がいっそう暗く、深く沈んでいく。

「でも彼は——彼はなんの躊躇もなくアタシをかばって死んだわ。しかも、今際の言葉が『貴女を最後まで守れなくてすみません』よ!? アタシは守られなくても死ぬことはないし、アタシの方が彼を守るべきだったのに！」

目に涙を浮かべるアノルンに、アルフィリースはかける言葉を持っていなかった。

「その魔王はきっちりアタシが仕留めたわ。跡形もなく、ね。原型も残らないほど、生きたまま粉々にしてやった。不老不死って便利でね、痛みさえ無視できれば大抵のことはできるの。結局不老不死を仲間にも告げられなかったアタシの弱さが、最後まで仇になったのよ。その後アタシは自棄になって、目に映る魔物を片っ端から狩って回ったわ。ギルドで『血濡れのミランダ』『赤鬼ミランダ』って二つ名がつくくらい、いつも魔物の返り血で真っ赤だった。そのうち、別の魔王を狩った時かしら。戦いのあとで力を使い果たしてまったく動けない時に、アルネリア教会の最高教主に拾われたのは。でもその後も無気力で、何もやる気が起きなかった。自分で死のうとしたし、自暴自棄なことも色々しようとしたけど、最高教主が許してくれなかった。もう人生がどうでもよかったし、いっそ本格的に出家でもしようかしらと思った時に、教会でラザール家のあいつに会った」

「アルベルトの先祖ね？」

「ええ。お堅い職業のくせに、勇者とはうってかわって軽薄な奴でね。会うなり尻を触られたのを覚えているわ。手加減なくひっぱたいて、いえ、顔の形が変わるくらいボコボコにしてやったけど、翌日何もなかったように、今度は胸を揉みしだいてきたわ。どんなに忙しかろうと、厳しい任務の後だろうがアタシの前に現れて、あなたのことを愛しています、一目惚れですなんて言うくせに、平気で他の女にもちょっかいだすし。鬱陶しいばっかりで、顔を見るたび腹が立ったわ。でも、不思議なのよ。いなけりゃいないで、なんだか物足りなかった。アタシのことを本当に好きなのかしらと思い始めた頃、ある日突然他の女と結婚したわ。その時アイツ、なんてアタシに言ったと思う？『いやー、ゴメン！　君に飽きちゃった!!』って言ったのよ？　全力で殴り飛ばして、前から話が来ていた巡礼の任務にそのまま就いたわ。旅の中でもアイツのことを思い出すたび腹が立って、苛々したわ。でもなぜか巡礼の任務を行う百十八年もの間、一度たりともその顔を忘れることはなかった。どこかでその態度が引っ掛かっていたのだと思う。理由はさっきはっきりとわかったけどね」

アルフィリースはアノルンを見つめながら話を聞いている。ふと、アノルンがカタカタと震え始めた。

「さっきアルベルトに彼の手記を見せてもらったわ――彼の手記には『我が人生でただ一人、心から愛する女性に捧ぐ』と書かれていた。一目見た時からアタシに心奪われたこと。アタシの姿が助けを求めているように見えたこと。どれほど戦場で死にかけても、アタシの顔を思い出すたびに生きる気力が湧いたこと。アタシが寂しそうな顔をするたびに、何もできない自分に腹が立ったこと。アタシが寂しい顔をしないように、自分は嫌われてでも、いつもアタシの気を紛らわそうとしていたこと。自分ではアタシの悲しみを紛らわせることができず、力不足を嘆いていたこと。自分は子孫を残す義務があったため、アタシが子どもができない体だと知った時に別の女性を選ぶしかなかったこと。そして自分の妻や愛妾たちに、心から愛していると言えなかったことを詫(わ)びていた――アタシは、アタシは――」

アノルンの瞳から大粒の涙がこぼれ始めた。

「アタシは何もわかってなかった！　彼の心遣いも、彼の苦しみも、アタシが本当は彼を愛しく思っていたことすら!!　彼の顔を思い出すと、いつも、いつも、笑顔なの！　アタシの前ではどんなに自分が苦しくても、どんな傷を負っていても、常に一番にアタシを案じて、苦しい素振りすら見せなかった！　なのに、なのにアタシは、二年近くも顔を突き合わせていて、彼に優しい言葉一つもかけずに、挙句の果てに『お前の顔なんか二度と見たくない！』って言ったのよ⁉　な、なんて、なんてひど、い——ひどいことを——」

アノルンの頬を伝う涙が止まらない。さぞかし自分は見られたものではない顔をしていることだろうとアノルンは思うが、涙が止まらない。止める気にもならなかった。

（今彼が死んだことが、初めて心から悲しい。ずっとアタシは周りにも自分にも嘘をついて……そしてこんなひどい人間のアタシを、アルフィは軽蔑するだろうな。でも、しょうがないよね）

と、ふわりとアルフィリースがアノルンを抱きしめてきた。

「アル、フィ……？」

アルフィリースがアノルンを抱きしめる手に力を込めてくる。

「もう、我慢しなくていいんだよ……ね、アノルン？」

「アタシ、我慢しなくて——いいの？」

「人間はこういう時くらい泣いてもいいんじゃないかな？」

「アタシ人間じゃ——」

「人間だし、私の友達だよ？」

「……う……うわあああぁぁん！」

もう自分の顔がどうなっているかとか、何を叫んでいるのかもアノルンにはわからなかったが——でも気が済むまで彼女は泣きたかった。今はただ、こうやって傍にいてくれる友達の前で。こ

んなふうに泣いたのは、いったいいつ以来だったのか、アノルンには思い出すことはできなかった。

＊＊＊

どのくらい経ったのか、まだアノルンの涙は止まらない。今も悲しいし、たぶんこれからも彼女は自らの選択に後悔するのだろう。だが、目の前にいるアルフィリースと一緒に色々なものを見てみたいと思う自分もまたいる。何も選ばずただ無為に生きる日々は楽だろうが、つらい運命にも負けずに決断して生きるアルフィリースの顔はとても穏やかで――

（そうだ、アタシが愛した人たちはみんなこういう表情をしていた……）

アノルンは涙を手で拭き取り、アルフィリースの方に向き直る。もう涙は止まっていた。

「ごめんね、アルフィ。いっぱい泣いちゃって」

「いいよ。私だってたまにはアノルンを支えたいわ。いつも支えてもらってばかりだったから」

「迷惑の間違いなんじゃないの？」

「そうとも言うわね」

「こいつ！」

アノルンがアルフィリースを小突く。

「あっ、痛いわね～。馬鹿力なんだから、もっと手加減してよね！」

「それがか弱い乙女に向かって言う言葉？」

「……普段の調子に戻ってきたじゃない？」

「！」

アノルンは一瞬、呆気にとられた。これではどっちが年上やらわかりゃしないとアノルンは思う。当のアルフィリースはそんなアノルンの内心など、理解できている様子はなかったのだが。

「まったく……今日はアタシの負けでいいわ。それとね、アタシのこと、アルフィには本名で呼んでほしいわ」

「みんなの前で呼んでもいいの？」

「構いやしないわ。そうね——もう偽名を使う必要もないわね！　アタシが自分の名前を呼ばれたくないからマスターにつけてもらった偽名だし。由来を知ってる？　古代語での『見知らぬ者』をもじったんだって。もじりきれてないし適当よね、まったく。でもミドルネームを含めた本名だけはアルフィにこっそり教えてあげる」

「へぇ、乙女の秘密ってやつかしら？」

「乙女ってほどでもないけどね、いい？　アタシのフルネームはね……」

アノルン、いやミランダがアルフィリースに自分の名前を囁く。そしてついでにアルフィリースの耳に息を吹きかけ、彼女が悲鳴を上げたのを見てミランダが爆笑する。それを皮切りに、しばらく彼女たちの笑いが止むことはなかった。

そして——

「やれやれ、あのアホウめ、やっと乗り越えよったか！　まったく心配をかけよる。手間のかかる妹か娘を持つと、こんな心境かのぅ」

その様子をきっちりと使い魔を通して見ていたのは、ミリィことアルネリア教最高教主ミリアザール。

「アルフィリースが生きている限り、もはや心配あるまい。いや、あの分ならアルフィリースがおらんようになっても大丈夫かの？」

うんうん、と一人で納得している。

「なんせ奴にはこれからやってもらわねばならんことが――まあこれはとらぬ狸のなんとやらか。まずはこちらの用事を片づけるとしよう。今日こそは釣れるとよいんじゃがなぁ。はー、面倒くさいのぅ」

と一人ごちながら、日が暮れて黄金色に染まりつつあるミーシアの街を、ミリアザールは肩を自分で揉みつつため息をつきながら歩きだしていた。

第八幕　忍び寄る影

建物の間から感じる風が温かくなっているのは、やや早い夏の訪れを告げようとしているのだろうか。この時期は日が長くまだ空はうっすらと明るいが、既に白の月は天高く昇り、ミーシアの町並みは夜の賑わいを見せ始めていた。

ミーシアは大都市らしく、鐘が時間を報せる時を過ぎた夜でも人の波が切れることはない。まして今は夕餉時。店には煌々と明かりが燈り、露店は旅の用具や日用食品を売る店から、買い食いや酒を一杯ひっかける店へと変貌を遂げていく時間である。

通りには売り子や客引きが我先と通行人に声をかけ、広場の噴水付近では待ち合わせる友人や恋人たちを多く見かける。さながら平和な中原における象徴ともいえる光景に目を細めながらも、喧騒から遠ざかるように一人歩くミリアザールがいた。

「人々の営みは何百年経とうとも基本は変わらぬ。じゃが、大戦期よりは笑顔を見かける機会はたしかに増えたな」

ミリアザールはふと昔を思い出す。まだアルネリア教としての母体が確立しておらず、自分が今の巡礼のように各地を巡っていた頃、人間の生活圏などこの大陸の中で矮小なものだった。人々は魔物の存在に怯え、旅や移住もままならず、村や町が魔物の群れに襲われて壊滅するなど、珍しい話でもなかった。人口も、現在の十分の一もいなかったはずだ。

また魔王と呼ばれる強力な魔物も、今よりはるかに沢山いた。中でも六体、凄まじく強大な魔王がおり、国家すら一飲みにするほどの勢力を誇っていた。その強大な魔王たちは『大魔王』と呼称され、彼らとの戦いは実に三百年にも及び、一連の戦争が続いた時期を大戦期と呼ぶ。

大戦期が終結したのはおよそ三百五十年前。それからは人間同士の争いが多くなり、現在の各国の平和維持体制に入るまでを黎明期と呼んでいる。黎明期が終結したのは、およそ二十年程前であった。

「ミーシアの元となる都市が設立されたのは、百年ほど前かの。ここに至る街道を整備したのも、懐かしい話よ」

ミリアザールが巡礼を始めたのは大戦期に入る以前の出来事だが、彼女の存在自体が大戦期を引き起こす一因となったのは疑いようもない。彼女が魔物討伐を行う中で仲間が増え、十年経つ頃には一大勢力となっていた。やがて、ミリアザール率いる勢力が魔王反抗の旗印の一つとなっていった。これが現在のアルネリア教の母体となった組織である。

むろん同時期には他にも伝説に語られるような英雄的存在が多数存在し、人々を率いて魔王たちに立ち向かったことも忘れてはならない。初めて魔王を討ち取った若者ダヤダーン、英雄王と呼ばれたグラハム、無双の剣帝ティタニア、始まりの勇者ゼーベイア、人間たちに協力的だったエルフ族の王シグムンドに巨人族の王ファードド。アルネリア教は彼らほど小回りはきかなかったものの、国境に縛られず動けるため、国家よりははるかに動きやすかった。

「色んな奴らと協力したのぅ。英雄も、政治家も、野心家もいたな」

ミリアザールは病や怪我に苦しむ人を助け、村や町どうしが連絡を取り合えるようにし、安全な人の行き交いを可能にした。魔物の土地を切り開き、街道を整備し、人間たちの生活範囲を広げていった。

そしていつしか、彼女は聖女、あるいは最高教主と呼ばれるようになった。回復魔術は元々聖女アルネリアが使用していた魔術だが、その一部をミリアザールが継承し広めた。結果としてシスターや神官、司祭の能力を開花させる者が多くなり、人間たちは以前よりはるかに死ににくくなった。その中で自分に命を捧げると誓い、生死を問わずついてきた多くの部下たち。そうやってできあがった集団に、シスターの名前にちなんで正式にアルネリア教と命名したのが、およそ四百年前である。

彼らの献身と、多くの犠牲をもって現在のアルネリア教はある。今でこそアルネリア教の活動の多くは困窮する人々の救済となったが、昔は魔物討伐が主たる内容だった。さらにその中で大魔王討伐に多くの力を割いたこともあるし、ミリアザール自身も魔物と戦い続けた人生だった。

多くの人間を犠牲にしたが、それ以上の人間が恩恵に与った。人間の命を数勘定で天秤にかけて成果を誇るわけではなく、また戦いそのものがミリアザールの目的であったわけでもないが、自分がやってきたことにミリアザールは後悔を感じたことはない。後悔すればそれは自分のしたことに対し、夢や希望、その人生をすら賭けた者たちに対する侮辱に他ならないと彼女は考えている。

しかし、

「自分のしてきたことが最善だったかどうかは、わからなくなるな」

魔物の勢力が薄れ人間の生活範囲が広がるに従い、今度は人間同士で争いを繰り広げるようになった。大きな争いだけで、簒奪王ブラムセルの戦役、魔術士ヘルハルドの禁断戦争、大盗賊ヤプーの乱、奴隷剣闘士サザームンドの反乱などである。ミリアザールを中心とするアルネリア教は人間同士の戦争には基本中立を保ったが、各国と連携しての魔物の討伐が疎かになったせいで、アルネリア教単独での魔王討伐が長きに渡り続いた。

その中で実に多くの騎士やシスター、僧侶が死んでいった。そのことを批判され、内部分裂が起こりかけたことも幾度となくある。

また慈愛・救済をその活動理念としている集団にもかかわらず、拡大する教会の権力を利用して悪事を働く者も多い。最初にアルネリア教の門を叩いた時にはそのような邪念を持っていたわけではなく、ほとんどが崇高な理想を持って業務に励んでいたはずなのに。時には内紛を自分の手で始末してきたミリアザールは、いつも悲しみに囚われていた。といって手抜きや半端な慈悲をかける性分ではなかったのも、たしかである。

アルネリア教は大きくなるにつれて、その中に闇を孕むようになってきたことは否めない。それは取りも直さず、自分自身がそのような人物だからだろうとミリアザールは自嘲気味に笑う。自分が作った集団は、自分の子のようなもの。子は、親に似る。

「本当の意味で、ワシが聖女ではないからかの」

物思いにミリアザールが耽るうち、既に繁華街は途切れ、暗がりが多い裏通りに入っていた。ここはミーシアの中でもかなり治安が悪い通りであり、娼館や賭博場、闇市が立ち並ぶ。

通りにはいかがわしい恰好をした娼婦や、目つきの悪いゴロツキがたむろしている。酔いつぶれて道端で寝転ぶ者から財布を抜き取ったり、少し細い路地からは喧嘩の怒声が絶えないなど、無法地帯にも等しい。明け方になれば、死体の一つが転がることも、さして珍しくない。

だが現在では、どの町に行ってもこういった光景が見られる。かの有名なターラムの裏通りほど荒廃してはいないものの、こういった光景を見て思わず自分の胸がざわつくのを、ミリアザールは抑えられない。

「ワシはこういった者たちまで救おうとしたわけではない。日々努力を怠らず、生きるために懸命で、それでもつまらぬことで命を落とす。そういった出来事を見過ごしたくなかっただけなのじゃ。

だが救う人間は選べぬし、選んではならぬ」

昔、自分に良くしてくれた村人たちを思いだす。彼らは生きるのに懸命で、毎日遅くまで働くことに文句も言わず、裕福ではなかったのに、困っている者を見捨てるようなこともしなかった。それでもただ一度の魔物の群れの襲来で、全てが灰になった。

身寄りのない自分を招いて晩御飯を出してくれた老夫婦も、種まきをいっしょにやった仲のよい大家族も、野山を一緒に駆けまわった親友の双子も、もういない。そして、いつも自分に語りかけてくれたアルネリアも。

その時、ふと服の裾を掴む者がいた。乞食の類いだろうが、身なりの汚い男である。

「アンタ、アルネリア教会のシスターだろ。もう三日も何も食ってねぇんだ……頼むよ、俺に精霊と聖女の慈悲を」

「……いいでしょう」

さきほど露店で買っておいた菓子を取りだす。形が星みたいで、後でこっそり食べようと楽しみにしていたのだが、さすがにこれをケチっては教会の信念のなんたるかを説く資格をなくすだろうと、ミリアザールは思ってしまった。

「今はこのようなものしかありませんが」

「っ！　なんだ。駄菓子じゃねぇかよ!?　俺が卑（いや）しいからって馬鹿にしてんのか？」

「あいにく、手持ちはそれしかありません」

「じゃあ金をよこせ！　それで酒を買うからよぉ。俺は酒さえありゃ生きていけるんだ」

「あいにくお金も持ち合わせがありません。施したいのは山々なのですが」

「ふざけんな!!」

男がミリアザールの胸倉を掴んできた。ミリアザールはきっと睨みすえながら静かに強く諭す。

「この手をお離しなさい。アルネリア教のシスターに狼藉を働く者には、相応の罰が下りますよ?」

「……ちっ」

男にも元はそれなりに信心があったのか、それとも精強で知られる騎士団の報復を恐れたか。幼いシスターに狼藉を働くことに罪悪感があったのか、はたまたミリアザールの目つきが想像以上に鋭かったのか。

いずれにしろ思ったより男はあっさり引き下がり、悪態をつきながら路地裏にふらふらと消えていった。もちろんそれ以上何かしようとすれば、天罰よりもまず先にミリアザールが罰を与えていたことは間違いない。

「自ら働きもせんくせに、人には一人前にたかりよる。堕落した人間の典型よな。昔はあんな者は生き残れなんだ。支え合わねば、生き残ることすら難しかったというに」

佇まいを直しながら一人呟く。

「ワシには、どうしてもあのような奴らにまで愛情を注ぐことはできん。まぁ窮地であれば助けはするじゃろうがな。だが、おぬしならあのような者にまでなんの躊躇いもなく愛情を注ぐのだろうな——のう、アルネリア」

昔、自分を拾ってくれたシスターの顔を思い出す。あまりにも昔のことすぎて、彼女の顔の描写はもはやおぼろげな印象でしかない。だがその残した言葉を、一言一句たりとも忘れることはない。

――憎んではだめよ、愛し子。誰も皆、傷つけ合いたいわけじゃないの。ただそれ以外の方法を知らないだけ――

「アルネリアよ、ワシは聖女などではない、教主もふさわしゅうない。ただそなたの真似ごとをしておるだけじゃ。そなたを殺した奴らが、今も憎い」

はみ出し者であった自分をかばい、面倒を見てくれた。村に住めるよう、村人も説得してくれた。熱を出せば、治るまで寝ずに看病をしてくれた。

村人が怪我をすれば走ってかけつけ、食べるものがない家族があれば、自分の食べるものを削ってでも食事を分け与えた。彼女の優しさにほだされた村人たちは、アルネリアと同じように自分たちも行動することにした。魔物がはびこる時代において、あれほど平和であった村は当時世界になかっただろう。思い返すたび胸に温かいものがこみ上げる。

「あのような光景を、また見たいのぅ」

そんな回想にひたっていると、はた、と人通りがなくなっている。かなり裏通りの奥深くまで来ているとはいえ、逆に誰もいないとはおかしい。ミリアザールの瞳が鋭く暗がりを睨む。

「ふむ……そこにおるな？　出てくるがよい」

と、ミリアザールが顔を向けた方向から影がすぅ、すぅ、と何体も姿を現す。全部で五つの影が出てきたが、まだ潜んでいる気配がする。ミリアザールは首をコキコキと鳴らした。

「ようやく釣れたか。そのために一人でミーシアくんだりまで出てきて、うろついたのじゃからのう。隙を見せた甲斐があったというもの。さて、やってしまう前にどこの手の者か聞いておこうか」

「……」

「だんまりか。それでは面白くな――」

ミリアザールが言い終わらないうちに先頭の者が合図をし、音もなく他の者が動き始めた。全員が懐から刃物を取り出す。

「いきなりか、面白みのない！」

迫り来る者たちを左右にひらひらと避けるミリアザール。シスター服では動きにくいはずだが、裾をつまんで動くその身のこなしの軽さはとてもシスターとは思えない。そしてそのうちの一人の手を掴むと、しこたま壁に叩きつけてやった。

ゴキリ、と肩の骨が折れたであろう相当鈍い音がしたが、その男は悲鳴一つ上げずすぐに体勢を立て直す。痛みにもかかわらず攻撃を繰り出せるとなると、生半可では止まるまい。

「悪いが、しばらく動けないようにしておくぞ？」

ミリアザールは簡単な捕縛の魔術を行使しようとして、魔術が使えないことに気が付いた。

「何⁉」

瞬間、自分目がけて飛んでくる何かを上に跳んでかわすミリアザール。石を縄で結わせた捕縛用の武器だろうが、縄に鉄で返しをつけてある。絡まれば皮膚に食い込み、外すことは叶うまい。

「それがか弱い乙女に向ける武器か」

ミリアザールは文句を言いながら、そのまま建物の壁を蹴って、四階まである建物の屋上に駆け上がった。

「なるほど。人払いの魔術と魔術封じを同時に実行し、加えてその忍耐力と体術……主ら、東の大陸の上忍か」

間髪いれず、五人が屋上まで駆け上がってきた。忍者とは東にある別の大陸の出自である、暗殺者の名称だ。東の大陸は西の大陸に比べて半分程度の大きさしかないが、魔物は平均的にこちらよりも強く、また未開の土地も多く平穏には程遠い地域だ。

さらに資源が乏しいため、四百年程前に海を越えた国交が開かれてからは、西の大陸から食料・衣料品を援助する代わりに、東の大陸からは武器・人材を輸入してきた。そのうちの一つが忍者だった。

彼らの得意技は暗殺であり、西の大陸とは系統の異なる魔術（方術や忍術と呼ばれている）を使用する。直接的な攻撃魔術も使えるようだが、主に秘密裏に仕事を請け負うため、間接的な効果を及ぼす魔術を中心に使用してくる。今回ミリアザールの魔術を封印しているのも、それらの魔術だとミリアザールは推測する。

（加えて時刻は夜で、季節も光魔術に相性が良くない。ワシの魔術を封じるくらいじゃから強力にしてある分、効果は短いじゃろうがな。この大陸の魔術はともかく、なんせ方術は系統が多くて、対策もようわからん。とすると肉弾戦が手っ取り早いのじゃが、奴らの体術は人のそれを大幅に上回る。中々に厄介じゃの）

ミリアザールはじりじりと仕掛ける機会を窺うが、さすがに敵にも隙がない。しかもいつの間にか男たちは、懐から紙のようなものを取り出していた。

（あれは――『符』か？　ということは、召喚ないし式神か）

ミリアザールの推察通り、忍者たちが符を放つとそれらが変化し、魔法陣となり、さまざまな魔物が出現した。

（妖怪、式鬼、式虫。実に多様じゃな）

忍者たちが呼び出した下僕は全部で二十体にも及んでいる。魔術が使えないことを考えれば、普通は危機的状況だ。忍者たちも自分たちの有利を確信したのか、初めて口を開いた。

「御覚悟を、最高教主殿」

「なんじゃ、喋れたのか。それよりワシをワシと知って仕掛けてくるとは、おぬしたちは自分が誰に雇われたかくらいは知っておりそうじゃのう？」

まったく平静な態度で話すミリアザールに、一瞬忍者たちの動きが止まる。

「……」

「まただんまりか。まぁよい。もしおぬしたちが雇い主の情報を教えてくれるなら、現在の報酬の二倍払ってもよいが、どうじゃな？」

「……行け」

だが忍者たちはミリアザールの交渉になんの反応も見せず、襲いかかってきた。

「本当につまらん奴らじゃ。せっかく生きながらえる機会を与えたのに、命は大事にするべきじゃぞ？」

ミリアザールは腰に両手をあて、ため息をついたが、その間にもミリアザールの倍はあるかという式鬼が殴りかかってくる。

　だがミリアザールはその拳をひょいとかわして式鬼の顔面をひっ掴むと、グシャリ、という破裂音と共に、その頭部を握りつぶしていた。まるで果実を握り潰すがごとき容易さで実行したのである。

　果肉代わりに脳漿（のうしょう）が周囲に飛び散り、その手からは果汁ではなく鮮血が滴り落ちる。

「……！」

　襲いかかりかけた式鬼たちは急停止し、上忍たちも思わず息を呑んだ。

「式鬼相手とはいえ、殺生をするのは実に何年ぶりかの。さて、と。ワシに手を上げたからには、もはや交渉の余地はない。それに、たまには戦っておかんと戦い方を忘れそうになる。すまぬがワシの肩慣らしに付き合ってもらおう、命を賭けてな」

「……囲め」

　ミリアザールの顔つきが段々と険しくなる。忍者たちも、ようやく自分たちが『何』を相手にしているのか理解し始めていた。だが、既に彼らは間違えていたのだ。

　この時点で式鬼を全て囮にして自分たちは逃げるべきだったのだが、式鬼が半分程度潰されるまで彼らは彼我の実力差に気付かなかった。もっとも気が付いたとしても、逃げ切れたかどうかは別問題だっただろうが。

＊＊＊

そして三十と数えぬ間に、首領らしき忍者の首を締め上げるミリアザールがいた。月に照らされた彼女の姿は、人とは思えぬ輝きと美しさを放っていた。

いや、実際にその姿は人間から程遠かった。彼女の髪や目の色こそ元のままだが、口は耳近くまで裂け、耳は天を衝かんばかりの大きさに尖っていた。手足には黄金の毛並みが逆立ち、彼女の後ろには豊かな毛並みの五本の尾が生えている。そのうち一本だけは、なぜだか短かい。

そしてもはや男は抵抗しようにも、その術を持たなかった。なぜなら、彼の両手両足はミリアザールが引きちぎってしまっていたのだ。彼女の周囲は赤い海となり、彼女自身も深紅に染まっていた。回復魔術をかけながら締め上げることで、尋問のために男の絶命を防いでいたのだ。

そんななかでも表情は普段と変わらず、むしろ穏やかにさえ見える顔で頭領格の男に話しかけた。

「なぜワシがこんなにも長い間生きていられたと思う？　強すぎるワシを誰も殺せなかったからじゃ。大魔王のバカたれどもはワシと良い勝負ができたが、それ以外でまともにワシと戦えた相手なぞほとんどおらん。まぁワシも最初からここまで強かったわけではないし、運もあることは否定せんがな。それにワシは何度も暗殺されかかっとる分、基本的に慎重な性格でな。戦う場所と条件は吟味を重ねておるのよ。おぬしら、ここが襲撃に適しておると思ったか？　甘いな、ここで戦うことも想定して動いておるのよ。おぬしらはワシの手の内を出しておらぬ。現に、おぬしたちの援軍は来なかったろうが？　もっとも、そこまでするほどの相手でもなかったようじゃがな」

男の口からひゅー、ひゅー、と音が漏れる。何かを喋ろうとしているようだ。

「ん、なんじゃ？　遺言があるなら聞いてやろう」

「……ば、ばけ……もの」

「なんじゃ、そんなことも知らなんだのか？　今さらじゃわい。実際、人間ではないからの」

まったく落ち込む様子もなく、答え返すミリアザール。

「さて、おぬしが死ぬ前にもう少し付き合ってもらおう。おぬしの雇い主を調べんといかん。きちんと手順をふまぬと相手の脳を壊しかねん危険な魔術じゃが、死にゆくおぬしには関係あるまい。詫びといってはなんじゃが、おぬしの名前もついでに調べて覚えておこうぞ」

「⁉」

ミリアザールが相手の頭に手をかざすと、男の体がガクガクと痙攣（けいれん）し始め、口から泡を吹き始めた。そのまま五つ数えるほどで痙攣がいっそう激しいものへと変わり、眼球がぐるりと上転すると、今度は完全に動かなくなってしまった。

ミリアザールはしばし自らの額に指を当てて考え込んでいたが、やがてぐったりと項垂れた。

「……ふむぅ、有益な情報はなしか。ワシの正体も教えられておらなんだし、使い捨てなのか、主人も大したことがないか。釣れるには釣れたが、まさに雑魚じゃったな。どうも昔から釣りは苦手じゃ」

ミリアザールは盛大なため息とともに、自分に襲いかかってきた刺客に全ての興味を失ったようだった。そのまま男の亡骸（なきがら）をぽいっと放り捨て、自分の思索に耽る。

「まあでも今回の敵はしぶとそうじゃ。ワシにここまでさせておいて、大した情報も得られんからの。慎重さでは今までで一番かもしれんな。それに、ワシの魔術を封じる罠を設置型の魔術で仕掛けるとは、それなりに準備が必要となろう。どこかからワシの行動予定が漏れておるのか？　さて誰が黒幕なのか……また次の手を考えねばなるまいな。今回は長丁場となろう。まったく人間はワシを飽きさせんわい、そんなに最高教主の権力が魅力的に見えるのかのぅ。あるいはワシに対する挑戦か？　まあどっちにしても無謀な戦いじゃが」

自分の命を狙われたのは何度目か、ミリアザールはもはや覚えていない。三十回目くらいまでは数えていたが、面倒臭くなって数えるのを止めたのは五百年前か、四百年前かすら定かでない。

相手が敵対する勢力の時もあったし、魔物の時もあった。自分の部下の時もあった。その全てを叩き潰して、彼女は今ここに立っている。アルネリア教会を動かすにあたり極力犠牲が少ない方法をとってきたつもりではあったが、どれほど上手くやったつもりでも、どうしても犠牲や反対が出てしまう。そのたびに自問自答を繰り返してきた。

(アルネリア、そなたならどうするか。いや、まず戦うという選択肢をとらぬのであろうな)

答えはいつも明白である。アルネリアならば敵と戦わない、そもそも敵という識別すらしないであろう。もはやアルネリアの真似ごともできなくなっている自分を取り巻く状況がミリアザールには腹立たしいが、今さら自分の演じる役を降りるわけにもいかない。

自分がいなくなれば、空いた権力の座を巡りさらなる混乱が起こるのは明白なのだ。自分ではいかほどに考えても良い答えは出ないが、考えるのを止めればそれこそ自分はただの化け物になってしまうとも思っていた。敵は叩き潰すのが一番楽なのだが、それではただの虐殺になってしまうからだ。

そんな考えに耽っていると、ふと後ろでぱしゃりと水音、いや血音とでも言うべき足音がした。

「梔子か。わざと音を立てたな？」

「申し訳ありません、考え事をなさっているのはわかっておりましたが、そろそろ防音の魔術が切れる頃かと思いまして。差し出がましくも、お声をかけねばと」

「いや、よい」

返事をしたのは黒装束に身を包んだ女である。顔を覆面で隠しているため表情はわからないが、この血だまりにおいても平静で凛とした声、仕草にまで一切無駄がなく、その背後には彼女が仕留めた敵の複数の死体が転がっていた。

彼女は「口無し」と呼ばれる、教主ミリアザールが個人的に抱える暗殺部隊の長『梔子』である。神殿騎士団が表の精鋭なら、口無しは裏の精鋭。その存在はアルネリア教会内でも秘匿とされ、教会本部からほとんど出ることのない教主の目となり耳となり、各地で諜報活動を行うのが主な任務である。また何割かは女官に紛れて、最高教主の身の回りの世話をする給仕として仕えている。

使い魔を同時に複数扱うことをミリアザールは不得手としているため、このような者をもう何百年も傍に置いている。今回も刺客の上忍にすら気付かれず、いつの間にか防音の魔術を張っていた。相手の援軍を始末しながら、もしミリアザールが不利になるようなことがあれば、いつでも飛び出す準備はできていたのである。

ミリアザールは思索を止めると、元の姿に幻身しながら梔子に命令した。

「すまぬが後始末は任せる。ミーシアの民衆にばれぬようにな」

「は」

「ところで、今この都市に何人の口無しがおる？」

「私を含めて即座に動かせる者が七人、予備に四人。ミーシアに元々潜伏している者が十四人おります」

「予定通りなら明日の夕刻にはアルベルトたちが帰ってくるだろう。ワシは一度奴らの顔を見てから、アルベルトを連れてアルネリアに戻る。一つやっておきたいこともあるしの。念のため、ワシの手元に三人残せ。残りの連中には探ってもらいたいことがある。潜伏中の連中は現状維持でよい」

「御意に」

てきぱきと指示をするミリアザールに、梔子が一礼する。

「ワシは宿に帰る。何か新しい報告があれば今聞いておこう」

「は、では。まず七日ほど前に、西方オリュンパス教会の中でなんらかの動きがあった模様です。具体的には一両日中には報告ができるかと」

「オリュンパスが？　大人しくしておったと思ったが、またこちらにちょっかいをかけてくるつもりかの。奴らに動かれると何かと面倒じゃ。報告が上がり次第、夜中でもよいから伝えよ。先手を打っておきたいからの。他には？」

「この大陸各地で新たに確認された魔王ですが、この一ヶ月で既に七体を超えました。内五体までは今回アノルン殿が狩った個体も含め、消滅が確認されています。残りの二体は未確認ですが、片方は大魔王級の可能性があるとの報告がさきほどありました。その出現地点、西方連合の諸国から、オリュンパスではなく我々に支援を求める動きが見られます」

「情報の信頼性は？」

「西方ですからなんとも。ですが、内容の真偽を確認するには時間がかかります」

「対応が後手になると最悪の可能性もあるということか……またぞろ戦争になるか？」

「高い確率で」

　梔子の澱（よど）みない返答に、ミリアザールが目を伏せる。

「西側もここのところ、落ち着いてきておったのじゃがな。ここで遠征軍などを組織して、オリュンパスに揉める口実を与えるのも癪（しゃく）じゃが、オリュンパスが戦準備をしておるとなればなんの対策をせぬのも迂闊よの。なればここに潜伏中の連中を使い、各地区の教会に遠征軍の可能性を伝達。詳細は追って伝えると言え。同時に傭兵ギルドを使って、高名な傭兵団を先んじて動かすがいい。『黒い鷹』に情報が行き届くほど、盛大に知らせてよかろう。上手くいけば遠征軍を出す前に、傭兵共が魔王を片付けるじゃろう。あと、東方の大陸にも使いを出す。状況によってはワシが直接出向こう」

「御意」

「念のため魔術協会にも連絡しておくかな。オリュンパスに対する牽制にもなるじゃろうし……まあ、『あやつ』なら既に知っておろうが」

「他に御用は」

「もうよい、行け……あ、そうじゃ。さきほど菓子を食い損ねてな、小腹が減っておる。その辺の露店で適当なものを買って、ワシの寝室まで届けておいてくれ」

「……夜のお菓子は太りますし、虫歯にもなりますす。ちゃんと歯を磨いてから寝てくださいませ、ミリアザール様」

「ほっとけ！　ってもうおらんわ!!」

足音もなく梔子は消えた。入れ替わりに他の口無しがやってきて後始末を始めている。その手際は極めてよく、義務的に死体を処理していく。

「なんでワシの周りはミランダといい、代々のラザール家といい、世話焼きが多いかのぅ。ワシはお子ちゃまか？」

ミリアザールの嗜好と今の容姿はお子様なのだと、代々の責任者がここにいれば口をそろえたであろう。ともあれ、彼女がややむくれながらも部屋に戻ると既に駄菓子が置いてあった。さすがに仕事が早い女だ。

「適当とは言ったが、よりによって綿菓子か！　太るだのどうだの言った割には、重い物を準備しよってからに。飴玉一個くらいでよかったのじゃが。以前から綿菓子はやめいと言うておるのに、付き合いが長いくせにもう忘れよったのか梔子め……」

事情を知る初代の梔子であれば、決してこのようなことはしなかったであろう。ミリアザールの顔が翳る。

「ミランダ、そなたのことを覚えておる者がまだいるというだけで、ワシはそなたが羨ましい」

傍仕えも含め誰もいない部屋で大粒の涙が一筋、ミリアザールの頬を伝っていた。

＊＊＊

アルフィリースたちが魔王と戦ったルキアの森。

魔王が死んだ今ここには本来の生態系を脅かすものはなく、森もあるべき姿に戻るはずであった。だが森には虫や動物が徐々に満ちてくるはずなのに、その様子がまったく見られないのだ。命がこの土地を嫌ったとでも言うように、森にいる全ての生き物が死んだように静かだった。

勘の強い者や、魔術の修練を積んだ者であれば、この土地の結界がまだ消えていないことに気付けたかもしれない。魔王がいた時よりもさらに強い結界。ここには、先の魔王など比べ物にならないほど不吉で邪悪な者たちが集まっていた。命あるものはこれらの存在を本能的に忌避したのである。そして風もないのに木が、草が、ここにある全てのモノたちが怯えるようにざわめいていた。彼らも動けないなりに、逃げだしたかったのかもしれない。

その中に木の葉のすれ合う音に混じり、囁くように不吉な声が聞こえてくる。

「……見たな？　あの魔王を一捻りとは、人間にしてはなかなかの魔術だった」

「ええ、しかもまだ全力ではないでしょう。炎の魔術を使ったのに、森には被害がありませんでした。あの状況で、周囲を気遣う余裕がまだあるようです」

魔王が焼け爛れて死んだ跡に、影が二つゆらめいて出現した。一つはローブに全身を隠した男。背筋こそ伸びているが、しゃがれた声から老齢であると推測される。もう一つの影も全身をローブに覆っているが伸び出る手は痩せぎすで、男にしてはかん高い、神経質そうな声を出していた。

そこに子どものような影と声が三つ加わる。

「もったいないね。あの魔王には名前を考えていたのに、名づける暇もなかった。ねぇ、もう一回作っておくれよ？」

「だからさっさと名前をつけろって言ったのさ。どうせ同じやつなら沢山作れるんだけど、生まれたての試作品とはいえ、ああもあっさりやられると興が削がれるなぁ。それに同じやつを作るのも面白くないから、気が乗らないんだよね〜。知性は高いけど我が強くて暴走しがちだから、汎用性には乏しそうだし、運用が難しそうだよね」

「……あんな醜悪な魔王がお気に入りだったのか……？」

先の魔王がやられたことを残念がる声、呆れる声、事実を冷静に断じる声が聞こえてきた。

「だって恰好よかったよね、あいつ」

「ええ〜、趣味悪いよ〜。もっと恰好良いやつなら色々あるんだけどなぁ。まぁ今回放った中では本命の一体だったけどさ」

「……たしかに趣味が悪い……だが、あれが大きな街に現れていたら……さぞかし凄惨な光景が見れただろうな……」

「それは同意だね。ただなんでも食べる分、上手く人間を襲ってくれるとは限らないけどね」

「あー、残念。阿鼻叫喚の渦を見損ねたぁ」

人が何百人も死ぬ様を想像しながら、二つの声が楽しそうにくすくすと笑う。そしてローブの老人が片手を上げると、痩せぎす男の影が小さな影たちを制していた。

「静粛に」

影だけでなく、ざわめいていた木々までもがぴたりと止まる。

「残念ながら計画の一つは潰れたが、大局に支障はない。現状をもう少しの間維持する。各々計画の進捗状況を報告せよ」

「御意にございます。既に諸国で工作を行っております。始まりの合図さえあれば、いつでも計画を遂行できます」

「任せといてよ、次に放つ魔王も準備万端さ。いつでもどうぞ？」

「放つ地点も候補を見つけているよ。まだ目立たない場所でいいんだよね？」

「計画はあるが……あの女剣士は放っておいていいのか……？　なかなかに厄介な魔術士と見たが……」

小さな影の疑問に、ローブの老人が答えた。

「今はまだ何もするな。たしかに厄介な力だが、私に考えがある」

「了解で～す！」

「でもこっちの活動に絡んできたら、やっちゃってもいいんでしょ？　傭兵だから色んなところをふらふらしているようだし、好奇心が強いからおかしいと勘付いたら勝手に首を突っ込んでくるかも」

「その時は自由にせよ。好奇心は猫を殺すと言うからな。そこで死ぬならそれまでの逸材よ」

「もう一つ……ここに来てない奴らも多くいるようだが……そいつらはどうする……？」

「構わん。放っておいたほうが成果を出す者もおれば、そもそも御することが困難な者もいる」

老人の意見に、小さな影が明らかな不満を告げた。

「真面目に働くこっちが馬鹿みたいじゃんかよぅ。あのシスターみたいに、酒瓶で一発殴ってやりたいんだけど？」

「……やってみるといい……その実力と、度胸があれば……」

「まぁ、間違いなくいく返り討ちだよね。僕たちの仲間の女どもは目の覚めるような美人揃いだけど、揃いも揃って恐ろしい腕前をしているから。間違いなく君より強いよ？」

「ちぇ。どいつもこいつも化け物みたいな連中ばっかりだよ」

小さな影の舌打ちと共に、木々が一つ揺れた。小さな影の苛立ち一つで空気が揺れる。

「貴様も十分その化け物の一人だ、私が直接弟子にしたのだからな」

「あー、はいはい。褒め言葉としてありがたく頂戴しますぅ」

「貴様、師に口がすぎるぞ？」

「うるさいですよ、兄弟子様」

殺気立つ二つの影と、放出される魔力で木々が大きく揺れた。それを見たローブの老人が語気を強め、より強い魔力で上から押さえつける。

「やめよ」

「……申し訳ございません」

「ぷぷー、怒られてやーんの」

「貴様もだ。次に軽口を叩けばこの場で消滅させるぞ？」

その恫喝には、軽薄な少年も不満そうに黙ってしまった。老人が続ける。

「次は三回目に月が満ちた時に集まることとする。忘れるな。それまで各々計画を進行せよ」

「御意」

「えー、忘れちゃうかもー」

「首が飛んでもいいなら忘れたら？」

「首が飛んだくらいじゃなんともないけどねー。そっちのお前は寝坊するなよ？」

「……君こそ、女遊びがすぎないように……」

「ボクの女遊びはこう見えて計画に必要なんだけどなぁ。趣味が入っていることも否定はしないけど」

「……フン……下衆な奴だ……」

「それ、褒め言葉だよ？」

「少しは静かにできないのか、餓鬼どもめ」

神経質そうな男の声に、小さな影たちはいっそう囃し立てるように揺れる。そのやり取りに老人がため息をつきながらそれを制した。

「そのくらいにしておけ、今お前たちに争われては困る。ここに来ていない者には私が連絡をしておこう。それぞれ聞いておきたいこともあるのでな」

「了解しました」

「よろしく〜、お師匠様〜」

「だからその軽口が怒られるんだよ」

「……よせ……馬鹿は死なないと治らん……」

「もう何回も死んでますけどね～治る気配はないですよ、と」

「貴様の軽口には慣れておる。ただやることをやっていればそれでよいのだ。では諸君、我ら『世界の真実の解放のために』」

「「「『世界の真実の解放のために』」」」

その唱和とともに、ぴたりと全ての魔力と闇の気配が掻き消えた。精霊が、虫たちが、夜の闇を蠢く魔物たちが、さまざまな生命が森に戻ってきはじめた。だが、さきほどまで聞こえていた声が何か、影は誰だったかなど、気にするものはなに一つとしておらず、ルキアの森はようやく平穏を取り戻したのである。

第九幕　リサの事情

「えー……と。なにしてたんだっけ？」

アルフィリースが目を覚ますと、既に太陽は高かった。昨日アノルンの告白を聞いた後、しこたま二人でふざけ合い、笑い疲れてそのまま寝たらしい。どうやら色々とため込んでいたことを話したことで、アノルンは随分気が楽になったらしく、やりたい放題に近いくらいアルフィリースに我儘（わがまま）を言っていたのを思い出す。

「アルフィ～、肩揉んでよ～」

「私だって疲れてるのよ？」

「いーやーだー！　揉んでくれなきゃ暴れちゃうぞ？」

「はいはい、どっちが年上なんだか……」

しょうがなしにアルフィリースが揉んであげると、そのままアノルンはすやすやと眠ってしまったのだ。

「ちゃんと自分の部屋に戻ってよ～」

とアルフィリースが言ってもなんの反応も見られず、アルフィリースの方も限界が来ていたので、そのまま折り重なるように同じベッドで寝てしまった。そしてアルフィリースが目を覚ました今もまったく気付く様子もなく、アノルンはすやすやと眠っていた。

アルフィリースの考えがそこまで及んでいるかどうかは定かではないが、アノルンにしてみれば自分の良人が死んでからおよそ百年ぶりの安眠であった。深い眠りとなるのも無理はない。

「こうやって寝顔を見てると天使みたいね……酒場にいる時からは想像もつかない。うふふ、いたずらしちゃおっかな～な～んて」

アルフィリースはしばしアノルンの寝顔を楽しんだ後、起こさぬようにそっとベッドを出ると、身なりを整えて部屋の外に出た。魔術をかなり使ったせいか、お腹の虫が鳴ったのだ。

「さて、まだ朝ご飯があるかしら？」

「……お姉さまと二人で一晩中何をしていたのです？」

「きゃっ⁉」

アルフィリースは突然後ろから突っつかれ跳び上がるほど驚いた。いつの間にかリサが後ろに立っていたのだ。

「リ、リサ！　いつからそこに？」

「アナタが起きる前からです。朝ご飯ができたので呼びに来ましたが、随分と深い睡眠だったようなので、一度引き返して再度訪れたところです」

「全然気付かなかったよ？」

「だからニブチンだと言われるのです、デカ女。まあ気配を完全に消してましたけどね」

「タチ悪いよ！　それにニブチンとか、初めて言われたわよ！」

「それより、婦女子の寝込みを襲おうとしていませんでしたか？　恥を知りなさい、恥を」

じゃあリサが今隠した、右手に持っている筆みたいな物で私に何をするつもりだったのかと問いただしたいアルフィリース。それを取りに戻ったのではないのかと問いかけるその前に、矢継ぎ早にリサがまくし立てた。

「いくら黒髪で出会いがないからとはいえ……女性が好みというだけならまだしも、無理矢理は人道にもとります……ま、まさか？　既に昨日シスターを無理やり手籠めに……事後だとでも？」

「ち、違うわよ！　ちゃんとアノルンが起きたら説明してくれるんだから！」

アルフィリースは思わずリサの腕をとって説明しようとしたが、リサには相変わらずかわされてしまう。

「聞く耳もちません。そんなにしがみつこうとして、朝っぱらからリサに何をするつもりですか⁉

リサに触らないでっ！」

リサが魔王から逃げる時よりも速く、全力で逃げていく。アルフィリースも即座に追いかけるが運悪く修道院のシスターに見つかり、

「なんですか？　朝から騒々しい。これはお説教が必要なようですね⁉」

と言われ、アルフィリースは空腹のまま正座で半刻ほど説教された。

「なんで私だけ……」

と考えるアルフィリースがシスターの背後を見ると、ぷーくすくすと笑うリサがいた。どうやら完全にからかわれたようだ。魔王を討伐することに成功し、大抵の相手には舌戦で負ける気のしないアルフィリースだったが、リサにだけは敵う気がしなかった。

＊＊＊

そうこうするうち起きてきたアノルンと共に遅めの朝食を取っていると、リサが近づいてきて突然謝罪した。実のところ、リサは昨日のアルフィリースとアノルンの会話を全て聞いていたらしい。というより聞こえてしまったと言ったほうが正しかったようだ。

「知ってのとおり、センサーは五感が鋭敏です。可能な限り普段は抑えていますが、それでも無意識に半径数十歩の音は拾ってしまいます。話を盗み聞いたようで申し訳ありませんが、そのことでアナタたちに対するリサの評価は変わりませんので、御心配なきよう」

だ、そうだ。アノルンが不死身だとかなんとか知ったら、普通もっと驚きそうなものだが。よほど肝が据わっているのか、あるいはまだ腹の底を見せていないのか。もちろん不死者が他にいないわけではないが、リサの内心がまだ完全には見えぬアルフィリースたちである。

そしてアルフィリースたちは急いで出立の用意をした。ミーシアに帰還し、リサを送り届ける必要がある。出立の準備をする仲間を見ながら、

（この面子の居心地は悪くないわ……でもこの仲間で旅をするのもミーシアに帰るまで、か。このままアノルンと連れ立って二人旅もしてみたいけど、いっそ旅の道連れは多いってのもありかな。一人旅は気楽だけど、色々危険なこともあるし、大勢での旅も楽しそうよね）

危険を顧(かえり)みず、共に旅できる仲間がいればどれほど心強いか。この一連の依頼を通して、アルフィリースはふとそんなことを考えていた。

＊＊＊

「少しいいですか、アノ――いえ、ミランダとお呼びするのでしたか？」

「仲間うちはそれで頼むよ。教会内では『アノルン』で通すけどね。なんの用事だい？」

「先の魔王戦のことです。アルフィリースの変貌について、いくつか質問があるのですが」

アルフィリースとアルベルトが騎竜の確認をしている間、リサがミランダを呼び止めて質問した。

当然と言えば当然の質問だが、ミランダも二人が遠くにいることを確認してから答える。

「やられてたアタシに答えられる範囲ならね」

「もちろんそれで構いません。話を聞く限り、どうせ気絶はしていなかったのでしょう？　リサも気が動転して気付いていませんでしたが、アナタの傷が塞がっていくことに気付いていれば、あれほど動揺もしなかったと思います。私もまだまだです」

リサの言葉に、センサーが敵方にいると死んだふりができないことを思い出すミランダ。味方のうちはいいが、敵にいると多くの不意打ちが封じられるため、度々正面からの消耗戦を強いられる。勘の良い相手を敵に回した時の手強さ。嫌な思い出だった。

「ま、お察しのとおり気絶するほど痛かったけど、意識はあったわ」

「では遠慮なく。ミランダは最初からアルフィリースがあれほどの魔術を使うことを知っていたのですか？」

「いいえ。やるだろうとは思っていたけど、あそこまでの魔力は想定外だわ。アルネリアの司祭級の防御魔術でも数人がかりでようやくなんとか致命傷を防ぐ、くらいでしょうね」

「もしや、必要に応じてアルフィリースを異端認定して、アルベルトに始末させるつもりだったのですか？」

リサの質問にミランダはどきりとした。その可能性もちょっと前まで考えられないではなかったからだ。だがミランダは自信をもって首を横に振った。

「いや、それはないと断言するわ。たしかに単純な魔王討伐ではなく、ある程度事情があったことは認めるわ。だけど、そんなことに一般人を巻き込むほどアルネリア教は落ちぶれたつもりもないわ」

「その言葉を信じろと？」

「アルネリアの加護に誓って、あとはアタシの使命に誓ってとしか言えないわ」

「堂々と大衆の前でウソ泣きをするシスターの言葉では信憑性に欠けると言わざるをえませんが……腹積もりはどうあれ、信じるしかないでしょうね。とりあえず今回の魔王討伐に同行したというだけで、アルネリアから目を付けられるのはこちらとしても御免蒙りたいですから。異端認定されるような人間と迂闊に関わりを作ると、どう転んでも後味の悪いことになるでしょう。予想に易いのです。それにしてもアルフィリースの魔術からはただならぬ雰囲気がしました。邪悪――と呼ぶには違うでしょうが、腕の衣服が燃えるように破けてから突然、人間では不可能なほどに殺意と魔力が膨れあがったように感じられたので。アルフィリースの腕には何かの紋様が施されているのですか？」

そう聞かれてミランダは、ふとリサが盲目であることを思い出した。あまりに振る舞いが自然すぎてつい忘れがちだが、リサは人の動きなどはわかっても、色に関しては正確に理解しえないし、ましてや凹凸のない模様などはわかりようもないのだ。

「ああ、そうか――リサ、魔術感知は苦手？」

「魔術士には劣るでしょうが、並一般のセンサー以上にはできますよ。物理的な罠には気付けますが、魔術的な罠に無防備であればセンサーとしては二流どまりになりますから訓練もしています。それに勘の良い人間なら、センサーでなくても魔術的な要素には気付きます。魔力は本来、人間なら全員がある程度備えているのですから」

「そうだね。でもアルフィリースが能力を解放するまでまったく気付かなかったの？」

「魔術についてはある程度本人から聞いていました。その過程である程度探りもいれましたが、手の届かぬ壺の底を知ることはできませんでした」

「つまり?」

「腹立たしいほどにアルフィリースが優秀であるということですよ。最初に見た時からそうでしたが、比較対象のないものを測ることはできません。ギルドでは、あれほどの魔術士を見たことはありませんから。それに対して本人の自覚がないことが呆れるというか、腹立たしいというか。だからつい強く当たってしまいますし、からかいたくもなるのです。彼女はこのまま一傭兵に収まる器に見えません。いずれとんでもないことをやらかすと思いますが、それが良いか悪いかはわかりかねる危うさがあります。良識はそれなりにあるでしょうが、それに好奇心が勝りそうなので、時に見ていて怖くなります。異端認定にはならないでしょうが、きっちりと先行きを監督したほうがいいと思いますが?」

ややふくれっ面で嫉妬しながらも、口調はアルフィリースを心配するリサを見て、ミランダはリサが実に正確にアルフィリースの本質をとらえていると考えていた。自分はそこまで判断するのに一年近くを要したが、リサはたった数日でアルフィリースの本質を見抜きつつある。今後も仲間であれば存外うまくやれるのではと思ったが、まだこれからのことを相談するほどにはミランダも至らず、ただ黙ってリサの話を聞くにとどめるしかなかった。

＊＊＊

そしてミーシアに着いた一行。まだ日が暮れておらず、街も夜の顔を見せていない。

帰り道はアルフィリースが竜を駆って進んだせいで、さらに速度が出た。縦列を組んでさらにスピードを出すコツを掴んだようで、後ろの竜の手綱を握っているミランダが少しチビってしまいそうなくらいの速度で進行した。食事も速度を落として簡素に竜の上で済ませ、三刻とかからぬほどの時間だった。行きの半分の時間で帰ってきたことが記録的な速さであることを、飛竜を返すまでアルフィリースは知らなかった。

そんな皆の驚きをよそに、アルフィリースはしきりに竜とコミュニケーションをとっていた。竜と「ク?」「ククァ!」と声真似をしながら言い合っている様は、いったい何をしているのか周囲には理解不能であったが、アルフィリース曰く会話が可能かどうか試していたとのことだった。

そして、「今日の夜は祝勝会も兼ねて、パァーッといこう」というミランダの提案により、食事を皆ですることになったのである。

「では、リサは一度家に戻ります。夕刻の七点鐘までにはここに戻るつもりですので」

「私は一度シスター・ミリィに報告をしてきます」

「ちょっとアルベルト。さきほどの報告書のくだりはちゃんと削除したんだろうね?」

「なんのことです?」

「『アタシとアルフィリースが一晩なんちゃら』ってところだよ! リサが脚色していたろ?」

「脚色も何も、リサ殿の語ったとおりに書いていますが? 『昨夜はお楽しみでしたね』と」

「何ぃ? それはリサの創作っつーか、悪戯だ! ちゃんと真実を報告しろ! コラ、なんで爽やかな笑顔で去っていく！　ちょっと待てぇ！」

　アルベルトの逃げ足――もとい、去り際は早かった。何をどうしたのか、ミランダが走って追いかけても追いつくことができなかったのだ。そうしてリサとアルベルトの二人が去っていくと、アルフィリースたちには別段やることがないことに気付く。

「どうしよっか、アノルン？　露店で時間を潰すほどの余裕はないよね？」

「……」

「アノルン？」

「…………」

「アノ……ミランダ？」

「はぁ～い～？」

　とてもいい笑顔で振り返るアノルンことミランダ。

「ちゃんと本名で呼んでよね！」

「だって～ここ何日かで呼び方がコロコロ変わってるんだもん。混乱しちゃうよ」

「むー。まあたしかにそうかもね。アタシにも責任はあるから、恥ずかしい罰ゲームは勘弁してあげる」

（それ、まだやる気だったの……）

　やや呆れるアルフィリース。そんな彼女を心配そうに覗きこむミランダ。

「でさ、アルフィ。アンタ手は大丈夫？」

「……やっぱわかっちゃう？」

「皆気付いてたと思うけどね。右手、明らかにかばってるし。やっぱり呪印の……」

ミランダの前で、アルフィリースは右手を数回握って見せる。微妙にだが、動きが悪い。

「うん、反動だと思う。日常生活くらいなら大丈夫かもしれないけど、剣は二、三日振れないかも」

「それは結構痛いね。旅をするうえでそんなことになるのなら危険性も高くなるし、呪印はやっぱ滅多なことで使うべきじゃないね」

「ありがと……その、ミランダ？」

「うん！　素直でよろしい！」

ミランダがニカッと笑う。ミランダに心配をかけたくないアルフィリースは、呪印の侵蝕がちょっと進んだのは黙っておくことにした。

「で、どうするの？　ミランダ」

「とりあえず騒げるところ探そうか。さすがにギルドの酒場はもうダメだろうし……」

「意外と常識があるのね？」

「いや、アタシはむしろアタシたちが行くことで、全員がどんな反応するのか見てみたいけどね。それよりリサが可哀想でしょ。これからもこの街で生きていくんだから」

「そっか……リサってこれからどうするのかな？」

「今までどおりじゃない？　本来なら失せ物、人探しが中心だっていうのなら、一つの都市に絞って活動するほうが無難だわ。鉱脈探しに特化していたり、特殊な環境を読める能力があれば一攫千金を狙って大陸を股にかけるセンサーもいるけどさ。普通なら活動拠点か仲間を作って、そこを中心に動くことが多い。そのほうが需要があるし、精度も高いし、何より安全さ。特に、リサは盲目なんだから。あとは戦争に出て軍に協力することかな。リサの腕前ならやれるかもしれないけど、盲目かつ可憐な少女じゃどのみちロクな目に遭いっこない。信頼できる強い仲間ができれば別かもしれないけど、その実績を作るまでが大変だ。そのくらいリサだってわかっているさ」

ミランダの言葉に、アルフィリースが考え込む。

「何か事情があるみたいだけど、私たちじゃ力になれないのかな？」

「こればっかりはね。せめてリサが自分から何か言ってくれないと。根掘り葉掘り聞いても、逆効果だと思うよ？　あの子、結構頑固だし、まだ壁を作っている感じがする。リサの能力は間違いなくアルフィの旅の役に立つだろうけど、リサが背負っている何かにまで責任を取れるかい？　仲間を作るってのはそういうことさ」

うーん、と今度は二人で考えるが、そもそも問題点がわからないのにどうしようもない。旅を続けるにあたり、魔王戦を通じてアルフィリースは自分一人での旅に限界を感じ始めていた。ミランダの知恵と経験がなければ危機に陥いったこともあったし、先輩冒険者に教わることは多い。リサのような仲間がいれば新しい土地でも危険は事前に察知してくれるし、人に騙されることもないだろう。

何より、アルフィリースは気の合う仲間と旅をする楽しさを知ってしまった。これからは一人の夜が今までより身に沁みるかもしれない。アルフィリースがそんなことを考えていると、声をかける機会を窺っていたミランダが声を発した。

「……湿っぽくなっちゃったね。ご飯食べるところを探そうか。アルフィ、なんかあてはないの？」

「そんなこと言われても……あ！　あるかも」

ミーシアに着いた時、自分に声をかけてきた獣人の男性を思い出すアルフィリース。せっかくなので、様子を見に行ってみることにした。

＊＊＊

「帰ったか、アルベルト」

「はい、ただいま戻りました、ミリアザール様」

宿でミリアザールはなにやら忙しく書簡をしたためている最中である。

「どうであった？」

「どうせ使い魔でご覧になっていたのでは？」

「ある程度はの。聞きたいのはおぬしから見て、アルフィリースはどうか？　ということじゃ」

「どう？　とは」

アルベルトが聞き返すが、その態度がミリアザールには胡散臭く映ったようだ。

「とぼけるな。なぜおぬし一人で倒せる程度の魔王を相手に、足手まといの連中をくっつけたと思っているのじゃ。ミランダはさておき本気で魔王を狩るなら、おぬし単独か、神殿騎士団の上位どもをくっつけておるわ。今回の依頼の要は、アルフィリースが暴走した時に、おぬしが仕留められるかどうか見極めるためじゃろうが。あのアルドリュースが隠遁するほどにかまけた女児が世に出てきたのじゃ、警戒して当然であろう。魔術協会からもどのくらいの魔術を使用したのか、ある程度話は聞いておったしのぅ。一点予想と違うのは、聞いていたのとは違って快活な性格となっていたくらいかの。ワシに心配があったとすれば、おぬしが上手く奴らの危機を演出できるかどうかということだけよ」

「演技をする必要がないくらいには強力な魔王でしたが」

「謙遜はよさぬか。ワシが保証する神殿騎士団歴代最強のおぬしなら、魔王の数体ごときなで斬りにできようが。調査隊の連中もボンクラではない。全滅しながらでも現地の司祭経由でワシに報告は届いておるし、おぬしにも同様の情報があったはずじゃ。本当は魔王がどのような生態と強さなのかは、理解したうえで仕掛けたはず。その上でおぬしがそのままアルフィリースたちを連れて討伐に行ったということなら、最悪自分一人でもなんとかなると考えてのことじゃろうが。そもそもおぬしの手に負えぬとしたら、それは大魔王に近しいほどの強さということになる」

「そこまで自分の力量に自信があるわけではありませんが、たしかに自分一人でもなんとかできたことは肯定いたします。ただミランダ様に手傷を負わせるつもりはありませんでした」

アルベルトが目を伏せる。ミリアザールはどう声をかけたものか一瞬躊躇ったが、

「気に病むな。全てが上手くいくわけではない。まずは全員無事で帰還したことを喜ぶがよい」

「は。ですが、私はそれでは困ります。それに、ミランダ様のことはお気にならないので？」

「それは気になるが……ワシこそ本来一介のシスターに気を揉める立場ではない。まあおぬしも反

省点があるなら次に生かせ。それより話を元に戻そう。アルフィリースはおぬしの目から見てどうじゃ？」

ミリアザールが鋭い目でアルベルトを射抜いた。アルベルトは聞いていなかったが、おそらくアルフィリースの性が邪悪であれば、処分する命令を下すつもりであったことを薄々勘付いていた。アルベルトは部下として、主に真剣に答えた。

「今すぐやれば、私が負けることはないでしょう。ただしアルフィリース殿が私を全力で殺しに来れば、私など一捻りにされてもおかしくありません」

「そこまでか？」

「なにせ剣と魔術ですから。私も多少魔術は使いますが、あの魔力は尋常ではない。ミリアザール様もご覧になったのでは？」

「いや、それが見ておらぬ。アルフィリースが呪印の力を解放した時に思念が乱れての。そもそも結界が強力じゃったが、使い魔が役立たずになりおった」

「魔王が抵抗する暇も無いほどの魔術の三連撃でした。しかも属性が全て違っていました。私は魔術にそこまで詳しくありませんが、かなり上位の魔術を用いたのではないかと。しかも、おそらくは暗黒魔術の類です」

「ふーむ。まあアルドリュースが呪印で封印するくらいじゃから、そのくらいはやるか。多属性魔術士とは聞いていたが、暗黒魔術まで使うとはの。しかも報告を見る限り、代償はなし……暗黒魔術すら使いこなすか」

魔術には属性による系統と、使用方法による系統がある。属性であれば火・水・風といった具合に魔術を使用しない者でも精霊のことを知っていれば属性の想像はつくが、使用方法による系統はやや複雑だ。

純粋な信仰による精霊魔術、演算による理魔術、契約による召喚魔術。ちなみにアルフィリースが魔王戦で用いたのは、使用者になんらかの代償や贄を要求する暗黒魔術。暗黒魔術は代償も大きい代わりに威力も大きいが、使い続ければ本人の属性や性質すら闇に染まると言われる危険な種類の魔術である。

「ほとんど代償がないということであれば、おそらくはまだまだ余裕があるということじゃな。で、ワシが仮にアルフィリースと戦うとしたらどう思う⁇」

ミリアザールはやや意地の悪い質問をした。だがアルベルトは真剣に考え――

「アルフィリース殿の方が強いかもしれません」

「なんと?」

この返答にはミリアザールが驚いた。ミリアザールは内心、その可能性もあるかもしれないと思いつつも、それを他人から言われるとドキリとする。

「なぜそう思う?」

「ミリアザール様もおっしゃるとおり、まだ余裕があるだろうことが一つ。あの時使える全力はあれだったのかもしれませんが、もし彼女が周りのことも自分の後先も考えず大暴れしたら、単体で彼女を止められる者が世界に存在するかは疑問かもしれません」

「そこまでおぬしに言わせよるか」

「特に普通ではないのがあの殺気。以前ミリアザール様の全力を見せてもらいましたが、戦闘の経験値は貴女が上でも、魔力は彼女の方が上かもしれません。正直、呪印を解放したアルフィリース殿に、私は恐れを覚えました」

「なるほど」

ミリアザールは思わず腕を組んで、むむ、と考え始めた。

（なぜあれほどの力を持つ者が、生まれつきから目も付けられず放置されていたのか……占星術も精霊も予見できなかったというのか？　魔術協会でも謎となっているそうじゃが、これは詳しく調べる必要があるかもしれんな。いけすかん奴だが、魔術協会の代表に会っておく必要が出てくるか）

ミリアザールは魔術協会の代表の顔を思い浮かべる。どうにも苦手な男だが、とりあえず自分に敵対する人間ではないことがわかっているだけ、まだいい。アルフィリースの件は、放置できない問題に発展するかもしれない。あるいは既に手遅れかもしれないと考えるミリアザール。

「ミリアザール様、彼女は放置されるので？」

「なんじゃ？　おぬし、今のうちにあやつを斬ったほうがよいとか考えておるのか？」

「個人的にそういうことは好みません。が、貴女の命令は全てに優先します。私は正直、アルフィリース殿を始末する気でいると考えていました」

「そのように不服そうな顔をされて具申（ぐしん）されてもな。ただ力があるというだけで殺せなどと、ワシはそんな無茶な命令はせんよ。ただ、見極めは常に必要じゃし、あらゆることを想定しておいたほうがいいと思っただけじゃ。たとえば、ミランダとアルフィリースが戦う、とかの。あれほどの力の持ち主の本性が邪悪であれば、それだけで世の中が荒れる。魔術士ヘルハルドの禁断戦争の再来は御免じゃて」

「それはそうかもしれませんが……」

口では従いつつも、かなり不満そうな顔を前面に押し出すアルベルトを見て、ミリアザールはニヤニヤと意地悪い笑みを浮かべた。どうやらアルベルトもアルフィリースを気に入ったらしい。この朴念仁に好かれるとは、大した人たらしだとミリアザールはニヤニヤ笑う。

「まあよい、この話はここまでじゃ。ところでおぬしたちがうかれて騒ぐ前に行っておきたいところがある。ついてこい」

「御意」

ミリアザールはアルベルトを伴い、外に出ていくのだった。

＊＊＊

「ただいま」

「あ、リサねーちゃんだ」

「「「おかえり～！！！」」」

「元気にしていましたか、このクソチビども？」

「元気にしていたぜ、クソリサ」

汚い言葉で挨拶をしながら帰宅の合図として手を合わせるリサと子どもたち。そして口々に報告を始めた。

「トーマスがお漏らしして大変だったんだよ～」

「じぇいくがとーますをいじめるから、いけないんでしょ？」

「ちょっと小突いただけだろ！」

「ふあぁ～ん！　ネリィが私のお人形とった～!!」

「ちょっと借りただけじゃない！」

リサの家は喧噪に溢れていたが、そこは家と呼ぶにはあまりにあばら家だった。窓は欠け、カーテンは破れており、雨漏りを受けるための容器がそこかしこに置いてある始末。事実その辺の空き家を勝手に拝借しているだけの、仮住まいですらない状態だ。

自分たちが迷惑がられているのはリサの耳にもちょくちょく入ってくるが、近隣の住人や、土地の持ち主はあらかじめしっかりと弱みを握っているため、誰も文句を言ってこない。何度も住居を追われるわけにもいかないため、ついには街の戸籍にすら細工してごまかした。このあばら家ですら、手に入れるのに何回人に言えない手段を用いたか。

ここには戸籍を持たない孤児ばかりが九人ほど暮らしており、リサ以上の年長者はいない。その年齢は、リサの次に年長のジェイクが十歳、一番年下のトーマスにいたってはまだ四歳だ。そもそもリサ自身が孤児であり成人もまだのため、戸籍を確定させられず住居を構える資格がない。ギルドに提出した住所や身分などは端からでっちあげだが、ギルドはそれほど詳細を調べないので助かっている。

リサが金にがめついと言われてでも依頼をこなす理由は、彼ら全員を養う必要があるから。最初はジェイクだけだったのだが、年を重ねるごとに人数は増えていった。そのため、徐々にリサの収入では稼ぎが追いつかなくなってきた。今回リサがアルフィリースたちに声をかけたのも、大口の依頼の匂いを感じたからである。そうでなければ、あのような怪しい依頼に手を出すほどリサは博打打ちではない。依頼の失敗と自らの身の危険はそのまま他の孤児の死に直結するのだ。

リサは荷物を下ろすと、中身を出して子どもたちに分けた。

「とりあえず食べる物を買っておきました。今夜もリサは遅くなりそうなので、チビどもをよろしく頼みます、ジェイク」

「またリサ姉、遅いの？」

「報酬をきっちり受け取らないといけませんので。今回は良い仕事ができたので、収入も大きいでしょう。家具を整えるくらいにはもらえる予定です」

リサのその言葉に、子どもたちの顔が華やぐ。

「じゃあさ、新しい服買えるかな？」

「生地を買って、自分たちで作ったほうが安いよ！」

「そろそろ雨漏りもひどくなってるから、そっちが優先だよ」

「扉もガタがきてるけど」

「わたしのお人形は〜？」

「そんなもの我慢しなさい！」

「うわーん！　新しいお人形欲しい～!!」

「……わかりました。ミルチェの人形が買えるように、ふんだくってきましょう」

「リサ姉、本当？」

とても十歳にも満たない子どもたちが交わす会話ではない。本当は子どもたちには何不自由なく育ってほしいと願うリサだったが、自分の傭兵等級ではそうもいかない。しかも人探し、物探しの依頼だけでは、なかなか高収入は得られない。ただでさえ危ない橋を渡っているのに、報酬で水増しすれば恨みを買う。ギルドを通した依頼では必要以上の報酬は受け取れず、違反があればギルドから制裁を受ける。リサは報酬に関しては常に正当なやりとりを心がけていたし、違反した稼ぎで生活していることを子どもたちが知ればなんと思うか。リサはそれだけは避けたかった。

今回のように街を出る依頼を受ければ高額の収入が得られるのだが、幼い子どもたちを何日も放っておくのは心配だった。また自分が盲目の女であり、しかもどうやら見た目はそんなに悪くないどころか、下手をすればかなり好まれる容姿なのだと気付いてからは、男と組むような依頼は全て断っていた。自分が男でさえあれば、と何度呪ったかしれないリサである。だが子どもたちを見捨てるような選択肢もまた、リサには絶対にありえなかった。そうするくらいなら、ターラムで身を鬻（ひさ）ぐほうがましだと考えている。

そして、ミルチェがリサの言葉に期待を膨らませて、返事を待っている。リサとしては、こういった子どもたちの期待を裏切る人間にもなりたくなかった。

「リサが嘘を言ったことがありますか？」

「ううん」

ミルチェがふるふると首を横に振る。

「では良い子にして待っていなさい。明日は休みをとってあります。久しぶりに皆で過ごしましょう」

「リサ姉おうちにいるの!? やったー！」

「リサ姉にお本読んでもらうの～」

「リサねぇ、ぼくとでーとしようよ！」

「ルースはどこでそんな言葉を覚えたの？ そういうの、『十年早い』って言うんだよ？」

「ルースがふりょうになっちゃった」

きゃっきゃっと子どもたちがはしゃぐ。その光景を感じとり、リサは思わず微笑んだ。だが今回、かなり生活が切羽詰まって高額の報酬を狙ったとはいえ、なぜ魔王討伐などの危険な任務を受けたのかは、リサにも不思議であった。今までは少しでも危険な匂いがすれば避けてきたのに、気付けばアルフィリースの裾を引いていた自分がいた。結果的に成功したわけだが、自分の行動、感情が理解できないのは、リサにとって初めての経験だった。

そして子どもたちの笑顔を見るたびに、なぜか胸の奥がもやもやするリサ。どうしてなのかリサは自分にもわからない。気のせいと胸の奥に押しこむには、大きすぎる不快感だった。

その時、不意に背後から声がかかる。

「ほ～う、それがおぬしの働く理由か。評判通りの口の悪さだが、なかなか年相応の良い顔もするではないか」

「……どちらさまで？」

「リサ殿、突然の訪問をお詫びします」

いつの間にか、玄関の中にアルベルトがシスターを連れて立っていた。いや、立ち位置からすれば、アルベルトがシスターに連れられているのだろう。リサは急激に警戒心を高めた。

（リサがこんな近くに接近されるまで気付かないとは、何者？）

「夕刻、突然の訪問は詫びよう。じゃがおぬしにどうしても言っておきたいことがある。無理にでも失礼いたすぞ」

「ここではなんです、奥の部屋へどうぞ。ジェイク、リサはこのシスターと話があります。すぐ済むので、皆とご飯を食べていなさい」

「わかった」

ジェイクと呼ばれた少年が子どもたちを連れて移動しようとするのを見て、ミリアザールもアルベルトを促す。

「アルベルト、子どもの面倒をみてやれ」

「わかりました」

不安そうに見守る子どもたちの頭を撫でてやり、アルベルトに小守りができるのかと訝しみながら、食事を食べる部屋にリサは子どもたちを促す。そして自分はシスターと共に奥の部屋へ向かった。警戒しているのか、ミリアザールは椅子に座ってもリサは座らなかった。

「で、どちらさまです？」

「これは失礼をした。ワシはアルネリア教会のシスター・ミリィ。ミランダの同僚と思ってもらって結構じゃ。おぬしに頼みたいことがあって参った。突然の訪問を許されよ」

「正規の依頼ならば、ギルドを通してほしいのですが？」

「正規の依頼として扱ってほしいが、ギルドは通せぬ。その分報酬ははずむつもりじゃ」

「なるほど、魔王討伐はあなたの依頼でしたか」

リサの言葉にミリィはニタリと微笑む。姿は幼いシスターのままだが、その性分を隠そうともしない。

「さすがに鈍くはないのう」

「当然です」

二人は腹の内を探るように言葉を交わす。

「で、依頼とは？」

「簡単じゃ。アルフィリースの旅に以後も同行してほしい。半永久的にの。報酬はここのチビたちの面倒を、ワシが一生見ること」

「……体のよい人質ですね。依頼というより脅迫ですか？　アルネリアの活動の妨害をしたつもりはありませんが、何か気に障ることでも？」

リサが睨むようにミリアザールの方を向く。実際に見えているわけではないが、目が見えていた時の癖で思わずそうしてしまうのだ。

「これ、そのように物事を斜めに受け取るでない。これはおぬしには破格の条件だと思うがな」

「なぜです？」

「アルフィリースとミランダの旅に同行すれば、センサーの等級も上がりやすい。今後チビたちの世話をするにもやりやすかろう。じゃが今のままなら？　親もおらず、戸籍も保障ないおぬしたちがこれからどうやって暮らす？　子どもたちはまだ増えるかもしれぬ。だがこの街の依頼だけで、果たして養いきれるかのう？　またおぬしが家におらぬ時に火事でも起きたら？　強盗が入ったら？　おぬしが依頼先で死んだら⁇　ワシならそれらの全てを解決できる。戸籍も職も学歴も用意できよう」


ミリアザールが指摘するその可能性は、リサも考えなかったことではない。だが解決策もなく、できるだけ都合の悪いことは考えないようにしてきた。そういう点ではいくら大人びて見えようが、リサもまだまだ子どもだったのだろう。


「……嫌なことばかり言いますね」

「一家の長ならば考えて然るべきことじゃ。今は良いかもしれぬ。じゃが学も戸籍も技能も何もなければ、まっとうに働くことはかなわぬ。子どもたちが成長し、行動範囲が大きくなるに従って世間を知る、欲も出る、自分を試してみたくなる。その時、日の目を見れないあの子たちは、間もなく犯罪に手を染めるじゃろう。窃盗、恐喝、売春……殺人もあるやもしれぬ」

「随分と言いたい放題ですね。そんなことはリサがさせません！」

「いや、防げんな」

「アナタに何がわかりますか⁉」

　珍しくリサが声を荒げた。

「大人など信用できません！　自分たちの都合で子どもを捨てる、虐待する。そんな光景はもうたくさん！　リサがあの子たちを育てきってみせます！」

「正義感に溢れた発言じゃが、それが通らぬ子どもの駄々と変わらぬことくらい、おぬしは気付いておろう。今は大きな問題も起こっておらぬようじゃが、一つ問題が起きればこのような生活はすぐに破綻する。むしろ今まで破綻しておらぬのが奇跡じゃわい。大かた役人や周囲の住人を脅し付けておるのじゃろうが、憎しみを伴う関係は長くは持たぬ。賢しいおぬしならわかっておろうが？ミーシアは栄えているように見えるが、そこまでの保障制度は整っておらぬ。商売の機会に恵まれ貧富の差が激しいゆえに、貧しき者が多数出現する。ミーシアより西に奴隷制度を採用しておる国が多いが、その供給源はこの一帯との話もあるのじゃ。貧民街の子どもたちは孤児院に収容されることなく、ひっそりと奴隷商人の手に渡る。おぬしとて知っておろう？　アルネリアの関連施設で世話できる子どもの数に限りがあることは、ワシの力不足としか言いようがないがな」

「ならばどうしろと⁉」

「じゃからワシが預かると言うておる。ワシは親がいない子どもたちがどうなるか、おぬし以上に腐るほど見てきた。それはもう、嫌と言うほどにな。だいたいが野垂れ死に。よくて奴隷として買われて変態の慰み物、あるいは奴隷として囮にされ、魔物や魔獣に襲われる……ロクなもんではない。それすらもマシな死に方と思えるほど陰惨な結末も見てきた」

「……アナタはいったい何者ですか？」

「想像はついておるんじゃないかの？」

ミリアザールが不敵な笑みを浮かべる。リサは言葉にすべきかどうか躊躇ったが、沈黙は無駄だと判断した。

「……少なくとも、アルネリア教の司教以上。おそらくは最高教主……」

「なぜそう思う？　ワシはこのような幼い恰好じゃが」

「アルベルトは『ミランダ様』と言っていました。それは、彼が司教以上の身分に敬語を使う立場であることを示します。ですが行動する時の立ち位置や、仕草からはそれほど身分的な違いはないようでした。それがさきほどの彼は忠実な番犬のように、アナタの命令をただ待っていた。それはアナタの立場が司教より高いことを意味します」

「ふむ、で？」

「アルベルト自身も相当位の高い神殿騎士ではありませんか？　ミーシアのギルドにも最高でA級の傭兵が在籍していますが、彼らよりもよほど強い気配を纏っています。神殿騎士を見るのは初めてでしたが、魔王を両断できるような騎士がごろごろいてたまりますか。神殿騎士団でもよほど上級の騎士なのでしょう？　それを番犬使いできる。アナタの持つ気……存在感とこれほどの魔力を兼ね備える者がただの大司教程度だとしたら、魔王や魔物など既にこの世から廃絶されていてしかるべきかと。もっとも最高教主が魔物だとは、さすがの私も想像してませんでしたが」

「ワシが魔物だと初見でわかるか。素晴らしい！　ただのセンサーにてしておくには惜しいな」

パチパチとミリアザールは素直に讃嘆の拍手をした。だがリサはさきほどから、だらだらと脂汗をかき始めていた。最初はわからなかったが、今やリサはミリアザールがどのくらい強いかわかってしまっている。アルベルトという基準を知り、魔王との戦いを経た副産物とでも言うべきか。昨日戦った魔王など、おそらくは歯牙にもかけぬほどの圧倒的存在感。

このような格を持つ魔物が存在すること自体が既にリサの想像をはるかに超えており、またそんな危険な存在をうかうかと自分の家に上げたことを心底後悔していた。

（な、なんて――なんて魔力と気の量！　昨日やりあった魔王なんて、目の前の存在に比べたら子どもみたいなもの。ギルドに出せば、S級以上の依頼になること間違いなしでしょう。このような存在がリサたちを敵視したら、どうやっても生き残るのは無理です。なんとかしてチビたちだけでも逃がさないといけないけど、アルベルトがこいつに忠実な騎士だとしたら、もう打つ手が無い）

リサの頭の中で思考がめまぐるしく回転する。が、どう考えても対策がみつからない。そんなリサの内心をよそに、ミリアザールが言葉をつなぐ。

「そこまでわかっとる者に隠匿は無用じゃな、おぬしにもワシの真の姿をみせてやろう。これを見せるのはアルベルトに続いて、生きている者ではおぬしが二人目じゃ。ミランダにも見せたことはない。喜べ、普通は殺す者にしか見せん」

だがその言葉も、もはやリサには聞こえていなかった。膨れ上がるミリアザールの気を直に察知してしまったのである。なんとか震える足を踏ん張ろうとしたが、遂に堪えきれず、リサはその場にへたりこんでしまった。

「あ……あ……」

ミリアザールの姿が変形していく。体には金の毛並みを纏い、尾が生えてくる。人相が変わるほどの変身をしてはいなかったが、その姿は明らかに人とは異なっていた。

そしてゆっくり近づいてくるミリアザールが、あまりの気に圧倒されて朦朧（もうろう）とするリサには非常に遠く感じられる。やがてリサの目の前まで来たミリアザールから、尾が延びてリサに巻きついてきた。リサは微動だにできない。その心中に去来する感情は、成すすべもなくただ怯えることしかできず、子どもたちを守ることもできない自分の無力さへの絶望だった。

（リサは……こんなところで死ぬのですか……）

圧倒的な力の前に思考が停止し、何も考えられない。あるのはただ死への恐怖だけ。死に怯えるちっぽけな自分を自覚できるのに、現実感がない。死ぬ時はこんなものなのかもしれない。リサがそう思った時、ふわり、と頭を撫でられた。リサは何が起こったかわからず、きょとんとする。

「む、ワシの尻尾は気持ち良くないかのう？　結構自慢なのじゃが」

「……は？」

「おぬし、ワシに何をされると思うておったのじゃ？」

「……紛らわしいです、コンチクショウ」

リサがはぁ～、とため息をつく。安堵と腑（ふ）抜けが半々の心境だった。

「てっきり殺されるかと」

「その気なら、挨拶ぬきでやっとるわい。相手に信頼してもらうなら、まずこちらから善意と素を見せないとのう」

「それはそうかもしれませんが、先に言いやがれです。ところで、なぜ尻尾ですか？」

「おぬし、頭を撫でてくれるような関係の相手はおるかの？」

リサは首を傾げた。

「いや、アナタの発言の意味がリサには不明です」

「子どもたちはおぬしに甘えれば良い。じゃがおぬしは誰に甘える？　まだ誰かに甘えてもよい年頃じゃろうて」

リサの目が大きく見開かれる。そのような優しい言葉をかけられたことは、かつて一度もなかった。誰かに甘えてよいなどと考えたこともない。実の親ですら、そうさせてくれなかった。リサの目に熱いものがこみ上げてくる。

「な……ぜ……？」

「んー？　いや、使い魔を通しておぬしを見ておって心配になってな。昔ワシがつらい時に、こうやって頭を撫でてくれる者がいた。ワシにとってはとても幸せな記憶であり、その者がおらねば今頃ワシは魔王と呼ばれる立場になっていたじゃろう。生憎とそのような時間は長くもなかったが、ワシにとってはかけがえのない記憶じゃよ。ワシはたしかに魔物じゃが、多くの人間を育て見守ってきた存在として、ある程度かくあるべしというものはわかる。人間は幸せな思い出なくしてまっとうに育つことはありえぬ。幸せの形がわからぬ者に、どうして他人を幸せにできようか。ま、こういうのは順番なのじゃろう。ミランダにはアルフィリースたちがおるが、おぬしにも自分を見守る者がおることを知ってほしかったのだよ。このままでは子どもたちよりおぬしの方が早くダメになる。おぬしはもっと好きに生きてよいのではないか？」

「もっと自由に……」

リサがその言葉を噛みしめるように繰り返した。

「それにやがては子どもたちもおぬしの手を離れていく。育てる者は、そのことを踏まえて育てねばならん。子どもたちがきちんと自立できるようにな。ワシらの役目は、子どもが自らの未来を掴めるように選択肢を用意してやることじゃよ。そのためにはまず、おぬしが自分の人生を掴みとらんとな」

「そう、ですか……」

「ところでワシの尻尾は気持ち良いかの？」

「はい、とても……」

「そうじゃろう、そうじゃろう」

ミリアザールがふっふっふっ、と自慢げに笑う。リサはしばらく撫でられるがままにしていたが、疑問があったので聞いてみようと思った。

「聞きたいことがあるのですが、よいですか？」

「うん？　まあモノによるが」

「なぜ魔物が教会の最高位に？」

魔物は人間とは相いれないとリサは思っていた。それは全世界共通の認識であろう。まさか人間の最大勢力の一つの長が魔物などと、信じることができない。

「話せば長いが――まあ、隠すほどのことでもない。ワシは非常に希少な種じゃ。今ではワシ以外の仲間は死に絶えておる。ワシらの肉は薬として、毛皮は防具に、尻尾は嗜好品として非常に貴重な物じゃとされてのう。また魔物としても大した力を持っておらんかったため、人間からも魔物からも狙われ続けた」

昔を思いだすミリアザール。彼女が生まれた頃には、既に種は滅びに瀕していた。

「もう随分前のことじゃが、そんな中でもワシはさらにはみ出し者でな。尻尾の数がワシらは普通四本なのじゃが、ワシだけ五本あった。もはや総勢百体もおらぬほどに少なくなっておったのに、それだけのつまらん理由でワシは迫害された。人間も魔物もどこの世界も同じじゃ、自分とは違う者を恐れ、蔑む」

「……わかります」

「仲間に追われ、魔物に追われ、人間に追われ……気が付くとワシは人間の村に迷い込んでおった。そこでも散々追い回されて力尽きてな。ここまでかと覚悟を決めた時に一人の人間の女にかばってもらった」

「人間に？」

リサの言葉にミリアザールはしっかりと頷いた。

「そうじゃ。その女は、当時まだ魔術という概念が普及していないにもかかわらず、回復魔術を使いこなしておってな。村人からは非常に大切にされておった。まぁそれ以上に、人柄が素晴らしかったのじゃが。ともあれワシは彼女に助けられ、家族のように暮らした。よく彼女の膝の上に乗っかって、頭を撫でてもらったよ。そのうち村人もワシに良くしてくれるようになってな。ワシは初めて自分の居場所を得られた気分じゃった」

「……」

「そんな折、その女に花を摘んでやろうと思い、森に半日ほど入っておった。そして帰ると、村は魔物に襲われて全滅しておった。魔物が憎かったが、いかんせんワシは当時弱かった。何もできず逃げ出し……そしてなんとか生き延びたワシは修行を積み、数十年後、その魔物たちをこの世から種族ごと根絶やしにした。じゃが――」

ミリアザールが一間おく。

「全て終えて、虚しいだけじゃった。村人たちが帰ってくるわけでなし、当時の生活が戻るわけでもなし。人生の目的も無くし、一人になったワシはやることもなくなり、そこかしこを放浪するうちに行き倒れの人間を助けてな。それがワシに非常に感謝しよるのじゃ。魔物のワシになぜ？　と思ったが、ワシは自分の姿を泉で見ると、いつの間にか人間と同じになっておった。ずっと村人の仇(あだ)を討つことばかり考えておったからなのか。理由はわからんがの」

「自在に姿形を変えられるのですか？」

「ほぼ、な。さすがに骨格を変えるのはかなり力を要するから、気安くはできんが。顔形はワシを助けた女がどうやら元になっておるようじゃ。今では幻身と呼ばれる魔術の一種として確立されているが、ワシの場合は骨格も変えられるから変化(へんげ)とでも言うのだろうな。ともあれ、ワシはそれから人助けをして回るようになった。高尚な目的などなく、ただの暇つぶしじゃったのじゃ。最初に助けた男もワシについてきて、初めての部下となった。それからワシと行動を共にする者は次々と増えていき、紆余曲折を経て今のアルネリア教になった」

ここまでの話を聞いて、リサは納得がいった。アルネリア教がゆきずりのように成立したとは驚きだが、やっていること自体は間違ってはいないだろうとリサは思う。ギルドでの稼ぎもままならない頃、アルネリアの配給や施療院の世話になったこともある。

「なるほど」

「じゃからワシにとって孤児を助けるなぞ、日常茶飯事なのじゃよ。心配はせんでええ。孤児でもきちんと教育を施し、機会を与えれば立派に成長する。アルネリア教に仕えんでも、他の国でも仕官の口はある。孤児から騎士になった者、町を作った者、なんなら国を興した者までおったな。ラザール家の初代も孤児じゃしの」

リサは言葉がなかった。ミリアザールは気の遠くなるような年月、人間の守り手であり続けたのだ。そしてこれからもそうだろう。彼女なら信頼できるかもしれない。初めて信頼する目上の者が魔物とは、実に皮肉なものだが。いや、既に黒髪の剣士であるアルフィリースも信頼していることも考えて、実に波乱な運命であることにリサはふっと笑った。

「で、ワシのことは喋ったが、自分のことはどうじゃの？　どうせ誰にも話したことはあるまい。話すなら今がよい機会じゃとは思うがな」

「聞きたいですか？」

「まぁ、実のところどっちでもええんじゃが。しかし話さんと、おぬしの心が均衡を失う気がするよ。どうやらおぬしの過去は重荷になっており、自分で処理しきれておらんようだからの。自分では気付いておらん、いや、わざと意識しておらんのか」

「アナタ、センサーですか？　それとも人の心を読む魔術でも？」

「年の功じゃよ！　カッカッカッ」

快活に笑う圧倒な力を持つ魔物。でも長い間人間の成長を見守ってきた彼女ならば、誰よりも信頼できるかもしれない。ミランダやアルフィリースはまだ自分たちのことで精一杯だろう。それにきっと自分は彼女に似ているんだ。リサはそう思い、自分の過去を思い出す。中原に珍しく、しんしんと降る雪の中で独りぼっちだった自分。そうか。もう私の心をあの場所から解放してやるべきなのかもしれない、とリサは思う。

「つまらないリサの過去でよければ、ぜひとも聞いてください」

「よかろう。ゆるりと聞こうぞ」

自分より小さいミリアザールに頭を撫でられる。そうして、リサは自分の一番古い記憶を思い出していた――

＊＊＊

「どこから話せばよいのでしょうか……」

リサは戸惑いを隠せない。なにせ彼女は自分の事情を人に話したことなどないのだ。それはリサの誇りが許さなかったし、自分の弱みを見せることなど、決してあってはならぬことだと思っていた。一方でアルフィリースをからかうのであれば、立て板に水を流すかの如く彼女は言葉を紡ぐ自信があるのだが――

口ごもるリサを見かねて、ミリアザールが助け船を出す。

「おぬしは最初から孤児だったのか?」

「いいえ。ごく普通の家庭に生まれて、両親との三人暮らしでした。裕福でも貧しくもなく、ごくごく普通の家庭だったと思われます」

「ではそこから話すとよかろう」

ミリアザールに促される。そう、たしかに普通の家庭だった、はずだ。

リサの父親は彼女のおぼろげな記憶によると、元々地方からこのミーシアに出稼ぎに出てきていた青年で、よく仲間たちとたむろしていた酒場の看板娘であった母親と結ばれたと言っていた。父親もなかなかの好青年だったらしいが、母親はそれは美しい女性で、彼女目当てに来る客で店は繁盛していたらしい。その二人がどうやって馴れ初めたかが、よく家庭では話題になっていた。

結婚してリサが生まれる頃には、父親は仕事ぶりが見込まれ、出稼ぎ扱いではなく正規の人員として雇われた。都市で職を得ることは田舎育ちの者にとっては憧れであり、まさに父親にとって、人生の絶頂期と言ってもよい時期だっただろう。

母親も酒場は夜が遅いという理由で花屋に転職したが、自分が働き始めてから売り上げが倍以上になったと、自慢話を毎夜のようにリサにしていた。自分が扱う花の種類や名前をリサに教えるのが、母の日課となっており、リサも毎日新しい花の名前を教えてもらえるのは楽しみだった。母が一輪ずつ持ち帰る色とりどりの花、かぐわしい匂い、花の名前、その意味。花を一つ知るごとに、世界が一つ広がるようだった。

「とても幸せな家庭でした。週に一度は必ず家族で休みをとって、三人で色々な場所に出かけました。私の髪の色は少し不思議な色でしたが、両親は『とてもきれいな色だわ。リサを見ていると、優しい気持ちになれるの』といつも褒めてくれました。そう、とても上手くいっているはずだったのです。リサがあの一言を発するまでは」

幸せな家族。人間は自分が幸せであるとなかなか自覚はできないものだが、それでもリサは実感していた。しかし、リサにはどうしても不思議に思うことがあった。そう、なぜか……なぜか、父の首に女がいつもしがみついているのだ。

「首に女が？」

ミリアザールが尋ねる。

「はい、うっすらとしか見えませんでしたが、母にも劣らぬ美しい人でした。母が明るい美人だとすれば、影のある美人というところでしょうか。特に害意があるというわけでもなさそうで、母と父を寂しげな、羨ましげな目で見ているのです。話すことはできず、私のことは見えていないようでした」

「何かおかしいとは思わんかったのか？」

「今ではそう思いますが、当時は他の人にも色々なものが見えたので、人間とはそのようなものだろうと特に疑問も持たなかったのです」

「なるほど、おぬしの目は霊視の魔眼じゃったかもしれんな」

魔眼——大抵は生まれつき、ないしは後天的な修行により獲得する、特殊な能力を持つ目のことだ。有名な魔眼と言えば、千里眼、石化の魔眼、発火の魔眼などがある。リサの場合は死者を見ることができた可能性がある。ミリアザールはふと疑問に思った。

「と、言うより。リサの盲目は生まれつきではないのか？」

「生まれた時は見えていました——自分で潰したのです」

「痛々しいことをするの。魔眼持ちはその力を持て余すことはあるし、つけ狙われるからと目を摘出することもある。売れば一生遊んで暮らせるほどの値で取引される場合もあるしな」

「……話を続けましょう」

別に言おうが言わまいが自分たちに害はなさそうだったので口には出さなかったが、日に日にリサの疑問は募っていった。この年頃はそうでなくとも「なぜ」「どうして」を大人に聞きたがる年頃である。その彼女が疑問を口に出さなかったのは、良くない予感がしたからだった。

だがついに限界を迎えたリサの好奇心は、彼女に禁断の言葉を口にさせた。そして彼女は六歳の誕生日、ついに両親に尋ねてしまったのだ。

「おとうさん。どうしていつも女の人を背負っているの？」

その一言で、リサは両親が凍りついたのを覚えている。普通なら「何を言っているんだい？」「変な子ね」と笑ってすますところのはずだが、彼女の両親には心当たりがあったのだ。

「その夜です。私は生まれて初めて両親が罵り合うのを聞きました。私は居間で行われるその光景を、ドアの隙間からじっと覗いていた記憶があります。そして――」

翌朝、父親は家から出ていった。リサは理由を母親に尋ねたが、母親は答えてくれなった。

「その日から徐々に母はおかしくなり始めました。仕事を休みがちになり、一日中寝ていることもありました。リサは一日中食事を与えられず、自分で家に置いてあるパンをかじっていた記憶があります」

そんな生活が何カ月か続いた後のこと。久しぶりに母親が居間に出てきた。リサは食事を作ってくれるのかと期待し、母親に無邪気に話しかけたのだが、リサが見た母親の顔は別人のように変貌していた。

「母は完全に気がふれていました。落ち込んだ、くまをつくった目。痩せこけた頬、乾ききって艶のない唇。とてもミーシアでも有数の美人と評判だった面影はなく、まるで死人のような顔をしていたのを覚えています」

「……それで?」

「私を見るなりこう言いました。『お前が生まれたからいけないんだ！　お前があんなことを言わなければ、あの女さえいなければ……あの人はずっと私のものだったのに！』。そう言ってリサの首を絞めてきたのです」

「今さらじゃが、実の親のやることではないの」

「リサもそう思います。ですから全力で抵抗しました」

一瞬何が起こったかわからなかったが、リサの生存本能は思考よりも早く働いた。テーブルの上にあったフォークで母親の手を刺し、怯んだ母親に思いっきり噛みついたのだ。六歳の子どもの反撃では大した怪我も無かったはずだが、それ以上に母親は精神的にショックだったらしい。

「『リサ、あなたまで私を裏切るの？』と、言われた記憶があります。リサは非常に悪いことをした気分になりそのままそこに立ちつくしたのですが、ふらりと母が歩きだしたかと思うと、鼻歌を歌いながらその辺中に油をぶちまけ始めました」

「……で？」

「もはやリサのことも見えていなかったのでしょう。リサの位置も確認せずに家に火を放ちました。私はなんとか火を消し止めようと考えたのですが、幼いながらも火の勢いが強すぎてどうしようもないことを悟りました」

そのままリサが怯えて縮こまることなく家を飛び出したのは、生存本能以外の何物でもなかっただろう。彼女が振り返ると狂ったように笑う母の声だけが炎の中から聞こえてきた。周囲は大騒ぎとなったが、リサにはもはや何も耳に入ってこなかった。

リサは逃げ出すようにその場を離れ、気が付けば母親が働く花屋の前にいた。

「母の花屋にはしょっちゅう遊びに行っていたので、顔見知りばかりでした。ですが、リサを見る目は冷たいものでした。後で知ったことですが、おかしくなった母がそこかしこで私のことを『あの子は化け物だ』と吹聴していたようです。もともとこのような髪色ですし、リサと関わりたくないというのが周囲の本音だったのでしょう。髪色が違うということは魔術的な要素を示しているという事実を知ったのは、随分と後のことでしたが」

リサはその時の光景を思い出す。まるで、世界に自分一人だけになったかのような孤独感。その時、彼女は母親が花屋でよく使っていた草枯らしの薬品を目にした。一回手にとって遊ぼうとすると、ひどく母親に怒られた記憶がある品物だ。

「もうリサはこの世界を何も見たくありませんでした。信じたものはあっけなく崩れ去り、幸せは二度と帰ってこない……それで確信があったわけでもないのですが、その薬を目にぶちまけたのです。焼けつくような痛みがあり、周囲からは悲鳴が上がりましたが、リサは満足でした。望み通り、何も見えなくなりましたから」

「……」

「でもおかしなものです。死にたいとは考えていなかったのか、その薬を飲もうとは思いつきもしませんでした。そのことに気付くと、リサの絶望はより深くなりました。まさか、自分に命を絶つだけの度胸も備わっていないとは思っていなかったので。この目では死ぬこともままならず、何をどうすればいいのかと。そして目が見えなくなって一人どことも知れず彷徨い……どのくらい時間が経ったのでしょうか、中原のミーシアには珍しく雪が降りました」

目が見えこそしなかったが、かなりの雪が降っていることは容易に想像がついた。リサは以前一度だけ母親の里帰りの時に雪が降るのを見たが、とても幻想的な光景で、まるで空が自分を祝福してくれているように感じたことを覚えている。

飢えと寒さで雪が止むまでは自分の命がもう持ちそうにないことを感じとり、美しい雪の中で死ぬなら、それもまた悪くないとリサは思ったのだが、彼女は自分の意識がなくなる前に、どこからともなく聞こえてくる泣き声に気が付いた。

「小さな子の泣き声が聞こえたのです。それがジェイクでした。声を頼りにリサがジェイクのところに行くと、その子は泣き叫びながらも私にしがみついてきました。リサは既に死ぬ気だったのですが、その子まで巻き添えにしては父や母と同じではないか、と。自分より立場の弱い者に対して、無責任なことだけはしたくありませんでした」

「センサーとしてはその時覚醒したのか？」

「はい。生きる気力が沸々と戻ってきた時に、センサーとしての能力が覚醒しました。そこから後は想像できるでしょう。人の弱みを握り生きながらえ、傭兵ギルドの一員となり、今に至ります。当時のことは調べましたが、いまだに何一つわかりませんし、もはやそれでよいかと思っています。知っても得はなさそうですし、私は今の生活を守るだけで精一杯ですから」

リサが飄々とかえすが、とても生半可な人生ではない。もちろん長く生きてきたミリアザールにとっては、これ以上に悲惨な人生などいくらでも知っているが。それにしても、である。

だがミリアザールは辛辣ともとれる一言を発した。リサの性格を考慮に入れた上でのことではあるが、慰めるばかりが優しさではないことをミリアザールは知っている。

「先に言っておくが、同情はせん」

「アナタならそう言うと思いました。リサも同情はまっぴらごめんです」

「が、ワシにできることがあれば力になろう。そのくらいの度量と情はある」

「心遣いは嬉しいです。ですが、既にさきほど甘えさせてもらったので」

「ふん、気丈な女よの。まぁよい。また甘えたくなったら、いつでもよいから甘えるがよい。お前にはその権利をやろう」

「上から目線はやや気に入りませんが……そうさせてもらいましょう」

リサがやや照れくさそうに答える。その様子を見て、ミリアザールは尻尾でリサの頭を再び撫でてやった。

「で、元の話にそろそろ戻るが。依頼は受けてくれるかの？」

「……いいでしょう。たしかにアナタの言うことにも理はあります。何点か質問はさせていただきますが、アナタを信じてみることにします。ですが、リサの期待を裏切れば……」

「どうする？　殺しに来るか??」

「それは実力的に難しいので、死んだほうがマシ！　というくらい恥ずかしい噂をばらまいて、社会的に抹殺してあげましょう」

「そっちの方がよっぽど怖いわ！　十三、四歳そこらの人間の発想ではないぞ？」

「ふふふ、これでも修羅場は幾つも潜ってきてるので」

リサが無表情のまま、不敵な笑い声を出す。ミリアザールが約束を違えたら、本気で彼女はやるだろう。ミリアザールは柄にもなく、ちょっと背中にうすら寒いものを感じてしまった。人を殺すには物理的にでも魔術的にでもなく、情報で人を殺す。そういう意味ではもっとも厄介な相手と契約をしたかもしれないと感じたミリアザール。

「では、リサからも一つ質問です」

「いいぞ？　じゃがスリーサイズとかは無しじゃ」

「誰が幼女のぺったんスリーサイズなんぞ気にかけますか。それよりも、どうしてそこまでアルフィリースを気にかけるのです？」

「おぬしがアルフィリースを気にかけるのと、大して変わらんと思うぞ～？」

ミリアザールとしては茶目っ気たっぷりに言ったつもりだったが、リサは苛ついたようだ。

「茶化さないでください」

「ふん、つまらんやつめ……ワシはまず第一に、ミランダの味方じゃ。アルフィリース自身も気にかかっておるが、ミランダのためにもアルフィリースには無事でいてほしい。ミランダが不死身なのはどうせ聞いたのであろう？」

「ええ、たまたまですが」

「脇の甘い奴よのぅ。不死者というものは、長らく生きておる内におおよそ同じ悩みにたどり着く。多くの不死者は単に死ににくいだけであり、大抵は明確な死に方があるのじゃが、ミランダの場合はまだよくわかっておらぬ。『死なない』うちはよい。でも『死ねない』のはつらい。以前恋人を失ったあやつを見ていた時は、本当に痛々しかった。人生に絶望しても死ねないのは、主らが思う以上に最悪じゃ」

ミリアザールが目を細め、以前ミランダを拾った時のことを思い出す。

魔物の返り血で全身を赤く染め上げ暴れまわる女がいるとの評判が立ち、ギルドでも問題になっていた。その女に近づこうとした人間は好悪の感情にかかわらず例外なく再起不能にされていたが、その程度なら何もミリアザールは出張るつもりはなかった。

だが人間を襲わないと約束させた魔獣・魔物や、比較的人間に友好的であった獣人にまで手を出したと知り、ミリアザールは動いた。最初は自分の暗部である口無しを送り込んだが、仕留めたという報告が上がっても、しばらくすればまた生存が確認される始末。捕獲したその女がどんなことをしても死なないという報告を受けて、最後はミリアザールが自ら出向いた。

その時に見たミランダの目は、既に人のものとは思えぬ異様な光を放っていた。歴戦のミリアザールですら怖気(おぞけ)を感じる圧力を、ただの人間のはずの女が備えていたのだ。

そして同時に、ミリアザールは悲しい気持ちになったことも覚えている。そこまでの目をするようになるまでに、一体女の人生に何があったのか。そのことを考えるだけでも、ミリアザールの胸は痛んだ。

紆余曲折を経てミランダを自分の手元に置くことにしたミリアザールだが、監視が目的と周囲には言いながら、彼女の心中ではミランダを案じる気持ちでいっぱいだった。自分の寿命ですらいい加減飽きているのに、目の前にいる不老不死の女がこれからどのような人生を歩むかと思うと、ミリアザールは胸が押しつぶされるような思いにとらわれてしまう。

「人間に死ぬ運命が待ち受けておるのは、むしろ幸福じゃと言ってもええ。ワシのような長命の存在からすればな。じゃが、ワシは残念ながら不死身ではない。この身は既に全盛期を通りすぎており、ワシは後千年も生きんじゃろう」

「おぬしらにはそうでも、ミランダには違う。おぬしも三百年程生きればわかるかも知れんが、ミランダは後何年生きるか想像もつかん。この大地が終わるまでは最低生きるじゃろう。もしかすると、この大地が終わってても生きておるかもしれん」

「……」

自分の寿命がどうやら同じ種族より長いと判明した時、ミリアザールは自らの命を絶つことを本気で考えていた。当時は成立したばかりではあったものの、正直アルネリア教などどうでもよかったし、他人の救済を旨とした集団であるにもかかわらず、何かにつけて仲間で争おうとする人間に愛想が尽きそうにもなっていた。

それでも教主であり続けたのは、アルネリアの姿が忘れられなかったことと、理由はもう一つ。芯から信頼に足る人間に再び出会えたこと。ミリアザールにとって、二回目の幸福な時間だった。

その時から完全に消えたわけではないが、以前のような虚無感はミリアザールにはなくなった。

「ワシも長寿じゃが、まだワシには長らく仕えてくれる者がおる。これまで沢山の人間や仲間に愛されたよ。不幸な死に方をした者も沢山おったが、幸せな人生を送った者も多く見てきた。だがミランダは自分に良くしてくれた者を、ほとんど全員不幸な方法で失くしておる。そのような記憶ばかりでは、人間の心は死んでしまう」

「……それはたしかに」

「不老もそうじゃし、不死も問題じゃ。バラバラにされても決して死なん。じゃが活動停止には追い込める。バラバラにされたまま、磔とかにされてみい。死にもできず、再生もできず、永遠にそのままじゃ。それがどれほど恐ろしい想像か、わかるかの？」

「リサなら絶対、御免蒙りますね」

リサは思わず震えた。不覚にもそういった光景を想像し、その時にミランダがどういう顔をするか思い浮かべてしまった。もし自分がそうなら？　想像することすらおぞましい。

「あれはまたなまじ外見が美しいからの。それに残念ながら、人間や魔物の中には我々では想像もできんような残酷な真似ができる奴らがおる」

「それは、なんとなくわかります」

争い事は避けてきたリサでも、ギルドにいれば戦場の悲惨さは耳にする。また自分が日常扱う事件ですら、耳を背けたくなるような事例はいくつかあった。

「それにアルフィリースも心配じゃ。あそこまでの魔術を操り、野にいるにしては修めている学も武術も高度すぎる。やがてギルドで評価されれば、諸国や他の集団が放っておかぬじゃろう。本当は山奥で隠遁するのが一番じゃろうが、それはやはり可哀想じゃしの。ワシが一緒に旅をできればよいのじゃが、残念ながらそういうわけにもいかん」

「それでリサを、と。リサでは力不足では？」

「実力的にワシを上回る者など、どっちにしても大しておりはせん。それにワシも万能ではないしな。だいたい旅とは気を許せる者同士、対等な関係がよい。ワシではあの二人が子どもにしか見えんでの……まぁ、おぬしには迷惑だったもしれんがな」

「いえ、思ったほど嫌ではありません。むしろチビどものことさえなかったら、私から旅の仲間にと申し出たかもしれません」

リサが即答する。この反応はミリアザールにもちょっと意外であった。

「ほう……なぜ？」

「なんというか……あの二人は気になります。それに一緒にいて、今までで一番気持ちの良い人間たちでした。センサー風に言うと、『雑音が少ない』のです。年下の私が言うのもおかしいのですが、あの二人、特にアルフィリースは守ってあげないといけない気がしますから」

なぜリサは自分がそう思うのかわからない。センサーは基本的に非力な生き物だし、戦闘では不意を突かない限り、自分がほとんど役に立たないことも知っている。能力的にはアルフィリースに守られる立場の自分が、アルフィリースを守りたいと思うのは変な話なのだが。

「ふぅむ。ひょっとすると、ミランダが傍におるのも同じような理由かもしれんな。たしかに、不思議と保護欲をかきたてられる人間ではあるし、センサーのおぬしが言うと信憑性も上がる」

「まぁ、変なのもいっぱい寄ってくるでしょうが」

「変なの、とな」

ミリアザールは思わず噴き出してしまった。なぜかその光景が容易に想像できるから恐ろしい。

「ですが変な虫はリサが背後からグッサリやっちゃいますので、御心配なく」

「ん、まあ、ほどほどにな……くくく」

リサが背後からグサリとやる真似をしたので、その仕草が可愛らしくてミリアザールは声を立て

て笑いながら、

（これも死なせるには惜しい人間。こっそりワシの暗部を護衛につけておくかの……）

などと考えていた。

第十幕　祝勝会と新たな仲間

それからミリアザールとリサは無事に交渉を済ませ、アルベルトを伴ってアルフィリースたちに合流した。アルフィリースはミリィとリサが共にやってきたことに驚いたが、報酬を払うためにリサの元を訪れたと説明され、納得していた。

そしてリサについてきたミリィも一緒に祝勝会をしたいと言う。もちろん歓迎なのだが、それ以上に歓迎したのは、合流するなりリサがアルフィリースの旅に同行したいと言い出したことだった。


「デカ女、アナタの旅に同行してあげましょう」

「え、なんでまた急に？」

「ミーシアで抱えていた案件が、ちょうど都合よく片が付きました。詳しいことは追々話しますが、あとのこともこのシスター・ミリィが上手くやってくれるようです。アルネリア教の庇護を受けるのなら私も安心ですし、ミーシアでの依頼と報酬にも限界を感じていたところです。センサーの等級を上げるためにも旅に出るなら良い機会と考えますので、ぜひとも連れていくがいいでしょう。

断ったら――わかりますね？」

最初は突然の申し出に驚いたアルフィリースだったが、旅の仲間が増えるのは歓迎だったし、リサの能力は信頼できることも知っていたので、快く了解した。冗談であろう脅し文句に動じないアルフィリースを見て、リサが「生意気です」と少し顔を赤らめたのを可愛いと思うアルフィリース。この光景を見て何かを言いだしかけたミランダだったが、言いだしきれずに口ごもっていた。その光景を、ミリアザールが呆れたような目でアルフィリースの背後から見守りつつ、

（意外と根性なしじゃの、あやつ。この機に言えばいいものを）

しかしそこまで段取るのも面倒なので、ミリアザールはため息をついてミランダの行動を待つことにした。

祝勝会はアルフィリースの提案で、ミーシアの町で彼女に声をかけてきた獣人の店で行うことになった。店を訪れると、彼は二つ返事で席を確保してくれた。彼は犬の獣人と人間のハーフで、ウルドと名乗った。

「いやー、お姉さんが俺っちのことを覚えてくれているなんて感激だなぁ！」

「あら、私は人に受けた恩は忘れないわよ？」

「こいつは嬉しいことを言ってくれるね。どう、お姉さん今度俺とデートしない？」

「アタシのアルフィを何口説いてんだ？　この軟派野郎が！」

「ふぅ、さっそく変な虫がつきましたか。ちょんぎりますか？」

ミランダとリサが手に得物を構える。

「とっとと、こりゃあおっかねぇ！　こいつは失礼」

慌てて引き上げてきた店員のウルドを見て、狼の獣人である店主が面白そうに笑って見ていた。

「ウルド、ちょっかいを出し損ねたな？」

「危うく叩き斬られるところでしたけどね。しかし美人揃い。目の保養になりますし、ついからかいたくもなりまさぁ」

「そうだな、獣人の目にもかなりの美人揃いと言って差し支えないだろう。が、それ以上に良い使い手たちだな」

「そうなんですか？　俺っちはその辺、よくわからないから」

「ふん、やかましいだけだ」

悪態をついたのはネコの獣人の女性である。店主の前で一人でちびちびやっていたのを邪魔されたようで、不快感を露わにしていた。

「なんか良いことでもあったんじゃねぇか？　そう言ってやるなよ、ニア」

「落ち着きがないにもほどがある。戦士は冷静でなくてはいかん」

「お前のとこの戦士長は、落ち着きなんかと無縁だろうが？」

「だから肌が合わん！　なのに実績は一級だという……私には理解できん」

「まあアイツは特殊だったからな。でもあそこの連中も、お前のとこの戦士長くらいには強いかもよ？」

ニアと呼ばれた獣人は、アルフィリースたちの一団をちらりと見たが鼻でせせら笑うように言い捨てた。

「ふん、そうは見えないがな」

「とか言って気になるんじゃないか？」

「気になってなどいない！」

ニアはダン！　とジョッキを勢いよくテーブルについた。が、耳や尻尾がピコピコとせわしなく左右に動いており、彼女たちに興味津々なのは傍から見ても明らかである。

（わかりやすい奴だな……）

（わかりやすいですよね……）

店長とウルドは顔を見合わせて苦笑したが、頑固なニアは決して認めないので放っておいた。

「で、なんでお前は酒場に来てまでジョッキでミルクを飲んでるんだ？」

「……酒は体に悪い」

「いやいや、少しなら体に良いんですよ？　ニアさん、もう成人でしょ？」

「今さら身長を伸ばしたいのか？」

「ほっとけ！」

たしかに小柄な者が多いネコ族でも特に小柄な部類に入るニアは、戦士としてはかなり小さい。もう年齢的に背は伸びないのでは、という言葉は彼女には禁句であろう。そんな折、さらにアルフイリースたちの席がいっそう盛り上がる。

「アルベルト〜、さっきから全然飲んでないじゃん！」

「私は下戸です。酒は飲めません」

「え、じゃあ何飲んでんのさ？」

「ククス果汁です」

「あんたはお子様か⁉」

「……さっきからククス果汁がこっちに全然来ないと思っていたら、アナタが原因でしたか、アルベルト」

リサとアルベルトの視線が交錯し、火花が散った。

「……フ、果汁は渡さん。ウルド、こっちにククス果汁もう二瓶追加だ」

「チ、ウルド！　こっちは三です！」

「……四だ」

「五！」

どうやら変な戦いが始まったようだ。リサｖｓアルベルトとは、まさかの組み合わせである。

「っていうか果汁の一気飲み対決って、何？」

とアルフィリースは茶々を入れたが、止めるのも馬鹿馬鹿しい争いだと思い放っておくことにした。

で、一方ミリィとミランダはというと――

「お姉さま～（ついに真実を述べたようじゃのう。やっとオシメがとれたか、ひよっこめ）」

「ミリィ～（あ～ら、そっちはそろそろ年齢的にオシメが必要なんじゃありません？）」

「お姉さま～（バカ者め、あと千年はイケるわい！）」

「ミリィ～（無理すんなって、そろそろ厠（かわや）が近いだろ？）」

「お姉さま～！（おぬしこそ、そろそろユルイんじゃないのか？）」

「ミリィ～！（アンタみたいに蜘蛛（くも）の巣が張るよりましだ！）」

さっきから名前しか呼び合ってないはずの二人なのだが、どんどん雰囲気が険悪になっていた。言葉の裏に隠した真意のやりとりは、彼女たち以外には誰もわからない。なぜだろうと思うアルフィリースの疑問に、答える者も誰もいない。

（さっきからシスター・ミリィが酒をグビグビ飲んでいる気がするんだけど、いいのかな？）

酒は一般的に、成人の十六歳を迎えるまでは禁止されているが、祝いごと用の酒ならば一応許可はされている。もっともそのようなしきたりは守られないのが、巷では常である。それに地域によって多少成人年齢や、飲酒の年齢制限が違いもする。

だが、今ミリィが飲んでいるのは酒場でもかなり強い酒だった。以前、アルフィリースは同じ酒をコップ一杯飲んだだけで足元が怪しくなった記憶がある。なのにこのシスター二人は、既に瓶でのラッパ飲み対決を始めていた。

「蜘蛛の巣なんぞ張ってないわー！（お姉さま～）」

「じゃあ見せてみろ！（ミリィ～）」

「ちょっと、本音と建前、逆になってない？」

二人がなぜか脱ごうとし始めた。こんなところでシスター二人の脱衣（ストリップ）など、さすがに洒落にならない。助けをアルベルトに求めるが、そちらはそちらで、いつの間にかククス果汁の瓶が十五本くらい空いていた。そしてリサとアルベルトの目が完全に据わり、怪しい光を放ち始めていた。

（どうして果汁であんなことになるの？　だ、誰か助けて～！）

さし当たってミリィとミランダの二人を押さえようとするアルフィリースだが、逆にあっさりねじ伏せられた。腕力的に順当な結末である。

と、酒場の注目が集まりかけたその時、酒場の入口からどよめきが起きた。アルフィリースは自分の心の叫びが通じたのかと思ったが、どうやら事態はそういった呑気な雰囲気ではないようだ。さきほどまで様子のおかしかった仲間たちも、正気に戻っていた。

＊＊＊

「ど、どなたか助けを……」

弱々しく消え入りそうな声で助けを求めながら入ってきた人物を見て、アルフィリースは目を疑った。褐色(かっしょく)の肌、尖った耳、海を思わせる青色の瞳、そして流れるような銀の長髪。

（ダークエルフ？）

エルフというのは森の民の別称で、人間より精霊に近い種族とされている。人間に比して長命な者が多く、非常に気性の穏やかな種族（感情に乏しいという説もある）だとみなされている。また魔術に特に秀で、魔術に関してはエルフが人間に教えたとの説もあるくらいだった。

彼らは自然が豊富なところに住居を構え、主に大陸北部の森林地帯に住んでいる。外見としては尖った長い耳が特徴的であり、白い肌を持つエルフは人間に協力的だが、褐色の肌を持つダークエルフは魔王に協力した種族として、人間だけでなくエルフとも敵対関係にあるとされる。人間に協力的なエルフでさえ都市部では滅多に見かけないのに、ましてダークエルフが都市にくれば真っ先に殺されかねない。

そのダークエルフが今目の前にいるのだが、噂ほどの邪悪な気配は感じなかった。見た目は可憐な少女そのもので、むしろ気品さえ窺える佇まいである。それよりも重要なのは少女が血まみれで、瀕死ではなかろうかと思われることだ。はっと気付けば、そのエルフがぐらりと揺れて倒れかかるところだった。アルフィリースは反射的に少女の元に走り、体を抱きとめていた。

「誰か、手当を！」

「アルフィ、どいて！」

ミランダがすぐさま駆けつけてくる。が、少女の怪我はかなり深く、腹からは血がとめどなく溢れてきていた。傷口を押さえる手にも既に力が余り入っておらず、褐色の肌にもかかわらず全身が真っ青になってきているのが如実にわかる。

「内臓がやられて時間が経ちすぎている……アタシじゃもう、どうしようもない……」

「そんな？」

ミランダの見たところ、大きな血管がやられているし内臓そのものにも損傷と壊疽があるようだ。薬や施療でどうにかできる範囲を超えており、むしろよく生きていると思うほどだ。よほど生に執着する理由があったのだろうか。だがどうやっても、ダークエルフの少女は一刻もつかどうかというところだった。

「でも……」

ミランダがミリアザールの方をちらりと見る。大陸一とも言われる彼女の回復魔術なら、あるいは。だがそんなミランダの助けを求める目に、渋い顔をするミリアザール。

「個人的には勧めんな、普通なら死んでおる運命じゃ。助ければ面倒事に巻き込まれるぞ？」

「ここに貴女が居合わせるのは、この子を助けろという運命では？」

ミランダがすがるような目でミリアザールを見る。アルフィリースはなんのことやらわからなくて、口調の変わったミリィにも戸惑い、おろおろしているだけだ。

「ミランダよ、そんな目で見るな。助けてもよいが、あとのことは知らんぞ？」

「構いません、お願いします」

ミランダまで口調が変わったことをアルフィリースは疑問に思ったが、今はそれどころではない。

ミリアザールが悠然と歩いてくると、ダークエルフの傷を調べている。

「ふん、ちょっと見せてみろ……ふむ、これなら余裕で大丈夫じゃわい。魔術を使うから下がっておれ、特にミランダはな。ワシの魔術の影響を受けたら、浄化のしすぎでおぬしから邪気が抜けて面白くないわ」

「冗談言ってる場合ですか！」

「そう急くな。おいダークエルフの娘。シーカーかスコナーかは知らぬが、助けてやるから後で事情を話してもらうぞ？」

「……」

少女はどうやら返事をするのもきついようだが、こくり、となんとか頷いてみせた。

「よし、すぐに楽になるぞ」

ミリアザールが手で印を組むと、瞬間、周囲の空気が静止したような気がした。そのあとに神秘的で、かつ温かな空気が周りを包み込む。そして彼女を中心として、光が流れ込んできたが、その様子は店の外からでも確認できるほどだった。

ミランダとアルベルト以外の人間は知る由もないが、これが『聖女の奇跡』として大陸中に鳴り響いたミリアザールの回復魔術である。通常のシスターや司祭では手に光を集めるのが魔力の収束として限界だが、彼女の場合自分の全身を覆い尽くす程に光を集めることが可能だ。さらに強力な回復魔術を用いる時には、半径二十歩程度を半球状に覆うほど光を集め、詠唱を始めていた。

『地に潜み、風に踊る慈悲深き癒しの精霊よ。汝らの恵みを我に貸し与え、哀れな我らを助け給え。汝が血肉を今精霊の御名のもとに取り戻さん――回復魔法陣(ヒーリングサークル)』

魔術名と共に一帯が光に包まれ、あまりの眩しさにその場にいた全員が思わず目を塞ぐ。ややあって、再び全員がゆっくりと目を開いてみると、そこには光の線で半径十歩ほどの魔法陣が地面に描かれており、周囲からは邪なものが抜けきってしまったように空気が澄んでいた。そしてダークエルフの女性は目をぱちくりとさせて、自分に何が起きたのかよくわからない顔でその場に起き上がっていたのだった。腹をさすってみても、もはや傷跡すら残っていない。

「これで生命の心配はいらん。だが一気に完全回復とはいかんから、しばらくその魔法陣からは出るなよ？　なに、一刻はその魔法陣の効果は持つ。あとは一晩寝ればすっかり元通りじゃわい」

ふふん、とミリアザールは得意げに笑ってみせる。実際には光系統の攻撃魔術の方が得意であり、回復魔術が久しぶりなので内心胸を撫で下ろしていた。

ダークエルフの女性は驚きながらも、ぺこりと可愛らしいお辞儀をしてみせる。

「では事情を話してもらおうと思うのじゃが、人払いをしたほうがいいかの？」

「そうですね、できればそのほうがよいかと思います」

「すまぬが店主、これで店じまいを頼めるか？」

ミリアザールが懐から金貨の袋を出すと、様子を見ていた店長が頷いてみせた。ウルドの方は呆気にとられているが、なかなかどうして店長の方は修羅場に慣れているのか、動じた様子がまったくない。ぱんぱんと手を鳴らしながら、客を外に出し始めた。

「そうだな。さすがにこれじゃ仕事どころじゃないだろう、人だかりも店の外にまでできてるしな。そら、おまえら行った行った！　今日はタダにしといてやるよ！」

「店主、恩にきる」

「いいってことよ。ただし、俺も事情は聞かせてもらうぜ？　こんな面白そうなことを目にしといて、何も聞くなってのはひでぇ話だ」

「酔狂な奴よ、しょうがあるまい」

飯や酒の途中であった客たちは口々に文句を言ったが、ここの店主は腕っ節には自信がある。二、三人ひっ捕まえて放りだすと、全員すごすごと出ていかざるを得なかった。

「これでいいかよ？」

「十分じゃ。アルベルト、防音の魔術を敷いておけ。さ、話してもらおうか、娘」

「はい。申し遅れましたが、私はフェンナ＝シュミット＝ローゼンワークスと申す者です」

「ローゼンワークスとな」

ミリアザールの顔色が変わる。

「シーカーの王家の血筋の一つではないのか⁉」

「はい、私は分家の末席に当たりますが、たしかに王家の血に連なる者です。また誤解の無いよう先に述べておきますが、『ダークエルフ』とは肌の色からつけられた、貴方がた人間が使う呼び名。我々は自分たちのことを『探求者（シーカー）』と呼びます。また魔物に協力した種族は外見上我々と似ていますが、彼らは『貶める者（スコナー）』と呼ばれ、我々からは袂（たもと）を分かっている者たちです。御理解いただきますよう」

「あ、そうなのね。ごめんなさい」

アルフィリースがきまり悪そうに謝ると、フェンナは軽く一礼して続ける。

「我々の集落は非常に小さく、人口も百人程度。北部の大集落とは別に、大陸南方のダルカスの森の奥深くでひっそりと暮らしておりました。ですが先日、人間たちの急襲を受けて里は滅んだのです」

「人間の？」

素っ頓狂な声を上げたのはミランダである。

「ダルカスの森に一番近いのはクルムス公国だけどさ、あそこは平和主義の国じゃなかった？　戦争自体もう何十年もやってないはずだよ？」

「私は比較的年若いので、人間の世界について詳しいことはわかりません。急襲してきたのがそのクルムスかどうかも」

「でもさ、ダーク――いや、シーカーなら魔力は人間たちの何倍もあるだろ？　弓の技術は達人ばかりだし、こんなこと言ったらなんだけど、人間の傭兵やちょっとした軍隊なんて相手にもならないはず。いったい、何人がかりで攻め込んできたのさ？」

「百人もいなかったと思います」

これにはミランダだけではなく、ミリアザールも驚いた。だが他の仲間はまるで状況がわからない。

「ねぇ、そんなにありえないことなの？　数の上では同じくらいだけど」

「アルフィ知らないのかい？　エルフの平均魔力は人間の十倍って言われていてさ。王族にもなると百倍はゆうに上回る。だから百人もエルフが集まれば、国同士の戦争の戦局が傾くって言われるほどでね」

「人間より卓越した魔術士ってのは知っていたけど、そこまですごいの？」

「そうだね。だからエルフって数はとても少ないけど、人里近くでも淘汰されずに存続してるのさ。自分たちからは戦争なんてしない温厚な種族だし、エルフを攻めて滅ぼすなんて、メリットもなければ危険が大きすぎる。魔術協会の精鋭を集めたって、そう簡単に対抗できないさ」

「それをたった百人で全滅とはのう。何があった？」

ミリアザールが言葉を継ぎ足した。フェンナは続ける。

「魔術が――魔術がほとんど効かない兵士がいました。それでも私たちには武器をとって戦える者もいたのですが、先頭にいたたった四人の人間に三十人余りが一瞬で斬り伏せられました。あまりの事態に私は逃げるように父と母に言われ、母の転移魔術で逃げようとしたのですがそこに兵士が斬りこんできて……母は私の目の前で斬り殺されました。私も手傷を負わされ、魔術の起動時間すらほとんどない状態でしたので、転移先の座標も狂い、同族に助けを求めるはずが、この街に飛ばされていたのです」

フェンナの目に涙が浮かぶ。彼女は目の前で母を失ったばかりなのだ。おそらくは一族も、全て。

「お願いします、私をダルカスの森まで連れていっていただけませんか？　近くの町まででよいのです。私の里まで同行してくれとはいいません」

フェンナが懇願するようにアルフィリースたちを見回した。彼女にしても、他に頼るものが無いのだろう。エルフは基本、森から出ない。まして年若いともなれば、今いるミーシアがどのような場所で、どうやって森に帰るかどうかもわからないに違いない。また、世間的にダークエルフと言われ迫害される者が、人間の世界を一人で彷徨うのも危険極まりない。

そのくらいの事情は全員が瞬時に理解できたことだが、正直フェンナの頼みを引き受けるのは誰が考えても危険が大きい。そのことを承知の上で、ミランダが返答する。

「やっぱり厄介な話になったね。一つ言っておくが、アルネリアとしては事情もわからず肩入れはできない。もし領土争いなら、内政干渉になってしまうからね。助けておいてなんだが、アタシとミリィ、アルベルトは傍観するしかないだろう」

「薄情ね」

「でも正論さ。だけどアルフィは傭兵だ、自由に動ける。手助けできるとしたらアンタだ。アルフィは今の話を聞いて、フェンナをどうしたい？」

ミランダの試すような問いに、アルフィリースは即答した。

「私の意志は決まっているわ。ダルカスの森とやらに送り届ける。目の前で困っている人を見捨てるなんて、とてもできないもの」

「アルフィ、同行者として一言言わせていただきます。このシーカーを保護することはオススメできません、厄介ごとの匂いしかしませんね。それでも送り届けますか？」

「それはセンサーとしての意見？」

「そうでもあり、リサとしての直感でもあります。誰もが同じ意見だと思いますが？」

アルフィリースは周囲を見たが、酒場の店主ですら神妙な表情で成り行きを見守っていた。口にせずとも、リサと同意見であることは明白である。

もう一度フェンナの様子を窺うアルフィリース。助けを求めるような、でも申し訳もたたないような、期待と不安の入り混じった青い目がアルフィリースを見つめていた。

（……この子を放り出して自分の旅を気楽に続ける？　考えられないけど——私一人の旅じゃないのよね）

リサのことを思うとやや躊躇われるアルフィリースだった。そこでミリアザールがミランダのことをじっと見つめる。目がミランダに言葉を促していた。ミランダもまた、頭を掻きながらついに決断を口にした。

「ええい、わかった！　アタシもついていく！　それならちょっとはマシだろ⁉」

「え、いいの？　アルネリアは手助けできないんじゃないの？」

「アルネリアのアノルンじゃなくて、傭兵ミランダとしてならいいだろ？　良い機会だから言っちまうけど、アタシはこれからもアルフィに同行させてもらうつもりだったんだ。今までみたいにつかずはなれずじゃなく、正式な仲間としてね。今は巡礼の任務も解かれたし、どうにもアンタを放ってておけない。アタシの目の届かないところで何かあったら、とてもじゃないが自分を許せそうにないからさ」

「あ、ありがとう……」

「それで構わないね、シスター・ミリィ⁉」

「まぁ本来なら頼みたいこともあったが、次の役目が正式決定するまでは好きにするとよかろう。それだけの功績がおぬしにはあるし、アルネリアもおぬし一人おらぬくらいで揺れるほど脆弱ではない」

　安堵のため息を漏らすミランダ。そしてリサもそれならばと頷く。

「なるほど。ミランダに来ていただけるなら、多少は安心ですかね。一つアルフィに告げておきますが、これはアナタの旅です。アルフィの心のままに動くのがもっとも後悔が無いと思います。私の言葉はあくまで意見であって、必要以上にお気になさいませんよう。アナタと一緒に危険な目に遭うことも、私の決断の内です。そこに責任を取れないほど、幼いつもりはありませんよ？」

　ミランダの決断と、少し得意気に伝えたリサの言葉を受けて、アルフィリースもまた決意した。

「フェンナ、貴女を助けるわ。里まで送り届けましょう！」

「！　あ、ありがとうございます！」

「でも貴女の一族は――」

アルフィリースが聞きにくいことを口にしようとしたが、フェンナがそれを遮った。

「わかっています。一族の生存を確認しに行くわけではないのです。ただ一族に伝わる秘術の封印を確認しに行くだけです」

「秘術？」

てっきり一族の安否を確認したいとばかり、アルフィリースは思っていたのだが――

「申し訳ないのですが、内容は申し上げることができません。ですが、封印の状況次第で私の今後の行動が変わりますから」

「わかったわ、内容については聞かないことにする。それじゃあこれからよろしくね。私はアルフィリースよ。で、こっちの年長で口が汚いのはミランダで、年少で口が悪いのはリサよ」

「あぁん！　誰の口が汚いって⁉」

「まったくです、デカ女の分際で生意気な」

二人の口調を聞くに、語るに落ちたとはこのことか。びっくりした後くすりと笑うフェンナに、ミランダが咳払いをして答える。

「でもそこまで行く方法はどうするんだい？　結構遠いし、その辺は地形も結構複雑だよ？　ちなみにアタシはその辺にはほとんど行ったことがないんだ」

「誰か案内を頼むのが妥当ですね」

「フェンナは詳しくないの？」

「私は森から一歩も出たことがないので……森をある程度分け入ればわかるのですが」

「私が案内をしよう」

突然の申し出に全員が振り向いた先には、ネコの獣人がいつの間にか立っていた。背はリサよりもやや大きいくらいの小柄な女性の獣人だ。だが気の強そうな顔と、引き締まった体に使い古した防具。どうやら旅慣れも、戦いの経験も十分なことは見た目でわかる。

「私は見てのとおりネコ族の獣人の戦士、ニアだ。本来はグルーザルドの軍人だが、現在は武者修行のため諸国を放浪している。私はダルカス周辺を通ったことがあるのだが、案内としてどうかな？」

「案内はありがたいけど、どうしてその気になったの？」

「困っている者を見捨てるのは、グルーザルドの軍人として恥だからな」

ふん！　とニアは顔を逸らす。ジョッキの内容を一気に飲み干し恰好をつけたが、後ろでくっくっくっ、と店長が笑っている。

「虚勢張るなよニア。貴女たちがなんだか気になるから同行させてくださいって、素直に言っちまえよ。それにその中身、ミルクだったろ？　口の端についてるぞ？　恰好つかないぜ」

「べ、別に私は気になってなど、いない！　恰好をつけてもいない！」

腕を組んでぷいと横を向いてしまったが、耳と尻尾がせわしなく動き始めた。これは——

「わかりやすいね」

「まぁ、照れていらっしゃる？」

「素直じゃないわね」

「なるほどのぅ、これが流行りの……なんと言ったかのぅ？」

ミリアザールの質問にリサが答えた。

「ツンデレというやつですかね。一昔前ですが、どこぞの大衆演劇で流行った演目でしたか。たしか『ツンデレ女探偵団』とかいう演目で、それなりの好評を博していましたね」

「ああ、そんなのもありましたね。ミーシアでも何度か演目がありましたか」

「それ、アタシも知ってる。よく知っているわね、リサ」

ウルドとミランダが納得したように手をぽんと叩いたが、リサはあまり得意気ではなかった。

「センサー能力は便利でして、演劇などは遠くにいても目の前で見ているようにわかりますから。暇な時に、ちょくちょく観ていました」

「それ、ずるくないですかい？　俺っちは一緒に見に行った彼女の分までお金払ったのに……」

「悪気はありませんよ。聞いているというより、聞こえてしまうんですから」

ぐったりと項垂れるウルドに、さしものリサも決まりが悪そうに話していた。なんのことかわからないアルフィリースやフェンナは、そっと耳打ちして教えてもらっていた。ニアもまた意味がわからないのか、不信感をもった目で首を傾げている。これを見て、リサの目がきらりと光った。

「つんでれ？　つんでれとはなんだ??」

「ツンデレとは褒め言葉です。人間の世界では、こう呼ばれることは最高の名誉だと言われていま

す。ちなみに使い方としては、自己紹介の時などに用い『はじめまして。ツンデレのニアです』などという挨拶があります」

リサがすかさず説明するが、嘘八百もいいところである。いや、まぁ言われて喜ぶ人も中にはいるかもしれない。ウルドとミランダは面白くてたまらないという顔で、吹き出すのを必死で堪えている。意味をそっと教えてもらったアルフィリースはリサの服の裾を小さく引いて耳打ちした。

「リサ、いくらなんでもそれはまずいんじゃ……」

「こんな面白い逸材を逃す手はありません。もしネタばらしをしたら、アルフィが社会的に活動できなくなるような情報を私の情報網でミーシア中に流します。怖いですよ？　ガセ情報でも人は信じますからね、行く先々で見知らぬ人からひそひそ話をされる自分を想像してください。とても耐えられるものじゃありません。それはそれで面白くなりそうなので、なんなら体験してみますか？」

無茶苦茶な脅し文句だが、リサなら本当にやりかねないのでアルフィリースは強く反対できなかった。

（ご、ごめんなさいニア。でもニアもさすがに嘘に気付くよね？）

などとアルフィリースは心の中で言い訳をしてみる。が、ぶつぶつと「そうか、そうなのか……それが人間の世界の礼儀なのか」と呟くニアを見てしまった。ちなみにニアが想像以上に生真面目で、この誤解を解くまでに相当の時間を要することになるのは後にわかる話。

ともあれ次の目的地は決まったようだ。フェンナを心配する一方で、新しい冒険にどこか心躍る自分を隠せないアルフィリースだった。

第十一幕　幼き約束と誓い

「チビどもになんて言ったらいいでしょうか……ふむ、難題ですね」

フェンナを里まで送り届けることが決まった後、リサは一人頭を悩ませていた。本当であれば子どもたちと一日ゆっくりと過ごしてからお別れをしたいところであるが、フェンナの事情を考えると一刻も早く出発すべきなのは明白だった。

フェンナの体調が思わしくなければもう一泊できるかとも思ったが、ミリアザールの回復魔術は素晴らしく、話が終わる頃には本当に瀕死の傷がほぼ完治していた。ミリアザールの言うとおり、明日朝にはフェンナの体力もきっと回復しているのだろう。

「優秀すぎるのも困りものですね」

「なんか言ったかの？」

早まりそうな出立を見越し、ミリアザールにそのまま子どもたちを引き渡すため、二人でリサの家に戻るところである。

「明日は共に過ごす予定だったのですが、そういうわけにもいかないようです。その理由をチビたちになんて言うべきか悩んでいました。リサは、チビたちにだけは嘘をつかないように気を使っていたつもりだったのですが」

「仕方があるまい、遅かれ早かれ別れは訪れたのじゃ。彼らが成長しても同じじゃよ。ま、突然すぎたかもしれんがの」

「リサはそれでよいとしても、チビたちはそれが理解できる歳ではありません」

「それはそうじゃな……」

結局二人で考えても結論は出ないままリサの家に着いてしまった。たとえ借り物のおんぼろな家とはいえ、この家の扉を開ける時は常に心が和んだのだが、今、リサの気持ちは暗鬱に沈んだままだった。

「ただいま帰りました、と……まぁ皆寝ていますか。夜遅いですからね。意外にもアルベルトが遊び上手だったのには驚きましたが、おかげさまで寝つきがよい……おや？」

「ん……リサ姉、お帰り……」

リサが家に入ると、予想に反して台所からジェイクが眠そうな目をこすりながら出てきた。リサの帰りを一人待っていたのだろう。

「ジェイク、まだ起きていたとは悪い子です」

「え、とね。他の奴らが寝ている時に、ちゃんとリサ姉に言っておきたいことがあってね……」

ジェイクが何やら戸棚からごそごそと取り出す。袋に入った何かは、じゃらじゃらと音を鳴らしていた。

「リサ姉、これがなんだかわかる？」

「これは……お金ですね。しかもこの重さということは、かなりの金額では？　ジェイク、いったいどうやってこのお金を集めましたか？　まさか⁉」

リサの頭にミリアザールに言われたことが思い浮かぶ。子どもがこれほどのお金を貯めるとは、いったい何をやったというのか。悪い予感がリサの頭に浮かぶ。

だがジェイクはそんなリサの意図を察したのか、いち早く頭を振って否定した。

「リサ姉に心配かけることはしてないよ、俺が働いたんだ。郵便物や軽い荷運びをしてさ。靴磨きとかもやったかな。まあこんなガキじゃ仕事をもらうのも大変だったけどね」

「なぜです？　リサの収入では足りませんでしたか？」

リサが珍しく声を荒げる。彼女にしてみれば、自分の身を削ってお金を稼いでいるのだ。やりくりもしっかり決めているため、足りないはずもない。せめて子どもたちが成長するまでは何とかしたいと、必死であったのに、どこで計算を間違えたというのか。

自分の不甲斐なさに腹を立てたリサを前に、ジェイクはいたって冷静だった。

「んーん、十分だったよ？」

「ではなぜ？　ジェイクはまだ働くような歳ではありません！」

「だってリサ姉、六歳から働いてたでしょ？　俺、もう十歳だぜ？　俺だって働けらぁ！」

「！」

言われてみればもっともかもしれない。自分が目覚めた力をなんとかお金に変えようとリサがギルドに訪れたのは、ジェイクを拾った翌日だった。正直、センサーの能力を使って悪事を働く考えがリサの頭の中に浮かばなかったわけではない。だがまっとうに子どもたちを育てるためには、可能な限り正当な手段で稼いだお金で育てたかったのはリサの意地である。同じような意地をジェイクも持っているということだろう。

そんなリサの思いを知ってか知らずか、ジェイクは自分で何度も考えたであろう言葉を一気にまくしたて始めた。

「俺たちはさ、リサ姉が稼ぐお金で食べていけてるよ？　雨漏りがあるけど、屋根がある家にも住める。たしかに父さんも母さんもいないし、学校にも行けてないし、遊ぶようなおもちゃも滅多に手に入らないけど、それはきっとすごく恵まれてるんだ。でも、リサ姉はどうなの？」

「どう、とは？」

リサは質問の意味がわからず、聞き返した。

「リサ姉はいっつも働いてばかりだ。この前休みとったのいつか覚えてる？　俺リサ姉が働いている日を数えてたんだけどさ、っていうか九十九より大きな数とか知らないけどさ、その数をもう随分前に超えちゃってるんだよ？」

「——そう、でしたか？」

「そうだよ、だからこれは俺からのお礼だ。これだけあればリサ姉一週間くらい休めるだろ？　ちょっとは休みなよ。今の俺は半年かかってこのくらいしか稼げないけどさ、いつか沢山お金を稼げるようになって、リサ姉に楽させてやろうと思ってるんだ！　なんてったって、俺は男だからな！」

「ジェイク……」

特に学や技能のない孤児にしかすぎない少年が、ギルドでセンサーの上位にランクインするリサ以上にどうやって稼ごうというのか。まったくもって子どもじみた幻想にすぎない。だが自分がこういう幻想を最後に描いたのはいつの日だったか、リサには既に思い出せなかった。日々の生活に追われ、いつしか自分の将来についてまったく考えることを辞めていた現実に、リサは今気付かされた。

自分が夢をもっていたのはいつだったろうと、リサは思い出してみる。両親と何一つ不安なく過ごしたあの日々ではなかったか？　その中で、自分も幸せな家庭を築いてみたいと思ったことはなかっただろうか？

ジェイクが夢をもてるということは、今自分は彼らにとって、心の拠り所足りえているのだろうか？　ジェイクの心遣いもそうだが、自分がしてきたことが報われたような気がして、リサの心の内は温かいもので満ちていた。

そして、リサは知らず知らず泣いていた。父が出ていった時も、母が自死した時も彼女の目からは涙が出なかったのに。リサは、自分は涙など流せない人間だと思っていた。少なくとも泣ける立場にはないと。だが今、自分のために無償で何かをしようとしてくれる存在がいる。これほど嬉しいことは彼女にとってなかったのだ。

（そうか、これは嬉し涙なのですね。身を粉にして働いたことも無駄ではなかった……）

そんなリサの感動などどこ吹く風のジェイクは自分の話に懸命で、リサの様子に気付いていない。

「だからさ……その、もし……もしもだよ？　俺がさ、沢山お金を稼げるようになってリサ姉を守れるようになったらさ……リサ姉、俺と結婚してくれないかな??」

「…………え？」

突然の言葉にリサの嬉し涙は思わず止まり、思わず無防備な驚く顔をジェイクに向けてしまった。とてもではないが、アルフィリースたちの前ではできない表情だろう。

（……今、リサはなんと言われましたか？　この子は、結婚してくれと言いませんでしたか⁉）

いやいやまさか、とリサがふるふると頭を横に振りもう一度確認してみる。リサは、どうせジェイクのいつもの冗談だろう、くらいにしか考えていない。

「ジェイク、今なんと？　リサをあまりからかうものではありません」

「に、二回言わせるなよ！　……そ、その、俺と結婚してほしいんだよ‼」

「…………はぁ」

「な、なんだよ！　その返事‼」

気のない返事が予想外だったのか、ジェイクがおろおろし始めた。いや、リサも表面上何も感じていないかのように取り繕っているが、内心ではパニックを起こしている。どうやらジェイクは本気のようなのだ。

好きだとか、付き合うとかをすっ飛ばかして、いきなりプロポーズされるとはリサもさすがに想像したことはない。しかも、ちょっと前までおねしょをしていたような子に。まったく実感が湧かないリサの頭の中は、真っ白になっていた。

後ろではミリアザールが腹筋をねじ切らんばかりの勢いの笑いを、必死で堪えている。我慢がすぎるのか、変な汗をかいて小刻みに震えていることがリサには感知されていた。

「ジェイク。アナタ、結婚の意味を知っていますか？」

「知ってるよ！　互いに永遠の愛を誓い合って、死ぬまでずっと一緒にいるんだろ？」

「どこでそんな言葉を覚えたのやら……なぜリサなのです？」

「俺はリサ姉以上にいい女を見たことないもん！　働きながら色んな人を見たけどさ、みんな上辺ばっかりだ！　『ぼうや、イイ子ね』『ぼうや、頑張ってね』なんて言うけど、本気で俺のこと心配してくれている人なんていやしない！　でもリサ姉は違う。なんにも関係ない俺のことを拾って、育てて、そのために自分がしたいこととか我慢してさ！　それでも俺たちに見返りを求めたことはないし、美人で、優しくて、強くて、ええとそれから、それから……」

　ジェイクがはあはあと息を切らしながら、リサのことを褒め立てる。少々美化しすぎな気もするが、これだけ純粋に褒められるとさすがにリサも悪い気がしない。

「ジェイク、でもリサは目が見えませんよ？」

「いいよ、俺がリサ姉の目になる！」

「リサは、実の両親にその能力ゆえに化け物呼ばわりされましたが」

「そんなの関係ない！　リサ姉はリサ姉だ！」

「今はリサが良いかもしれませんが、アナタが大きくなる頃にはリサより素敵な女性を見つけているかもしれません」

「そうかもしれないけど……もう俺はリサ姉を一生守るって決めたんだ！」

　どうやらジェイクは一歩も引く気はないらしいが、子どもの駄々に聞こえなくもない。じゃあこちらも無茶を言ってやろうと、リサは考えた。これならジェイクも諦めるだろうと。

「……いいですか、ジェイク。リサと結婚したいなら、約束してもらいたいことがあります」

「何？」

「リサはイイ男としか結婚したくありません。お金を稼ぐと言うなら、この町で一番高台にある家を、高台ごと買い取るくらい稼いでもらいます。できますか？」

「うん！」

「お金だけあってもいけません。リサは強い男が好きです。たとえ魔王が攻めてきても、一人でリサを守れるくらいの男でないとリサは嫌です。ですが、もちろん死ぬのは論外です。魔王の軍勢が攻めてきて全ての人間が逃げても、リサを守るために戦って勝つと約束できますか？」

「もちろんだ！」

「あと見てくれも重要です。身長はリサより頭一つ以上高くないと嫌です。また筋骨隆々は嫌いです。しなやかでいて、かつ力強くある必要があります。どうでしょう？」

「リサ姉がそう望むなら、なってみせるよ」

「まだです。権力も重要です。私たちは孤児ですから、地位がないと誰も認めてくれません。アナタはどこかの王国で騎士となり、出世して将軍になるのです。貴族の位も重要ですね」

「将軍なんてケチくさいこと言うなよ！　リサ姉のためなら王国だって造ってやるさ！」

この言葉にリサは困ってしまった。もう言い訳が思いつかない。ここまで一直線に想われ、しかも無理難題に全て即答するのである。特にリサ的にも、最後のは心にぐっときたようだ。子どもだから現実の手段などは何も考えていないだろうが、それでも自分一人のために国まで用意してみせると言ってくれた少年を目の前にし、リサは感無量だった。

（リサは目が見えませんが、さぞかしジェイクは真剣な眼差しで私を見ているのでしょうね。たとえ幼くとも、その目を見てしまえば思わず女性が魅かれずにはおれないような、まっすぐで真摯な眼差しを……今初めて、自分の目が見えないことを後悔したかもしれません）

リサは目を閉じ俯いていたが、何かを決心したかのように顔を上げた。

「ではジェイク、私を見なさい？」

「見てるよ！　今までも、今も、これからも！」

「そうですか……ではこれがリサからの返事です。目を閉じなさい。私がいいと言うまで、開けてはいけません」

「？」

ジェイクが目を閉じたのを確認してジェイクの顔に手を添え、そっと額にキスをしてやる。ジェイクが瞬間、石化したように硬直したのがよくわかった。子どもはやがて成長するのだと、感慨深い思いがリサにはあったが、挨拶よりも少し長い程度で額から唇を放してジェイクに向き合った。

「いいですか、ジェイク……リサはこれから旅に出ます。アナタたちの面倒はこれから後ろにいるシスターが見てくれます。ちょっとペッタンコで、体の凹凸と色気に欠けるシスターですが、人として信頼できます……彼女の下で学びなさい。そしてイイ男になって、私を迎えに来てください」

「うん…………うん！」

ジェイクが力強く返事をした。

（まったく子どもは単純ですね――と、リサも子どもでしたか。でも人を好きだと思う感情なんて、単純なくらいでちょうどよいのかもしれないです）

リサには自然と笑顔がこぼれていた。だが同時に申し訳なくもある。こんな時に自分は子どもたちの下を離れなくてはいけない。

「アナタたちを置いて旅に出るリサを許してください……本当は、ちゃんともっと前に言うべきだったのですが」

「いいよ、今度は俺の番だから。ちゃんとあいつらの面倒見るよ。だから何も心配しないで」

人の成長は早い。子どもだと思っていたジェイクは、いつの間にか大人になろうとしていた。もっともまだまだリサも含めて当人たちは子どもなのだが、ジェイクにトイレの躾までしたリサとしては感激もひとしおだった。

（これは期待できそうですね……十年もすれば、本当に素晴らしい男になってリサを迎えに来るかもしれません。ですが、それまでリサもイイ女になる努力をしないといけませんね）

むしろ自分の方がジェイクにふさわしいかどうかわからないとリサはやや不安になったが、自分を磨くと決心することで自分を納得させた。何せ時間はまだまだあるのだ。

「ジェイク……ありがとう」

「いいってことよ」

「何も聞かなくて平気ですか？　心配はしませんか？」

「時々手紙でも書いてくれれば、それでいいよ。それより、俺以外の男と浮気すんなよ？」

「……調子に乗りすぎです、ジェイク」

頭を両手の拳で挟んでグリグリしてやる。どうやら、ジェイクはプロポーズが成功したことで相当に浮ついているようだ。もっともリサも内心は同じだったが、年長者としてそこは取り繕う体をとった。

「いてて、いてて！　リサ姉やめてって」

「まぁ、このくらいにしておきましょうか。しかし、他の子にはなんて説明したらいいでしょう」

「大丈夫だよ。いざという時のことは、ちゃんと皆に説明してあるから。『リサ姉がやりたいことが見つかった時は、引き留めないぞ』ってね。まあ一番下のミルチェはぐずるかもしれないけどさ。ちなみに俺がいなくなればネリィが。ネリィがいなくなれば、次はルースが仕切ることになってるんだ」

「そこまで考えていましたか……」

どうやら子どもたちは、リサが思っているよりはるかにしっかりしているようだ。もはや自分がいなくても、しっかり支え合っていけるだろうということはリサには確信できた。もちろん実生活上の手段は別だが。

その時、眠そうな眼をこすりながらミルチェがぺたぺたと歩いてきた。

「んー、りさねぇにじぇいく……なにしてるの……？」

「ミルチェ、起きちゃったか。ほら、大丈夫だからあっちで寝よう、な？」

「りさねぇにだっこしてもらわなきゃやだ〜」

「あとでちゃんと行きますから……ジェイク、先にミルチェを連れていってください」

「ん。あとでちゃんと抱っこしてあげてよ？」

「ええ、必ず」

ジェイクがミルチェを連れて寝室に向かう。そして二人になると、ミリアザールがついに我慢の限界を超えたように盛大に笑い始めた。

「ぶくく……ハハハハハ！　お、おぬし……よかったのう、可愛らしい恋人ができて！」

「黙りやがれです、このペチャパイ。寝ている子が起きるでしょう？」

「む、無理じゃ。我慢できん」

ついに我慢の限界を迎えたミリアザールが大爆笑を始めた。その横で顔を真っ赤にしながら悪態をつくリサ。そのリサの肩を、腹を抱えながらぽんとミリアザールは叩く。

「まぁ、実際ああいうのは良い男になるぞ？　ワシがしっかり育ててやろう」

「アナタに任せておくと、とんでもない方向に成長しそうですが」

「いや、その辺はしっかりやるわい。それでも、おぬしの要求全てを満たすのは無理かもしれんが」

「あれは口実です。まさか全てに即答して、上乗せまでされるとは思いませんでしたが。凄まじくデカイ賭けに勝った気分です」

「賭けた物は人生、というところかの？」

「まあそうですね。でも予想以上の結果が返ってきましたね」

そう語るリサの顔はとても幸せそうだ。ミリアザールも内心ではそんなリサの表情に満足だった。

（……いつ見ても、人間のこういう顔は良い。ワシは人のこういう顔を沢山見たいのだ。どうやら、まだワシの心は錆びついておらぬらしい）

ミリアザールも笑顔になる。だが、リサはそんなミリアザールを放っておいて幸せに浸っていた。リサにとって彼女の両親がいなくなってから、久しぶりに感じる心からの幸せだったから。

＊＊＊

そして翌朝、リサがいなくなるということを聞きやはりミルチェが少しぐずったが、子どもたちが皆して慰めた。子どもたちはそれぞれ悲しそうな顔をするものの、誰も文句は言わなかった。ジェイクの言うとおり、可能性の一つとして考えていたことなのだろう。そしてリサが一人一人に別れを告げる。

「それではシスター、皆を頼みます」

「任せるがよい。たしかに預かった」

「皆もちゃんとシスターに挨拶なさい？」

リサに促されて子どもたちが一列に並び、揃ってお辞儀をする。

「「「「よろしくお願いします、ペッタンコシスター！」」」」

リサと子どもたちがニヤリとする。

「リ、リサ……やりよったな！」

「フフフ、その子たちの世話は大変ですよ。それはもう、とてもね。しかと味わっていただきましょう」

「……フ」

「他人ごとか、アルベルト!?」

そうやってリサが旅立っていった。まぁ湿っぽいのよりはよほどいいだろうと、ミリアザールは無理矢理自分を納得させた。子どもたちはリサが通りを曲がり、その姿が見えなくなるまで手を振るのを止めなかった。

第十二幕　シーカーの里へ

一方こちらはアルフィリースたち。結局飛竜を使いダルカスの森の近くまで行くことになった。馬などを使ってフェンナを人目にさらすよりよほど良いのでは、とミランダが提案したのだ。ミリアザールが報酬に色をつけてくれたおかげで、金銭的にも随分と余裕がある。幸いなことに五人で乗れる大型の竜も確保できたので、貸し竜屋が準備をしてくれているところだ。

アルフィリースは祝勝会の席でのミリィの態度の変化をミランダにそれとなく問いただしたが、詳しくは教えてもらえなかった。どうやらアルネリア内ではそれなり以上に地位の高いシスターであり、有数の回復魔術の使い手であることはわかったのだが、ミランダが困ったような顔をして口ごもったので、アルフィリースもそれ以上の追及はできなかったのである。

気を取り直したアルフィリースはその竜と早速コミュニケーションをとっている。というより、散々舐め回されていると言ったほうがいいかもしれない。もはや二度目にもなると慣れた面々には感動もないのだろうが、ニアとフェンナは目を丸くしてその光景を見ていた。

「そういえばニアってほとんど荷物ないね。戦う時はどうするのさ？」

「私は武器を使わん、素手でやる。まぁ戦場では手甲や、すね当てくらいは装備するがな。獣人は皆そんなものだ」

「素手って……危なくない？」

「武器の方が私には危ない。だいたい刃物は敵を斬れば欠ける、折れる。ましてや鎧を着た人間を二、三人も切れば、並の剣はダメになる。圧倒的な剣速を持って斬れば脂や血糊もつかないというが、そんな使い手は滅多にいまい」

「うーん、そうかも」

アルベルトなら当てはまるかもしれないが、たしかにあれほどの使い手はそうそういないだろうと、ミランダも納得する。

「でも、拳で相手を仕留めるのは難しいんじゃ？」

「いや、私は軍人だからな。戦争において、相手を一撃で仕留めることができればそれは良いが、むしろ重症にして、相手を戦闘不能に追い込む方が重要だ。明らかに死んだ者は見捨てられるが、瀕死の者は周囲の者が助けようとする。そうすれば一人を助けるのに五人の手を必要とする。そうすれば一撃で六人を撤退させるのと同じ効果を持つ」

「なるほど……」

「もっと言えば、戦場において一般の兵士はわざと切れ味の鈍い武器を使うこともあるだろう？ 肥溜めの中に刃先を一日浸しておくと、即席の毒の剣の出来上がりだ。これで敵を傷つけるとほぼ確実に熱を出す。そうすれば敵陣に帰った後で、多くの者の手を煩わすだろう。我々が人間の軍隊によくやられた手だ。卑怯だが、理には適っている」

「そう言われればそうね……」

ミランダも自分では経験豊富なつもりでいたが、よく考えれば自分は魔物相手の戦争に参加したことはあっても、人間同士の戦争には参加したことがほとんどない。ニアの話を聞いていると、人間同士の戦争の方が対魔物よりも残酷なのではないかと思えてきた。「う〜ん、なるほど」とミランダが唸っていると、くいくいとフェンナがミランダの裾を引いてくる。

「あの〜、アルフィリースさんを放っておいていいんですか……？」

「へ？　そういえばアルフィどうなって……って、アルフィが半分くらい竜の口の中に収まってるんだけどー？」

アルフィリースの上半身が竜の口の中にすっぽり収まり、小刻みな痙攣を繰り返していた。

慌てて助けだすミランダたち。まさかの危機であった。

＊＊＊

「もう、信じられない！　傷になったらどう責任とってくれるのよ⁉」

「グ、グアッ！」

「ごまかそうったって、そうはいかないんだからね！」

「ググ……」

そして既にダルカスに向かう空の上である。あのあとアルフィを引っ張りだすのに一同はおおわらわだった。アルフィリースは酸欠で死にかけていたようで、綺麗なお城とお花畑が見えたと言っていた。

竜にしてみればアルフィリースが気に入ったようで親愛の情を示す甘噛みだったのだろうが、大人数を乗せる馬五頭分大の竜の甘噛みである。犬や猫とはわけが違うのだ。それでもう竜に乗ってから二刻くらい、アルフィリースがぷりぷりと竜に文句を言っている、というわけだ。

飼い慣らされた竜が人間に自ら好意を示すことなどあまりないはずなのだが、よほどアルフィリースは竜と相性が良いようだ。そんなアルフィリースが不思議なのか、竜の背中に備え付けられた座席からフェンナがアルフィリースに声をかける。

「アルフィリースさん、竜と話せるんですか？」

「え？　うん、言ってることはだいたいわかるよ。シーカーってわからないの？　人間とかより、よっぽど竜に近いと思うんだけど」

「森の属性を持つ樹竜とかならあるいは大丈夫かもしれませんが、アルフィリースさんは飛竜の言葉がわかるのですか？」

フェンナが余計に不思議だといった顔をした。アルフィリースの方はさも当然のことのように話を続ける。

「飛竜の言葉がわかるようになったのは二日くらい前だよ？　以前私が住んでた山の近くに人間の言葉を話せる竜がいたから、その竜に竜言語を教えてもらったの。一応竜にも共通言語みたいなのがあるんだって。それがわかったら、あとは種族による方言みたいなものだから、とりあえず意思疎通には困らないぞって言われたことはあるよ」

「それは初耳です。と、いうより人間の言葉を話すなら、相当に立派な竜では？」

「あー……言ってもいいかな？　名前はグウェンドルフだよ」

「し、真竜グウェンドルフ……」

その名前を聞いて、美少女が台無しになるほどフェンナがぽかーんとしたあと気絶しかけていた。事情を呑み込めないミランダがフェンナの袖を引く。

「ねぇ、それってすごい竜なのかい？」

「すごいもなにも、エルフの中ですら伝説に謳われるような竜です。存在しているとは伝えられていましたが、まさかその行動を耳にすることができるとは」

「そんなにすごかったの？」

「ええ、魔術の使い方をエルフに教えた竜とさえ言われます。元々魔術は竜が固有に使うものだったそうですから」

その言葉にアルフィリースが反応した。書物でもたしかにそのような記載を見たことはあるが、自分でもそこまですごい竜と接していたとは思っていなかったらしい。

「う～ん。いっつも『グウェンおじちゃん』、あるいは呼び捨てにしていたから……よく頭の上に乗って遊んでたし。まずかったかな？」

「ふう……恐れ多くて、私にはとてもそのような真似はできません」

気のせいか、アルフィリースはフェンナに尊敬の眼差しで見られているような印象を受けた。

「そういえばアルフィの小手って最初に見た時から傷一つないけど、まさかその竜にもらったとか言わないよね？」

「え、もらったよ？　お守り代わりだって。師匠に加工、細工はしてもらってるけど」

今度は全員のあいた口が塞がらない。そして全員でひそひそ話を始めた。

「リサさ、あれって売ったらどのくらいすると思う？」

「通常の飛竜の爪や鱗（うろこ）の加工でも一万五千ペントくらいします。武器を一本仕上げるとなれば飼い竜の素材でも最低五万からかかります。ですがそれほどの竜なら間違いなく伝説の防具級の加護があるでしょうから、鑑定がついたら下手したら小さな町をまるごと一個買えるかもしれません。リサならまず売ろうとすら思いませんが」

「私に譲ってほしいくらいだ。上位竜ですら百年は欠けも錆びもしないと言われる防具だぞ？　魔術耐性を持つとも言われるし。そもそも真竜の爪や鱗を加工できるとは、その師匠とは何者だ？」

「というか、持ってるだけでも相当な加護があると思いますけど」

全員が陰でひそひそと話すのをそっちのけに、まだアルフィリースは竜の背中を叩きなら文句を言っている。

（アタシはすごい子と友達になったんだろうか？）

ミランダが腕組みをして考え込むのも、無理はなかった。

＊＊＊

今回はさすがに一日で行けるような距離ではないので、一行は途中で野宿をした。町に泊らなかったのは、これほど大きな竜を休ませる設備が町の中に滅多にないのと、やはりフェンナを気使ってのことだった。フェンナは申し訳なさそうにしていたが、別に一日程度の野宿に文句を言うような面々ではない。リサに至っては野宿など経験が無いらしく、興奮して珍しく饒舌になっていた。

寝る前にニアに素手で稽古をつけてもらおうとアルフィリースやミランダは挑んでみたが、一歩踏み込もうとすると体が宙に飛んでいた。ニアいわく、初動が一番仕掛けやすいのだそうだ。

「だからというわけではないのだが、人間たちがネコ族と呼ぶ我々は初動、瞬発力に優れた種族でな。特に二十歩までの動きならどの種にもひけをとらん。だから刀や武器を構えればそれだけ無駄が大きくなり、私たちの長所が生かされないんだよ。わかるか？」

「たしかに。それだけ目の前で速く動かれたら対応できないかも」

「まぁ逆に持久戦は苦手だし、腕力は人間のそれと大差ないがな。そこは技術で補うことにしている」

「そっか、ちなみにニアってグルーザルドでは隊長とかなの？」

「いいや、ただの平隊員だ」

この強さで平隊員なら、どうやって人間は獣人と戦争をしていたのか。獣人と戦争するような時代に生まれなくて、心底よかったと思うアルフィリースたち。

「フェンナは何か武芸ができるの？」

「私は主に土系統の魔術使いですが、私の魔術はちょっと特殊なので。武器でしたら弓ができます。武芸と呼べる腕前かどうかわかりませんが」

「じゃあこれ射ってみてよ」

不意にミランダがククスの実をぽいっと空中に投げる。瞬間、フェンナは地面に置いていた弓矢を手に取り射かける。見事にククスの実を空中で射抜いた。

「充分すごいよね……」

「いいえ、私は戦士ではありませんので……弓も人間の物ですし、精度がまだまだです。五十歩以内で誤差が指二本分も発生してしまいます」

それは十分達人と、世間一般では言っても良いだろう。

「シーカーの弓を使えば百歩で誤差指一本分まではいけると思うのですが、私ではその程度です」

「いやいや。普通弓って、五十歩くらいしか殺傷能力ないはずだよ」

「シーカーの弓ですと、男性が射れば百二十歩までは殺傷能力が保てます。当てるだけなら二百歩は大丈夫ですが。以前誰が一番上手いか集落で比べた時に、二百歩先の的に当て続けて、一度でも外れたら失格にするルールでやったのですが、一刻経過して五人が当て続けたので、皆飽きて辞めてしまいました」

「ちなみに的の大きさは？」

「最初はククスの実から始めて、あまりにも皆外さないので、最後は親指の先くらいの木の実になりました」

「……シーカーともケンカできないわね、これは」

アルフィリースの感想ももっともである。

そして尽きない話をしながら夜は更けていく。リサがネコじゃらしでニアをからかっていたが、アルフィリースは放っておくことにした。まさか翌日、二人とも寝不足になるほど熱中したとは想像だにしなかったが。

＊＊＊

翌日の昼過ぎにはダルカスの森の玄関口に着いた。普通の人間が竜を駆るより倍以上早い行程である。アルフィリースの操縦技術あってのことだった。

ダーヴの町。人口三万人に届かない程度しかないが、森の資源（材木、木の実、薬草など）が豊富であるため、地方の割に訪れる人が多く活気はある町だ。

また森からの魔物が頻発し、森を挟んで四つの国が隣接する地帯のため、クルムスの国境警備の兵や傭兵の姿がここかしこに見える。そういった武装した連中が多い割には自然が多いせいか、ほのぼのとした雰囲気が町全体に漂っていた。

兵士たちも堅苦しい恰好はしておらず、そのあたりで野菜売りの露店の店主と座って話しこんだりしている。平和なクルムス人の気質なのかもしれない。とてもエルフの里に攻め込むような人間たちには見えなかったし、戦ったような跡も見受けられない。

とりあえず情報収集のため、アルフィリースたちは町に来ている。念のためフェンナにもフードをかぶせて同行させているが、一通り見て回っても町に物々しい雰囲気はなさそうだ。念のためギルドにも顔を出して聞き回ったが、特にクルムスが兵士を動かしたような気配はなかった。

「この穏やかな雰囲気……クルムスではなかったか？」

「しかし可能性は一番高いと思います。他の三国からシーカーの里に入るのは、地形の関係でかなり難しいですから。ダルカスの森を資源として利用しているのが、そもそもクルムスだけだと聞いていますし」

「もう少し探ってみましょう」

ニア、フェンナ、ミランダが色々話し合っている。その辺の軍事事情に疎いアルフィリースとリサは、いまいち話についていけない。

「もうちょっと私も、色んな国や土地について情報を集めないとダメね……」

「リサも同感ですね。これからは諸国の情報についても敏感にならなくては」

アルフィリースとリサがそんな考えに耽っていると、横の通りに人だかりができているのが見えた。

「ねぇ、何かしらあれ？」

「さぁ。行ってみましょうか」

「またしても厄介事だとひしひしと感じるのは、リサだけでしょうか」

ともあれ全員で近づいてみると、どうやら人が倒れているようだだ。男のようだが、顔は見えない。なぜだか、ミランダが妙に顔を輝かせている。

顔を輝かせたミランダの様子を訝しみ、アルフィリースがミランダを肘で小突く。

「ねぇ、なんで嬉しそうなの??」

「だって、イケメンとの出会いの匂いがするから」

「匂いとはなんですか、スケベシスター。まぁ人助けする分には止めませんが、助けられてからが彼の本当の災難の始まりなのは間違いないでしょう」

「人聞きが悪いね！」

などとくだらないことを言いつつも、一行は助けに向かう。

リサは「精霊よ、哀れな通行人を助けたまえ……あのシスターに天罰を、デカ女には笑える災厄を……」などと呟いている。アルフィリースとミランダはリサの祈りに呆れながら男に声をかけた。

「もし、男の方。どうされましたか？　どこかお加減でも？」

「返事がない。どうやら、ただのしかばねのようですね、と」

「リサ、冗談言わないの。ちゃんと脈はあるわよ。あ、意識が戻りそうね」

「……お……」

「お？」

「お……おっぱい……」

間違えた、ただの変態のようだ。その瞬間、グシャッという音と共に男の頭が地面にめり込んだ。

もちろんやったのはミランダである。

「あー、この人手遅れだったわ。もう、なんか色々、人として」

「いや、今ミランダがとどめを刺したよね？」

「人として手遅れなのはアナタも同じです、お姉さま」

「ちょっとリサ、アルフィだけじゃなくて最近アタシにもひどくない？」

いつもの展開に慣れておらず、呆気にとられるニアとフェンナを尻目にぎゃあぎゃあ三人が言い合っていると、死んだかに思われた男がむくっと起き上がってきた。

「あーねーさーんー！」

「きゃあああぁ!?」

男が意味不明な言葉を発しながら、アルフィリースの胸に飛び込んでいったのである。

「な、何するのー！」

「いやー姐さん冷たいなぁ！　いつものようにやってくださいよぉ!!」

「いつものようにって、何をよー!?」

あまりの展開に、通行人を含めて全員の頭の中が真っ白となった。いち早く正気に戻ったのはミランダだった。

「……は！　ちょっとこの変態、アルフィから離れな！」

「……またしても変な虫ですか。アルフィ、変な虫を寄せ付けるフェロモンでも出しているのではないですか？　くっ、天下の往来でぐっさりやるとさすがに問題になってしまう！」

「どーでもいいから、この人ひっぺがしてぇ！」

だが三人がかりでも、男は離れる気配が一向に無い。

「今までで最大級の変な虫ですね。もはや人目を憚らず駆除するしかありませんか？」

「仕方ないね……殺るか⁉」

リサとミランダが物騒なことを言いながら顔を見合わせた時——

「おい、レクサス。何をしている？」

「へ？」

今まで何をしてもアルフィリースから離れようとしなかった男が、突然振り向いた。その瞬間、ゴンッ！　という衝撃音と共に、男の頭に漬物石がぶつけられた。会心の一撃だったのだろう、男が再び気を失う。もういっそ一生目を覚まさなくてもいいかもしれないというのが、アルフィリースたちの感想だった。

そして今度こそ動かなくなった男をさらに足蹴にしながら、話しかけてくる者がいた。

「ワタシの連れが無礼をした。許せ」

「は……いえ。死んだのでは？」

「これくらいでこの愚か者は死なん。心配するな」

目の前にいたのはアルフィリース以上の体躯を持つ女性だった。鍛えられた体は男と見まがうほどで、しっかりとした豊満な胸が性別を物語らなければ間違えても仕方ない。端整で化粧っ気のない外見ではあるが、きちんとした格好をすれば女性としても化けそうではある。

だが戦士のように荒っぽくて、それでいて隙のない鋭い眼光を放つ様は、ある意味では美しく気高い猛禽を見ているような気分になり、こういう女性の在り方もあるのかとアルフィリースは感心していた。

ほどけば腰の近くまであるだろう黒髪を、首の少し上で一つに束ねているが、やはり黒髪はこの地域でも珍しいのか、周囲が魔術士だろうかなどと噂している。

アルフィリースもレクサスと呼ばれた男を回収する慣れた動作を見つめていると、女性は既に立ち去ろうとしていた。

「それでは失礼する。急ぎの身ゆえ大した詫びもできんが、また会った折には何らかの形で返そう」

「あ、いえ、そんな……な、名前を伺ってもよろしいですか？」

なぜか反射的にアルフィリースは女性の名前を聞いてしまった。女性は少し不思議そうな顔をしたが、特に嫌そうな顔もせず答える。

「ルイだ。事情があって名字は捨てているがね。そっちは？」

「あ、私はアルフィリースと言います。私も名字は捨てています」

「まあお互いこのような髪だ、事情は色々あるだろう。では縁があればまた会おう」

その言葉だけを残し、そっけなく女性は行ってしまった。変態はちゃんと抱えるのかと思っていたが、足を持って引きずっていた。うつぶせなのであれだと顔面がひどいことになりそうだ、とアルフィリースが心配する傍で、ミランダが頭を抱えている。

「どうしましたか、ミランダ。イケメンをゲットし損ねた悔しさですか？」

「いや、たしかに顔は悪くないがあんな変態は御免蒙る……っていうより、アイツの名前がね」

「たしかレクサスとか言ってたわね。まさか知り合い？」

「いや、知り合いじゃないだろうけど。どっかで聞いたような……」

ミランダはすぐにその名前を思い出せなかったが、不吉な名前の予感があったのだ。

＊＊＊

「――起きろ、レクサス。目は覚ましているだろう？　そろそろ自分で歩け」

「……ばれてました？」

引きずられていた男がむくりと起き上がる。顔に付いた泥を払うと、あれだけ引きずられながらも、怪我一つなかった。

「ワタシがあと数瞬遅れていたら、どうするつもりだった？」

「うーん、とりあえずあの美人三人を昏倒させて、エルフを連れ去っていたと思いますよ？」

「結構な使い手だったぞ、後ろの獣人も含めてな」

「でもまだ青い感じが抜けてないですけどね。オレなら問題なく倒せます」

「あの連中が油断していればな。だが今回はそれが仕事ではない」

「まあそうですけど。ゼルヴァーに恩を売っておいて、損はないかと思ったので」

レクサスはへへへ、と軽薄な笑いを浮かべながら答える。だがルイの表情は変わらない。

「放っておけ、ゼルヴァーがへまをしただけだ。別に尻ぬぐいの必要はない」

「姐さんがそう言うなら。で、どうします？」

「決まっている、先を急ぎたいところだが、宿にコートを忘れたからとりあえず戻るぞ」

「またヴァルサスさんに怒られますよー？」

「だから取りに行くんだろうが。だいたい貴様も着てないくせに」

「だって、あれ着てると目立つんすもん。隠密行動にゃ向かないっすよ」

そして二人は宿に帰り、部屋に無造作に置いてある揃いのコートを羽織る。黒いコートに金のボタン。

左胸に同じく金で鷹を示す紋章が刺繍（ししゅう）として入れてある。その上からルイは背中に大剣を、レクサスは左右の腰に剣を身につける。

「姐さん、ちゃんとコートの前を合わせましょうよ」

「暑い。ヴァルサスの言うとおり羽織っているだけマシだと思え」

「うーん、ベッツの爺（じい）さんが見たらなんて言うか。黒い鷹の自覚に欠けるとか文句言われますよ？」

「あれは口うるさく言うのが仕事だ。ワタシが真面目になったら、ベッツの仕事がなくなってボケが早く進行するだろうが」

「あの爺さん、後五十年くらいはボケそうにないですけどね」

「それで生きてたら妖怪ジジイだ。軽口はそこまでだ。行くぞ」

「ああっ、待ってくださいよー。あーねーさーんー！」

颯爽と宿を出ていくルイの後に、慌ただしくレクサスが続く。二人の進行方向に見えるのは――

ダルカスの森。

＊＊＊

「あ――――っ！」

「……っ！　なによミランダ、大きな声出して」

アルフィリースたちは森に入る準備をするために、今日はこのダーヴで一泊することになった。買い出しに出る前に宿を手配し、部屋に荷物を置きにきた瞬間にこの大声である。ニアやフェンナも耳を押さえている。

「落ち着きのないシスターですね……どうしましたか」

「レクサス……思い出したのよ！」

「ずっと悩んでいたのか」

全員で怪訝そうな顔をするが、ミランダの顔は真剣そのものである。

「イメージと全然違うからわからなかった……アタシたちは運が良かったかもしれない」

「なんで？」

「レクサス。間違ってなかったら、西方諸国で『死神レクサス』『百人斬りのレクサス』って言われた傭兵よ、あの男は」

「そんなに有名な奴だったのか？　ただの変態にしか見えなかったが」

ニアがまだ信じられないといった顔をする。

「アタシも噂だけだけど。でも同じ噂を何度も聞いたから、かなり信憑性は高いわ」

「どんな？」

「アタシが聞いたのはとある国の戦争に奴が参加した時。当時若かった奴は一般の傭兵として参加し、豪雨で氾濫する河の中州に孤立した敵の軍団に切り込み、十日間で千の首を上げたと言われている男よ。まぁ誇張かもしれないけど、単独で軍を敗走させた化け物みたいな傭兵よ。でもあまりに大きすぎる功に報酬は支払われなかった。レクサスの雇い主が約束した報酬をそのまま払ったら破産するほどの額だったから。腹を立てたレクサスは雇い主、その周囲にいた兵士や近侍を所かまわず斬り伏せて逃げた。以後手配書に名前が載せられたせいで傭兵としても等級を剥奪され、その後どこかの傭兵団に拾われたとは聞いたけど……」

「一日百人で、『百人斬りのレクサス』か。そんな化け物には見えなかったけどなぁ」

「それもそうだが、あのルイとかいう女は、そのレクサスを部下のように扱っていたな……」

ニアがぼそっと呟く。

「だとしたらあの女、どのくらい強いんだ？」

「……考えたくもないわね。とりあえず戦場で出会った時、敵でないことを祈るのみよ。違う方向に歩いていったし、まさかダルカスの森には入らないと思うけど」

恐ろしい話に、全員が黙ってしまった。そんな強敵に戦場で出会うなど御免蒙ると、互いに青ざめた表情で見合う。だがミランダが窺い見たアルフィリースだけは反応が違っていた。

アルフィリースだけはレクサスという傭兵よりも、ルイと名乗ったあの女性の方が気になってしょうがなかったのだ。同じ黒髪ということは、彼女はどんな事情を抱えているのか。それが気になってしょうがない。もっと話をしてみたいが、きっと望むと望まざるにかかわらず、どこかで戦うことになる。そんな予感に、アルフィリースは今から身震いし、呪印が疼いたような気がしたのだった。

アルフィリースとミランダの前日譚～運命との出会い～

「う……ん……あれ、ここは？」

アルフィリースが目を覚ました時にあったのは、日当たりの良い部屋に清潔な寝床、それに初老のシスターの心配そうな顔が目の前にあった。アルフィリースが目を覚ますなり、シスターは驚いた顔をしてぱたぱたと駆けていった。

「シスター、シスター・アノルン！　お客様が目を覚ましましたよ！」

「ちょ、ちょっと待って。ここはどこ!?　痛ぁ！」

アルフィリースは動こうとして、体の痛みと頭痛に悶絶した。この痛みは毒入りの植物を間違って食した時に似ている。神経に作用して動けなくなる、麻痺薬の一種に近しいものだ。

身じろぎできないアルフィリースは昨晩の記憶を辿る。師の墓に別れを告げ、山奥から命からがら下山し、何日かぶりに人里を発見して——

「町の入り口で男の人に声をかけて、その後どうなったんだっけ？」

「起きたわね」

部屋に入ってきたのは、見目麗しい金髪のシスターだった。アルフィリースの人生において、間違いなく一番美しい女性が目の前に立っている。服装から察するにアルネリア教会の関係者だろうと想像するが、聖女と言われても疑いないほどの輝きを放ち、太陽の光を受けて光り輝く金髪が、自分と対照的だと思うアルフィリースだった。

そのシスターがいきなりベッドに腰かけると、アルフィリースの顎を手で持ち、顔を覗き込む。アルフィリースは突然美人の顔が超至近距離に近づき、思わず赤面してしまう。

「ふむ……後遺症はないようね。でも熱があるかしら？」

「あわわ……熱はないでしゅ！」

アルフィリースは緊張のあまり思わず噛んだ。熟れたジェタの実より真っ赤になるアルフィリースを見て、シスター・アノルンはふっと笑う。

「とりあえず大丈夫そうね。昨日の記憶はある？」

「え～っと……疲れ果てて町に到着してから、とりあえず門の近くにいた人に声をかけて……食事と酒を出すところに案内されたような……」

「そう、タチの悪い連中がたむろする酒場にね。そこで麻痺薬入りの酒を呑まされ、もうちょっとで乱暴されるところだったわ。私が所用で近くにいなければ、どうなっていたかしらね？」

アルフィリースの顔が赤から青に変色した。まさか安全だと思って入った人里でそんなことになるとは思ってもいなかったのだ。予想外の出来事に言葉を失くすアルフィリースだったが、シスター・アノルンがその様子を見て優しく語りかけた。

「驚かすつもりじゃなかったけど、初めて訪れる場所では気をつけなさい。このあたり一帯はそれほど土地柄も良くはないわ。慎重になって慎重すぎるなんてことは、女の身の上ではないはず」

「はい――ありがとうございました」

「素直でよろしい。名前は？」

「アルフィリースです。苗字はありません」

その言葉にシスター・アノルンが少し難しい表情になった。苗字は捨てたのか、名乗りたくないのか。黒髪である以上それなりの事情があることは推測されるが、女の一人旅。家出娘ではあるまいし、いかなる事情の女性かと思う。

アノルンが椅子を出すと、腰かけてアルフィリースに向き直った。先ほどの初老のシスターが持ってきた水に、自分の取り出した小瓶の液体を垂らす。

「とりあえずこれを飲みなさい。解毒薬よ」

「ありがとうございます」

「アタシはアルネリア教会所属、シスター・アノルンよ。ここはケアンの町――そのアルネリア教会支部付属の施療院よ。こちらが院長のシスター・カリンカ」

「よろしくね、アルフィリースさん」

カリンカが優しくアルフィリースの手をとって挨拶した。その優しい笑顔にアルフィリースの緊張も少し取れ、カリンカが持ってきた軽食にかぶりついた。良い匂いに、忘れていた空腹感がアルフィリースを突然襲ったのだ。

がっつくアルフィリースを見てアノルンは微笑みながら、いくつか質問をした。

「さて、アルフィリースさん。いくつか質問があるけど、食べながらでいいから答えてもらえるかしら？　もちろん言いたくないことは答えなくていいわ」

「はふぃ。あ、呼び捨てにしてくださふぃ」

口にパンを詰めながら返事するアルフィリースに、アノルンの緊張感が台無しになった。

「お腹が余程空いていたのね……拾った猫に餌をやる気分だわ。さて、歳はいくつ？」

「十七歳でふ」

「旅の目的は？」

「えーっと……大陸遊覧？　とりあえず東のベグラードを目標としてはいますけど」

「大陸遊覧って。いかに平和な今の時代でも、御貴族様でもやらないわよ、それ。暇なの？」

「暇じゃないですけど……いや、暇なのかなぁ？　仕事もないし……あれ、私って無職？」

　どうにも話の調子がずれるアルフィリースに対し、アノルンはやや訝しんでいた。

（身なりはさておき、言葉遣いは悪くないし、装備品からもそれなりの武芸者であることは想像できる。左腕の小手はなんの素材かしらね……アタシでもわからないわ。食事にがっついているけど、並べた食器を全て使うところから見ても、食事作法（マナー）も知っている。常識がないことを考えると、跡取りに関係のない貴族の子女が家を飛び出した、ってところだけど、それにしてもお供が一人もいないのもおかしな話だわ。携行品も少なすぎる。黒髪ってことは魔術をそれなり以上に使うか、元の身分を隠したいのか。身分を隠すだけなら黒髪にするってのはリスクが高すぎる。もし魔術士で武芸もできるとなれば、魔術協会でもそれなりに著名な人物のはず。それがここまで旅慣れてもおらず、常識もない。傭兵として登録していれば名が売れているはずだけど、う〜ん？　気になるわね）

　アノルンは悩みながら、質問を続けた。

「ベグラードって、東の端の国イーディオドの首都よ。かなり遠いから国境を越えるにしても、免責通行証（フリーパス）でも発行してもらわないと、相当面倒よ？　国境をいくつ越えるか、数えたかしら？」

「えーっと、国境を越えるには国境近くの街で一定期間の滞在と調査を受けることが条件、でしたっけ?」

「なぜ疑問形なのかしら。審査期間はまちまちだし、役所仕事はとかく遅い。下手すると一月以上足止めをくらうこともありえるわね。商人なんかは手間を省くために、予め申請して通行証を発行してもらうことが多いわ」

「国境を通らなければいいんじゃや?」

アルフィリースの発想に、アノルンがため息をついた。

「公的機関の役人にも等しいシスターの前で、堂々と国境破りの宣言をしますかね……お勧めはできないけど、森や山を経由して国境を通らないってことはたしかにできるわ。ただし、検問所の目が届かないとなると魔獣や魔物、野盗と遭遇の危険性が一気に高くなるし、一般の宿は通行証がないと宿泊を断られたりふっかけられることもあるから、まっとうな旅がしたいなら国境で検問を受けてから通行することをお勧めするわ。あとは裏技があるといえばあるけど」

アノルンが親切心からうっかりと口を滑らせたことを、アルフィリースは聞き逃さない。

「裏技って?」

「そこに食いつくか……どうして知りたいのかしら?」

「だって、その方が面白そうじゃないですか?」

「面白いって、貴女」

アノルンは呆れた表情になったが、目を輝かせるアルフィリースを前に何を説得しても無駄だろうなと悟り、諦めて教えることにした。放っておいても国境破りをしかねない勢いだったからだ。

「貴女、傭兵ギルドに登録している？」

「いいえ」

「まったく、どうやって国境を越えて日銭を稼ぐつもりだったのかしら……傭兵ギルドの依頼には隊商警護などもあるわ。わざわざ護衛全員分の通行証を発行するのは面倒だから、警護についてはギルドと商人で分割して責任を持つの。つまり隊商警護の依頼を受ければ、上手くすれば複数の国境を越えることが可能よ。あとは国境をまたぐ依頼の時も一時的にギルドが通行証を発行するから、任務達成後も期限さえ切れていなければ国境で使用することも可能になるわ」

「なるほど、それは便利だわ！　では早速傭兵ギルドに向かいます。ご馳走様でした！」

「えっ、ちょっと、待ちなさ――」

アルフィリースは綺麗に食事を平らげると、一礼して荷物をひっさげ、駆け足であっという間に出ていった。その速度にアノルンが止める暇もなく、後には呆然としたアノルンと、くすくすと笑うシスター・カリンカが残されていた。

アノルンはテーブルを指でこんこんと叩きながら、苛立ちを隠さず素を出していた。

「何が可笑しいのかしら、カリンカ？」

「これが笑わずにいられますか？　ただのかどわかされた村娘であった頃から、貴女の薫陶を受けてシスターとなり、巡礼の『いろは』を直接叩きこまれた私ですら、貴女がただの少女に振り回されるのを見たのは初めてです。こんなにおかしなことはありません」

「そうだったかしら？　しかし、アタシが人身売買組織の調査でたまたまあの子を見かけていなかったら、どうなっていたと思ってるのかしら？　感謝しろとは言わないけど、もうちょっと何かあってもいいんじゃない？」

「意外と自分一人でどうにかできていたのかもしれませんし、ただ照れ臭かっただけかもしれませんし、救われた者が須らく感謝をするわけでないことはご存じでしょう？　それにあの目の輝かせよう。まるで新しいおもちゃを与えられた子どもみたいでしたわ。きっと興味、感心が人の何倍も強いのでしょうね。好奇心に負けて人生の選択を誤らなければよいのですけど。ただ、そんな彼女と貴女は縁があることは間違いないでしょう。でなければ、たまたまこの土地に来てあのような娘に出会うはずがありません」

「縁ねぇ」

アノルンにはぴんとこなかったが、たしかに気にかかる娘ではあった。それ以上に、巡礼の頂点としての直感が告げる。あの娘の周囲で色々な出来事が起こりそうではあると。それが面倒な出来事か、あるいは世のためになることかはわからないが。

アノルンは自分でも珍しく判断に困り、カリンカに意見を仰いだ。

「で、『真贋のカリンカ』としての見立てはどうなのかしら？　あの娘は黒？　白？」

「真っ白ですわ、アノルン様。この数十年で一番の真っ白です」

「貴女にそこまで言わせるのね。じゃあ天然純朴田舎娘ってことかしら？」

「少なくとも、陰謀を企むようなことはないでしょう。ただ、何かしら他の人間とは違った運命を背負っていそうではありました」

「それはアタシにもなんとなくわかる。今回の一件だって、結局あの子が原因で事が露見して片付けられたのだしね。普通は初めて立ち寄った町で、いきなりそんなことに巻き込まれないわよね」

アノルンがカリンカに同意した。

「ま、今回の一件も一段落したことだし、次の任務がてらしばらく見張ってみますかね」

「紛争地帯には戻られないので？」

「これでもだいぶ落ち着いたのよ？　十年ずっとかかりっきりだったし、しばし埃っぽい環境とまともな食事にありつけない地域からは離れたいわ。後進の連中にもちょっとは苦労してほしいし、アタシにも休暇が必要と思うのよ」

「百年は巡礼にかかりきりですものね」

カリンカの賞賛に苦笑いするアノルン。カリンカはアノルンの正体を知る、少ない人間の一人である。

アノルンは窓ごしに、傭兵ギルドに駆けていくアルフィリースを見て、ぽそりと呟いた。

「手のかかる妹か娘を持つと、今みたいな心境かしらね……そういえばカリンカ、貴女の坊やはどうなったのかしら？」

「二年ほど前に亡くなりましたわ」

「え……それは悪いことを聞いたわ。病気か何かで？」

「いえ、あのあと坊やは傭兵になりまして。最後はC級でしたかしら。私に楽をさせるんだって言って、無理な依頼ばかり受けて。乱暴された時に出来た子にしては心優しく育ったのですよ。私は無理をしなくてよいと言い続けたのですが、紛争地帯の依頼を受けて巻き込まれて亡くなったと。傭兵仲間のラインという方が認識票（タグ）を持ってきてくれましたわ。遺体を回収するのは無理だったが、仲間をかばって死んだと。いつも母親のことを自慢していた、立派な傭兵だったと様子を語ってくれました。立派な子に育ってくれたのは嬉しいですが、私より先に逝ってしまうなんて、親不孝ですわ」

「そう……世知辛い世の中ね。でも貴女は幸せだったのかしら？」

「ええ、それはもう」

微笑むカリンカを見て、アノルンは安心して席を立った。

「そろそろ行くわ、人身売買組織の壊滅に関して、傭兵ギルドに話を通しておく必要があるでしょうね。カリンカも歳なんだから無理しなさんな。一度アルネリアに戻ったら、休暇をもらってまたこっちに顔を出すから。その時ゆっくり語らいましょう」

「ええ、お待ちしていますよ。アノルン様もお体に気を付けて」

「不老不死のアタシに言うことじゃないわね」

アノルンは薄く笑うと、静かに施療院を後にした。カリンカはアノルンが去っていくのを見ながらつぶやく。

「まったく、親不孝なのは私も一緒です。もう私も病で長くないのを、先日宣告されましたのよ、アノルン様。次に貴女がいらっしゃる時には、もう生きてはいないでしょう……師を置いて先に逝く弟子をお許しくださいませ。せめてあなたの先行き長い旅路に、幸多からんことを――」

カリンカはその場に跪き、長い、長い祈りをアノルンに捧げたのだった。

＊＊＊

アノルンがしばらく時間を置いてから傭兵ギルドを訪ねると、併設される訓練場が少しざわついていた。

何事かとアノルンが顔をのぞかせれば、教官らしき傭兵をアルフィリースがぶん投げたところだったのである。傭兵はうめき声をあげ、アルフィリースは戸惑っている。アノルンは隣にいた傭兵の肩を叩くと、事情を聞いた。

「何があったの？」

「ああ。新入りの黒髪のねぇちゃんが、教官を買って出た傭兵をぶん投げたのさ。C級の奴だったが、まるで相手になってなかったな。で、派手に痛がるから揉め事だと思われて、ギルドマスターがねぇちゃんを呼び出して……行っちまったな」

「なるほど――で、その傭兵があれか」

アノルンが痛がる傭兵の傍に寄って話しかけた。傭兵はいまだに痛がっているが、少しわざとらしく見える。

「痛ぇ～、痛ぇよぅ～。折れてるよぉ、これ～」

「どれ、見せなさい」

「およ、アルネリアのシスターがなんでこんなところに？」

「たまたまよ」

アノルンが痛がる男の腕と肩を診たが、折れるどころかせいぜい筋を少々痛めた程度である。その取り巻きの人相の悪さ、受付の者たちが無反応でいるところを見て、アノルンはおおよその事情を察した。この傭兵ギルドはあまり質がよくないが、その中でもよりタチの悪い者にアルフィリースが絡まれた可能性があると。

「ま、一地方の傭兵ギルドなんてこんなものよね。ギルドマスターがまともなことを祈るのみだけど、顔はどのみち出さなきゃだしね」

「シスター、回復魔術かけてくれよ～」

「甘えんな、唾でもつけときゃ治るわよ」

アノルンがわざと傭兵の肘のツボを押すと、痛みで傭兵が飛びあがった。その様子を見て、他の傭兵たちもくすりと笑った。

「折れてねぇじゃねぇか。大げさに言いやがって」

「あれ……そっかぁ、気のせいだったみてぇだな。でへへ」

「だっせぇ奴だな」

アルフィリースに絡もうとしたのか困らせようとしたのか。きまりの悪くなった傭兵はすごすごといなくなったが、それなりに徒党を組んでいたのがアノルンにも気になるところである。

周囲は笑って済ませたが、アノルンは念のためそのままアルフィリースの様子を見に行った。ギルドマスターの部屋に呼ばれたようだが、中での会話は聞こえなかったので、アノルンは有無を言わせずギルドマスターの部屋に踏み込んだ。

「邪魔するわよ」

「……アルネリアのシスターが不躾だな。なんの用だ？」

「あれ、さっきのシスター？」

突然の闖入者にアルフィリースは目を丸くし、ギルドマスターは顔を顰めた。ギルドマスターは線こそ細いが、鋭い目つきの男だった。規模によらずギルドマスターの役職に就く者は、最低でもA級であることが条件となる。自身に現在も戦闘能力があるかどうかは問題ではなく、一定の等級と傭兵としてこなした実務経験と実績が優先された。

つまりどれほど小さいギルドのマスターであろうとも、それなり以上に戦闘力があり、実務能力もある者が就任することになっている。人格も加味されるため、大抵はまっとうな者が就任するのだが。人身売買組織が長年解決されずカリンカが自分を呼び寄せたり、ギルドの質を見るにつけて、アノルンは期待をしていなかった。

「その子にここに来るように勧めたのはアタシなものでね。揉め事だと聞いてちょっと責任感を感じたから、権限はないと知りながらお邪魔させてもらったわ」

「なるほど、たしかに差し出がましいことだ。だが心配しているような事態にはならない。お引き取り願おう」

「話を聞くくらいの権利はあるでしょう？　それとも第三者の前では話せないことかしら？」

アノルンが不適な笑みをしてアルフィリースの隣に座り込んだので、ギルドマスターはため息をついた。アルフィリースは息を呑んで成り行きを見守るだけである。

「このアルフィリースという新入りにちょっかいを出したのは、元々それなりに問題行動が多い奴らでな。どういう事情かはわかっているつもりだ。だが私としては問題を起こしたとして、奴らがこの地域において有能であることに変わりもない。あんな奴らでも、それなりに実績はあるんだ。有能な新人を無下にするつもりもないが、争いの火種になるようならお断りしたいと言うのが本音だな」

「傭兵ギルドの精神は来る者拒まず、去る者追わずでしょう？　ギルドマスターの発言として問題じゃあなくて？」

「無論、傭兵になること自体を拒むつもりはない。試験を受けさせることは可能だ。そこのアルフィリースだが、先ほどの筆記は満点、口頭での応対にも問題はない、無論人格的にもな。そして腕前はC級の傭兵をあしらうほどときた。ギルドとしては是非ともほしい人材だ」

「だったら――――」

「傭兵ギルドの入門試験を知っているか？」

ギルドマスターの言葉にアルフィリースは首を横に振ったが、アノルンは頷いた。

「ええ、たしかそのギルドに馴染むために、月単位で先輩の傭兵と複数の依頼をこなすはず。採取、討伐、警護、運送の中から最低二つ。それらをこなして、初めて傭兵としてF級に登録できるのよね。実力があればE級からかしら？」

「そうだ。だからそこのアルフィリースがここで傭兵に登録すれば、ここで一月前後、つまり四十五日以上を過ごすことになる。その時に奴らにちょっかいをかけられないとも限らない。揉め事は互いにごめんだろう？　ただでさえ、有能な新人は妬まれるんだ。推薦状は書いてやる。他所のギルドで最初の試験を受けるのだな」

「でも――」

「でもも、しかしもない。手続きは受付でできる、推薦状もしたためておいた。これを持って受付に行け。異論は認めん」

ギルドマスターは放り投げるように推薦状をアルフィリースに渡すと、じろりと睨んで無言で圧をかけた。アルフィリースはどうするべきか考えたが、それ以上反論する言葉を持たず、ぺこりと一礼してその場を去った。足取りに力強さが欠けていたのは言うまでもない。

そして苛立ちを隠さず一緒に出て行こうとするアノルンに向けて、ギルドマスターが声をかけた。

「ちょっと待ってくれシスター、あんたに話がある」

「アタシにはないんだけどさ」

「邪険にしてくれるな。あんたが片付けてくれた一件にも関わることだ」

その言葉にアノルンは部屋に残った。とぼとぼと歩くアルフィリースにはその話に反応するだけの気力はないらしい。

アノルンは再び不遜（ふそん）な態度でソファーに座ると、ギルドマスターを睨みつけた。

「で、要件って？」

「あんたが潰してくれた人身売買組織のことだ。おかげさまで面倒にも仕事が増えたが、礼を言う」

「ふん、あちらの組織には明らかに傭兵ギルドの連中も混じっていたわ。失態もいいところだし、アンタが関わっていないと言い切れるかしら？」

「たしかに証拠がない。だが人身売買はこの土地では根深い問題だ。あんただけで一掃できたとも限らない。ひょっとしたらまだギルド内に関わっている連中がいるかもしれんのだ。他の商人ギルドなんかにもな。だからこそあの娘を追い出した。こんなところで傭兵としての第一歩を踏み出すべきじゃあない。これから仕事が増える、しかもおそらくは汚い仕事が」

ギルドマスターは煙草をふかしながら答えた。見た目の割に眉間による皺が多いのは、彼の苦労がそうさせることくらいはアノルンにもわかっている。

「知っているかどうかわからんが、この土地は五十年以上前に人身売買で生計を立てていたこともある。旅人を捕え、ターラムや変態貴族どもに売りつける。ひどい時は町の代表までもが積極的に関与していた。俺の家系は代々傭兵だが、爺さんが積極的に人身売買組織と戦ってきた実績を買われて、俺はこの地位にいる。俺の親父もそうだったから、三代続けてのギルドマスターだ」

「だから自分は無実だと？」

「そうじゃない。俺が無実であろうがなかろうがどうでもいいことだ。問題はあの娘さ。正直、優秀過ぎる。ギルドの筆記試験は読み書きができるかどうかを最低限試すものだ。文字も読めないんじゃ、依頼受理に支障が出るからな。そこから教えにゃならん。一方で魔術協会を離れた魔術士なんかも傭兵になることがあるし、本人の適性がどこにあるかを見極めるために難解な算術の問題や、歴史、経済、魔術、薬草学、医術などなど、多様な分野から問題を出している。俺でも満点は取れん。それをいともたやすく満点を取りやがったんだ、あの娘は。それがどういうことか――こんな犯罪者崩れの連中がどのくらい混ざっているのかわからん土地じゃあ、あの才能を腐らすだけだ。あんたの権限で導いてやるのが、世のためにも傭兵ギルドのためにもなると思わないか？」

ギルドマスターの真摯な申し出に、アノルンが口笛を吹いた。

「へぇ、ちょっとアンタを見直したわ。しかめっ面の割に、親切ね。それならもうちょっと言葉を付け足してあげたら？」

「黒髪の人間がどのくらい迫害を受けるか、体感させてやるのも俺の仕事だ。この程度の雑な扱いで心が折れるようなら、傭兵などしないほうがいい」

「でも、あの子は国境を越える手段がないのよ。どこのお嬢様だか知らないけど、ひょっとしたら貴族の家出娘だから髪を染めているか、あるいは犯罪者か。魔術協会を破門になったヤバイ奴かもしれないわね」

「それもあんたなら対処が可能だろう？　アルネリア教会の巡礼者、しかもかなり番手が上と見たぞ？」

ギルドマスターの言葉に、アノルンが厳しい視線を返した。殺気の籠るその視線に、思わずギルドマスターも視線を外す。

「そこまで知っているなら、アタシの存在が他言無用なのもわかるわよねぇ？」

「無論だ。だが爺さんの遺言にあってな。金髪で美人で、口の悪いアルネリアのシスターが来たら、可能な限り手伝ってやれと。口も態度も最悪だが、信用できるとさ。親父に向けた言葉だったろうが、先月亡くなるまで俺の前でもしつこく言っていたものでね。覚えちまったよ。そしたらその通りのシスターが俺たちの町の問題を解決したというじゃないか。気になるだろう？」

「……あんたの爺さんの名前は？」

「オルグ。オルグ＝カーマンだ」

その名を聞いて、アノルンは席を立った。どうやら用事は済んだということらしいが、ギルドマスターは引き止めなかった。そしてアノルンが部屋を出る時に、ぼそりと呟いた。

「あなた、下戸かしら？」

「ああ、酒はだめだ。親父も爺さんもな。どうして知っている？」

「女を口説く時に、酒を使うのは止めたほうがいいわね。だからカリンカに振られたのよ。あなたも意中の女性が現れたら参考にするのね」

「カリンカ……この教区のシスターの婆さんか？　おい、なんでそんなことを知ってる？」

だがアノルンがその質問に答えることはなく、口元が一瞬綻んだように見えてアノルンは去っていった。ギルドマスターは知らぬ間に席をがたりと立っていたが、緊張の糸が切れたようにどすんとその場に腰かけていた。

「……ははっ、まさか爺さんが言ってた女性本人が来たってのか。何がどうなっているかはわからんが、ギルドマスターってのは常識では測れん色んな経験ができるってことはこのことかよ、爺さん。爺さんよ、昔何があったんだい？」

傭兵として駆け出しだったオルグ＝カーマンが九死に一生を得、そして名を上げるきっかけとなった依頼に、アルネリアのシスターが同行していたことは公的な記録に残っていない。オルグは死ぬまでシスターとの秘密を守り通したのである。

オルグの孫にあたるギルドマスターがそんなことを知る由もないが、どこか満足気な表情で煙草をふかし、久々に煙草が旨いと感じていた。

＊＊＊

そして傭兵ギルドを出てとぼとぼと歩くアルフィリース。推薦状ももらったし、次の町の傭兵ギルドも案内してもらったが、ここから相当離れている。どうやら国境も越えなければならず、そもそもそれまでの路銀はどうするべきかなど、問題は山積みだった。

自然、漏れ出るため息も増える。

「ああ～、前途多難だなぁ。日雇い労働の仕事とかないかしら……それもギルド所属とかじゃないと、足元見られるよねぇ……用心棒なんて必要とするのは悪いことしている人だろうし……いっそ山賊をこちらから襲って金品を強奪しちゃおうかしら。でもそれだと山賊以下かしら、うむむ」

「なーに唸っているのよ？」

「ひょええ」

首筋に冷たい物を当てられて思わず変な声が天下の往来で出たアルフィリース。振り返れば先ほどのシスターがいつの間にか背後にいたのだった。飲んでいるものは酒の瓶に見えるが、水だと思いたい。天下の往来で、アルネリアの美人シスターが昼間から酒を呑むとは信じたくない。

「え、えーと。シスター……」

「アノルンよ、覚えなさい。しばらくアンタに同行することにしたわ。困っているのでしょう?」

「ええ、なんで? ……ですか? 私、何も持っていませんよ?」

体の前で指どうしをつつき合わせて不審そうにアノルンを見つめるアルフィリースを見て、アノルンは苦笑した。どうやら見た目も身長も立派だが、まだまだ幼い部分を残しているらしい。大昔の自分もここまでじゃなかったろうと、アノルンは苦笑したのだ。

「慈愛と救済は我がアルネリア教の精神よ。一回助けたんだから、最後まで責任を取るべきでしょう? アタシもこの町での仕事は終えて次の町まで行くつもりだから、ついでに送っていってあげるわよ。アタシがいれば、国境は問題なく越えることができるわ」

「ええ? いいんですか?」

「いいのよ。旅は道連れ、世は情けってね。渡る世間に、多少精霊の御使いみたいな人格者がいたっていいじゃないのさ」

「自分で言います、それ?」

「っと、酒瓶持って言うのはさすがにまずかったか」

「本当にお酒なの、それ⁉」

天下の往来で騒ぎながら旅をする黒髪の女剣士と、金髪のシスター。彼女たちの旅路があまりに人並みはずれた出来事になることなど、この時は想像すらしていなかった。

そして、何も持っていないと告げたアルフィリースが、これからいかに多くを得て、そして失うのか。シスター・アノルンは目の当たりにしていくことになる。

あとがき

初めましての方は初めまして、ネットからご愛顧いただいている方はありがとうございます。はーみっとです。

この度はTOブックス様からお声がけをいただき、拙作を書籍化することができました！いやー、書籍化の声がかかれば嬉しいなとは考えたことはありましたが、SNSなどでも全く発信していない作者なもので、まさかお誘いいただける日が来るとは、感無量でございます。TOブックス様、素敵なイラストをいただいた又市マタロー様、いつも感想などいただける読者の方にこの場を借りて感謝申し上げます。WEB版とは詳細を変更しているため、当初からお読みいただいている読者様にも楽しめる作りとなったと思います。

さて、これも指摘されて気付いたのですが、ネットで連載を始めて十年が経過しています。作文と読書感想文は八月三十一日に仕上げることが例年の習慣となっていた私が、まさかこんなに長く小説を書くことになるとは……「なろう」の中でも継続連載最古参の一人となったのではないでしょうか。私をなろうに誘ってくださった作家さんはあっという間にデビューして、そして筆を置かれました。十年あれば色々ありますよね……私も転職したり、結婚したり、子どもが生まれたり。でも不思議なことに、小説を書き続けたいというエネルギーを失ったことはありません。人間、変われば変わるものだ。

さて、あとがきに何を書こうかと思いましたが、今回は世界観などを少し述べてもいいかなと思いました。

一年は我々とほぼ同じ三百六十日、一月四十五日です。順に、春の月、緑が芽吹く月、陽光の月、深緑の月、夜長の月、落葉の月、雪降る月、静寂の月、です。都心部では暦がありますが、農村部ではおおまかな季節の巡り程度でしか知る術はありません。距離の単位は大雑把で統一されておらず、一歩がおよそ五十センチ、長い距離は歩いてどのくらい、程度の概念です。時間は日時計、都市部では鐘で時間を報せる風習があります。識字は都市部でおおよそ五割前後、農村部だと、村長などのとりまとめ役以外はほとんど読み書きができないです。傭兵ギルドに一度でも所属すると簡単な識字と算術を無償で教わることができるため、継続するかどうかはさておき、一度はなんらかのギルドに所属する人が多いです。

今回はこんなところで。では次巻にて、またお会いしましょう。

キャラクター設定集

The swordwoman with curse

❖ 魔術剣士の女傭兵

アルフィリース

好き	肉 ふかふかしたもの ひなたぼっこしながら寝ること 武器屋・道具屋巡り 新しい物や細工・仕掛け物
嫌い	足がいっぱいついている昆虫

《作画裏話》

アルフィリースはファッション性より実用性を取りそうだなぁと。垢抜けてないけど主人公感は失わないデザインを目指しました。呪印を解放する度にお洋服が破けちゃうので大変そう。

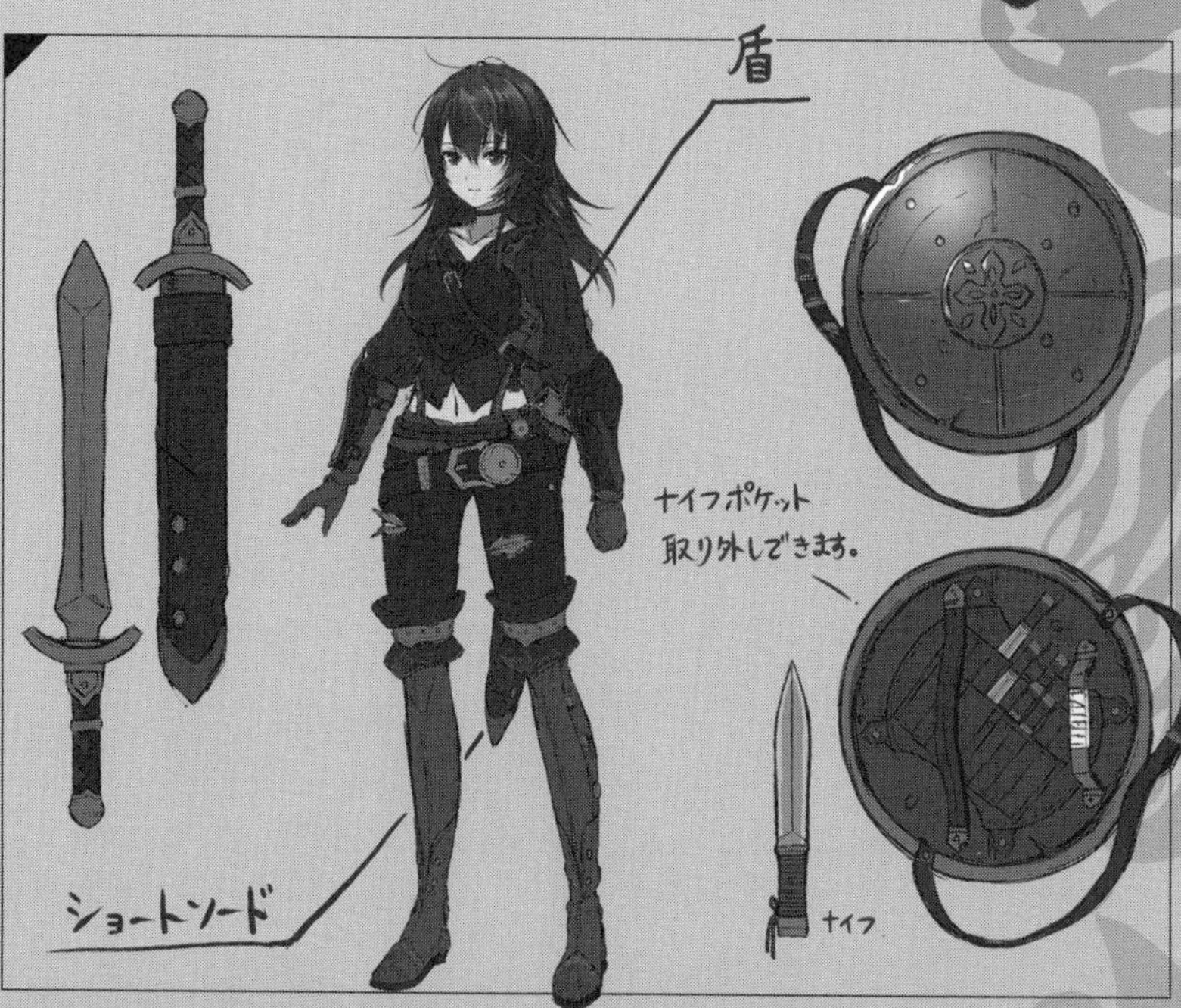

盾

ナイフポケット
取り外しできます。

ナイフ

ショートソード

❖巡礼の酔いどれシスター

アノルン（本名：ミランダ）

好き	酒 イケメン アルフィリースをいじって遊ぶこと
嫌い	自分の上司 うねうねしたもの

《作画裏話》
初見の印象「仕事終わりに1人で宅飲みするＯＬお姉さん」でした。教会のシスターなので統一感ある服装だけど、ちょい着崩してる感じです。

❖盲目の探知者（センサー）

リサ＝ファンドランド

好き	ククス果汁（ジュース） ネコ
嫌い	気配の薄い者 雨

《作画裏話》
外面と内面のギャップがリサの魅力だと思ったので、デザイン自体は可愛らしいお人形さんをイメージしてます。

アルネリア教の最高教主

ミリアザール（仮名：ミリィ）

好き｜最近は下町の焼き菓子
子ども
マイブームは缶蹴り

嫌い｜口うるさい大司教
（本人は三バカと呼んでいる）
犬（昔散々追い回されて以来ダメ）
お化け
キャロット（昔食べすぎて苦手になった）

《作画裏話》
アノルンとアルベルト同様、統一感を念頭にデザインしてます。服装自体は三者三様なので、ぜひじっくり見比べてみてください。

神殿騎士団長

アルベルト＝ファイディリティ＝ラザール

好き｜鍛錬
真面目な者

嫌い｜酒
粗野な者

《作画裏話》
教会関係者なので、アノルンやミリアザールとの統一感を大切にしました。

アルフィリースとミランダ（仮名：アノルン）

❖表情ラフ＆ミニキャラ

呪印の女剣士

2020年7月1日　第1刷発行

著　者　はーみっと

発行者　本田武市

発行所　TOブックス
〒150-0045
東京都渋谷区神泉町18-8　松濤ハイツ2F
TEL 03-6452-5766(編集)
0120-933-772(営業フリーダイヤル)
FAX 050-3156-0508
ホームページ　http://www.tobooks.jp
メール　info@tobooks.jp

印刷・製本　中央精版印刷株式会社

ISBN978-4-86699-008-8